山东省高等学校科研计划项目（人文社科计划）"中国古典戏剧《长生殿》的翻译和对外传播研究阶段性成果(J15WD47)"

高罗佩《大唐狄公案》文化回译研究

宇文刚 著

⑤ 吉林大学 出版社

·长春·

图书在版编目（CIP）数据

高罗佩《大唐狄公案》文化回译研究 / 宇文刚著 . —
长春 : 吉林大学出版社 , 2020.7
ISBN 978-7-5692-6778-5

Ⅰ . ①高… Ⅱ . ①宇… Ⅲ . ①侦探小说—汉语—文学
翻译—研究—荷兰—现代 Ⅳ . ① I563.074 ② H159

中国版本图书馆 CIP 数据核字（2020）第 132856 号

书　　名　高罗佩《大唐狄公案》文化回译研究
　　　　　GAO LUOPEI《DATANG DIGONG AN》WENHUA HUIYI YANJIU

作　　者　宇文刚　著
策划编辑　樊俊恒
责任编辑　樊俊恒
责任校对　代景丽
装帧设计　马静静
出版发行　吉林大学出版社
社　　址　长春市人民大街 4059 号
邮政编码　130021
发行电话　0431–89580028/29/21
网　　址　http://www.jlup.com.cn
电子邮箱　jdcbs@jlu.edu.cn
印　　刷　北京亚吉飞数码科技有限公司
开　　本　787mm×1092mm　1/16
印　　张　14.25
字　　数　187 千字
版　　次　2021 年 5 月　第 1 版
印　　次　2021 年 5 月　第 1 次
书　　号　ISBN 978-7-5692-6778-5
定　　价　70.00 元

前　言

毋庸置疑,中国传统古典文学在向现当代文学转型过程中是深受西方文学的大量输入影响的,而且这也属学界公认的事实;然而,若从逆向思维角度来看,中国传统古典文学又如何反作用于西方文学创作,则有待深入探究。那么,21世纪以来,随着中国经济实力的飞速提升,如何加速推进中国文化"软实力"向西方世界输出也是衡量国家综合国力和国际竞争潜力的重要因素,这恰恰也是目前所倡导的让作为中国文化先锋的中国文学"走出去"战略的内在动机。

从宏观角度看,厘清目前中国文学走出去所面临的制约因素是很有必要的。"毫无疑问,影响中国文学国际化进程的因素较多,整体上呈现为一个四维系统:第一维度,国际大语境的制约;第二维度,包括经济、军事实力等在内的中国硬实力影响,以及包括文化、政治、外交政策等在内的中国软实力影响;第三维度,国外读者基于自身文化与价值观理念而形成的社会性阅读倾向;第四维度,作品自身质量释放的阅读行为驱动力。在这一系统里,译文表达的地道性因素归属在作品自身质量维度中(语言质量)。"[①]

近几年,无论是英国翻译家大卫·霍克斯(David Hawkes)的《红楼梦》英译本(*The Story of The Stone*),还是美国翻译家葛浩文的莫言小说英译系列如《生死疲劳》(*Life and Death Are Wearing Me Out*),以及美籍华裔科幻作家、翻译家刘宇昆(Ken Liu)翻译的刘慈欣《三体》系列小说(*The Three-Body Problem*),此类卓有成

[①]　陈伟.中国文学外译:基于文明与对话[EB/OL]. http://www.sohu.com/a/214682286_176673.2018-01-04.

效的译介典范将中国古典文学和现当代文学作品输出国门,国外汉学家对中国文学外译的孜孜以求基本符合上述四个维度要求,是今后开展"走出去"战略的典型参考。这也是在中国经济和政治实力崛起的大背景下,在国内外重塑中国文化自信和文化话语权的最好例证,同时也是从作品选材、翻译媒介、传播路径、接收效果等方面,为中国文学能够连绵不断地输入国际以及向新时代"讲好中国故事"的愿景提供重要启示和译例参照,以期从根本上展现中国文化的国际影响力。

具备双重或多重文化身份的目标语汉学家,不但具备深厚的汉学功底和超凡的翻译能力,而且对于西方读者对中国文化的认知能力有着较为深刻的认识。正如朱振武教授在《汉学家的中国文学英译历程》(2018)一书中指出的,"世界各国读者有机会读到中国文学,了解中国故事,他们(目标语汉学家)功不可没。"①

殊不知,早在20世纪50年代,荷兰籍汉学家高罗佩就已经凭借其异乎寻常的语言天赋和对中国文化痴迷的热情,选取中国唐朝名臣狄仁杰的断案折狱为叙事主题,并用非母语英语写就了近150多万字的《大唐狄公案》(*The Judge Dee Mysteries*),"使中国古代法官狄仁杰几乎成为欧、美、日家喻户晓的英雄,许多西方人称其了解中国是从读高罗佩的《大唐狄公案》开始的"。② 从此评论足见高罗佩创作完成的系列小说在西方读者群的流行程度。

高罗佩在选用英文作为叙事载体的小说创作中,凭借自身对中国古代文化和历史信息的认识,将中国历史文化有效地融入小说叙事构架之中,而对于中国文化信息密集度强的叙事细节则采取简化信息的叙事手法,以适当弱化中国文化元素信息量,实现了既能有效输出中国文化信息特质的叙事信息,使之成为播扬中国文化的有效载体,又恰到好处地拿捏信息难易程度,使得叙事

① 朱振武.汉学家的中国文学英译历程[M].上海:华东理工大学出版社有限公司,2017:4.
② 陈来元.高罗佩及其《大唐狄公案》[J].中外文化交流,2006(03):54.

文本更符合西方读者的阅读接受能力,这也是该小说能广得西方读者青睐的主要原因之一。

作为文坛怪杰的高罗佩,利用自身业余时间,一生醉心汉学,研习华文,广藏中国古籍书册,专嗜中国古琴书画,结交中外汉学名流,以上深度浸淫于中国文化的社会体验,为其创作《大唐狄公案》系列小说和营设自身想象的大唐盛世提供了独具个人风格的公案小说素材。由他以英文所创作的第一部小说名为《铜钟案》(*The Chinese Bell Murders*),该书一经出版就引起西方读者的持续关注。尔后陆续出版的十多部中篇和短篇狄仁杰系列小说,均令西方读者为其跌宕起伏的故事情节与断案如神的狄公所折服,为西方读者窥探中国古代社会文化提供了文本支持。值得注意的是,与众多中国文学作品英译外宣截然不同的是,该文本的创作绝非由官方组织完成,而纯粹是高罗佩出于自身所学所感写就,介乎于中国公案小说叙事范式与西方现代侦探小说之间,洞悉前者在叙事情节、案件设置、叙事构架的独特魅力,以及西方现代叙事技巧的优势所在。正如高罗佩在《狄仁杰奇案》(《迷宫案》(*The Chinese Maze Murders*)自译本)自序所言,"盖宋有《棠阴比事》,明有《龙图》等案,清有狄、彭、施、李诸公奇案;足知中土往时贤明县尹,虽未有指纹摄影以及其他新学之技,其访案之细,破案之神,却不亚于福尔摩斯也⋯⋯是以不佞于公余之暇,于历代名案漫撰三件,删其虚而存其实,傍摭《宣和遗事》以下诸书故事而编辑此书,一以唐朝显宦狄梁公仁杰为主,故名曰《狄仁杰奇案》。①"高罗佩精准定位小说创作文本形式,选取国际文学界最为通用的语言——英语,将中国传统公案叙事元素与西方侦探小说创作风格巧妙结合,创作完成了雅俗共赏、受众极广的探案小说系列。该系列立足于西方读者视角,多角度立体式地将中国古典文化的多元文化因子呈现给西方读者,高罗佩对中国文化的痴爱之心无不为人叹服,这也是很多西方读者对中国文化另眼看待

---

① 刘世德,竺青. 狄梁公四大奇案 狄仁杰奇案 [M]. 北京:群众出版社,2000:339.

的主要缘由。从另一方面讲,高罗佩的公案小说英译及文学创作实现了其自身作为西方汉学家及中国文化使者的文化价值,同时证明了西方读者对于异质的中国古老文化心存好奇和迫切窥探其内在本质的渴望,这也体现了中国古代文化不可磨灭的优秀精华,是中华民族的宝贵财富。

该研究选取红极一时的"高罗佩现象"中流行最广的《大唐狄公案》英文本及多个汉译本作为文本参照,重点阐释从高氏的异语创作到英文系列小说的"文化回译"过程,厘清这一特殊翻译现象在文化物事、叙事手法、补译现象、改写现象等文化回译手法,从英文源语和汉语译本的语言层面和文化层面探求"文化回译"对于目的语读者进行文化回溯和文化参照的重要功能,阐释该小说的回译为目的语读者提供从"他者"进行文化自省和文化反思的独特视角,重审文化生机和精神家园的范本,指出在中国国际地位日渐提升及"文化赤字"的大背景下,异语创作是体现"中国话语"的创新书写模式,属于通过国际化视野讲述中国故事并实现中国形象的国际塑造的独特形式。而文化回译则是本族读者进行文化回溯和文化反省,以及树立文化自信的重要环节,是唤醒汉语读者对中华民族传统集体文化记忆的独特方式,进而能在民族身份认同形成过程中发挥凝聚文化共识的功效,并指出对类似文化回译叙事文本文学批评的优选路径,为今后坚定文化自信、助推中国文化"走出去"战略、"讲好中国故事"、传递中国叙事声音及其在世界文学中大放异彩的共同愿景提供一定的参照价值。

目　录

第一章　绪　论

第一节　中国传统古典文学外译现状及分析

"中华文化源远流长、博大精深。作为中华民族精髓的中国典籍是全人类共同的宝贵精神财富,把中国典籍翻译为英文、介绍给世界各国人民,自然构成了文化传播的重要方面。中国要生存发展,就必须加强文化传播与交流。在这种传播与交流中,典籍英译不可或缺。"[1] 中国文学典籍的外译工作是将富含中国特色文化精髓的文学作品传播至西方世界以及让中国文化参与全球范围内文化交流合作的优化途径,同时也是有利于提升中国文化在人类多民族文化系统中的文化价值和文化地位的重要举措。通过发挥信息桥梁作用的翻译活动将中国文化精髓播扬至西方世界,对于弘扬中华民族文化和维护中国文化身份有着重要的历史意义和现实意义。

中国传统典籍外译肇始于 16 世纪的西方来华传教士对中国典籍的翻译活动。1590 年,西班牙传教士高母羡(Juan CoBo)将明代通俗启蒙读物《明心宝鉴》(*Precious Mirror of the Clear Heart*)译为西班牙文,这也成为中国历史上第一部译介到西方的文学典籍。

17 世纪初,《诗经》被译为拉丁文并介绍至西方世界,意味着中国古代诗歌首次走向西方。1731 年,法国耶稣会教士马若瑟(Joseph de Prenare)将《赵氏孤儿》(*Tcho-chi-cou-eulh*；*ou,*

---

[1]　汪榕培,王宏. 中国典籍英译[M]. 上海: 上海外语教育出版社,2009: 4.

L'orphelin de la Maison de Tchao, tragédie chinoise）译为法语，这是首部被翻译到西方世界的中国传统戏剧。这一时期西方传教士翻译中国文学典籍的活动，满足了欧洲启蒙思想家从中国传统文化中汲取营养的思想需求，成为西方世界初步认识中国文化思想的媒介，也开启了中西文化交流和思想碰撞的先河。

18世纪，英国著名东方学家威廉·琼斯（William Jones）翻译了《诗经》（*Shi-King*）的数个诗节片段，被视为当时英国汉学研究的传奇式人物。另外，英国东印度公司职员詹姆斯·威尔金（James Willsm）首次翻译了明末清初的才子佳人小说《好逑传》（*Hou Kiou Choaan or The Pleasing History*），1761年，英国德罗摩尔主教（Bishop of Dromore）将该译本定名为 *The Pleasing History* 整理出版。自此，《好逑传》被视为首部被译为英文的中国长篇小说。随后，时任香港总督的德庇时（John Francis Davis）认为该书首译本漏洞百出，于是按照嘉庆年间刊印的"福文堂藏板"重译，定名为 *The Fortunate Union*，并于1829年出版发行。鲁迅先生在《中国小说史略》中指出，由于《好逑传》的译本在西方世界的流传，"故在外国特有名，远过于其在中国。"①

19世纪，中国文学典籍的英译工作呈现出逐步上升态势，这一时期欧洲译介对中国文学典籍的翻译已然超出前期的表层阶段，而且涌现出的大批汉学家和翻译家极大程度地促进中国文学典籍译介工作的深入推进。1817年和1829年，英国汉学家德庇时将《元曲选》中的元杂剧《老生儿》（*An Heir in his old Age*）和《汉宫秋》（*The Sorrow of Han*）译成英文并由英国出版社出版发行。英国伦敦会传教士、汉学家理雅各（James Legge）在1861年到1886年的25年间，将"四书""五经"（*The Chinese Classics: with a Translation, Critical and Exegetical Notes, Prolegomena, and Copious Indexes, 5 vols.*）等我国主要典籍全部译出，共计28卷，而且其撰写的多卷本《中国经典》（*The*

---

① 鲁迅. 中国小说史略 [M]. 上海：上海古籍出版社，1998：132.

Chinese Classics）、《法显行传》（*A Record of Buddhistic kingdoms*）、《中国的宗教：儒教、道教与基督教的对比》（*The Religions of China：Confucianism and Taoism Described and Compared with Christianity*）等著作在西方汉学界占有重要地位。这一时期的中国文学典籍英译处于萌芽期，其中诸多译本多根据其他语种译本转译而被译成英语。另外，这一时期的译者因自身中文水平有限，其时的英译本内容的准确度和文学性均存在瑕疵，但不可否认这一时期外国汉学家为中国文学典籍的外译工作做出的贡献。19 世纪上半叶，欧洲外交官和传教士翻译了大量中国当时流行于世的中国古典小说，他们重视此类小说作品中所特有的道德教化功能，并且也将中国古典小说视作西方读者初步认识中国社会生活的有效路径。但需要注意的是，此类小说译文也为其"宣教事业提供参考，为开展贸易和殖民中国服务，译文文学性和可读性不强"。①

　　1873 年，英国汉学家翟理斯英译的《三字经》和《千字文》得以出版发行，其书名为 *Two Chinese Poems*，是翟理斯首部中国文学典籍的英译作品。此后，他还翻译了大量的中国文化典籍，其中包括《洗冤录》（*Hsi Yuan Lu, or Instructions to Coroners*）、《聊斋志异》（节译）（*Strange Stories from a Chinese Studio*）、《老子》（*The Remains of Lao Tzu*）和《庄子》（*ChuangTzu, Mystic, Moralist, and Social Reformer*）等。1883 年，翟理斯自费出版印刷一本《古文选珍》（*Gems of Chinese Literature*），该书精选并翻译了中国不同时期著名散文作家的散文片段，并在编撰体例方面将当时西方流行的"总体文学"概念引入该书的编订过程。从这一角度来看，翟理斯是首位将"总体文学"运用于中国文学的英国汉学家。在诸多译著中，由翟理斯译介的《洗冤录》被视为西方医学史上异域文化的里程碑。

　　"19 世纪后半叶以后，中国主要文学典籍如诸子散文、诗歌、

① 宋杨 . "中国文化走出去"背景下的中国文学典籍外译研究 [J]. 兰州教育学院学报，2017（12）：159.

明清小说、元杂剧及明清传奇故事等西译著作均已广泛出版,产生一批以理雅各(James Legge)、威廉·琼斯(William Jones)、德庇时(John Francis Davis)、斯拉斯·儒莲(Stanislas Julien)、罗伯特·马礼逊(R obert Morrison)、哈伯特·翟理斯(Herbert Allen Giles)为代表的杰出传教士、汉学家,他们对中国文学典籍翻译的贡献举世公认。"① 其中,理雅各、德庇时和翟理斯被视为"19世纪英国汉学界的三大星座",使得英国汉学在19世纪时期有了长足发展。

20世纪,中国文学典籍外译无论从数量还是从质量上来看均有所突破,而且参与翻译和出版活动的人员也日渐多元化,西方译者、海外华人、中国译者的积极参与为这一时期中国典籍翻译注入了新鲜血液。此时,国内外译者对中国四大古典名著的外译工作尤为投入。巨著《红楼梦》共有23个选译本,而且全译本的语种数量为9种。英国著名汉学家戴维·霍克斯从1970年开始,历时10年翻译了前八十回的《红楼梦》(*The Story of the Stone*);随后英国汉学家闵福德(John Minford)将《红楼梦》后四十回翻译完成,该合译本被视为国外最具影响力和深受西方读者青睐的英译本。1933年,美国和英国出版公司联手出版发行由美国女作家兼翻译家赛珍珠(Pearl S. Buck)翻译完成的七十回《水浒传》英译本(*All Men Are Brothers*),而该译本也是《水浒传》第一种全译本,并在西方世界流传极广。1980年,外文出版社出版发行由著名翻译家沙博理(Sidney Shapiro)翻译完成的第一个百回本《水浒传》(*Outlaws of the Marsh*)的英文全译本,该本较为忠实地再现了原著内容和文体风格,有助于西方读者增进对中国古典小说的认识。1983年,由余国藩(Anthony C. Yu)英译的《西游记》问世,这是西方世界首部《西游记》(*The Journey to the West*)全本四卷的英译本,该译本包含译者对中国文化的大量说明和注解,极具可读性和研究性,因此该本在《西游记》英译史

---

① 宋杨."中国文化走出去"背景下的中国文学典籍外译研究[J].兰州教育学院学报,2017(12):158.

上具有独特的文化地位,同时也成为我国学者探究西方学界开展《西游记》研究的重要文献资料。1991年,罗慕士(Moss Roberts)翻译了《三国演义》(*Three Kingdoms*:*A Historical Novel*)全译本在美国出版发行,该译本从语言、文化和文学方面紧扣原文信息,并较为忠实于原著地为西方读者呈现出一部战争史诗,译语生动流畅,可读性强。《红楼梦》《水浒传》《三国演义》和《西游记》四大古典名著是我国古典文学小说创作的巅峰之作,同时也是世界文学宝库中的宝贵财富,这四部大书的外译推进了将中国文学输出国门、走向世界的历史进程,是弘扬中国文化和播扬民族瑰宝迈出的重要一步。

在晚清民初时期主要从事中国文学典籍英译的学者有辜鸿铭、苏曼殊等。辜鸿铭是我国儒经外译的先行者,经他译介的有儒家经典《论语》《中庸》《大学》等英译本,并在忠实于经典思想内容的前提下,通过使用大量类比西方文化符号的手法使得译文内容通俗易懂,以此将中国儒家思想精髓呈现给西方读者。苏曼殊是20世纪初"一位中西文化交流、翻译界的先知先觉"。①他在短暂的一生中译作颇丰,曾将世界文学大师级别的雨果、雪莱、拜伦等文学作品译介到中国,并曾英译古诗110首。"他既是英诗中译的翻译家的先驱,又是英译中国诗选集杰出的编者。因此,在中国人认识外国文学及其价值和意义之前很久,他就对促进东西方文学关系做出了贡献。"②另外,中国现代著名作家、翻译家林语堂以现代英文撰写广受西方读者追捧的有关中国历史文化的著作,如《武则天传》(*Lady Wu*)、《苏东坡传》(*The Gay Genius*:*The Life and Times of Su Tungpo*)、《孔子的智慧》(*The Wisdom of Confucius*)、《老子的智慧》(*The Wisdom of Laotse*),还有英文长篇小说《京华烟云》(*Moment of Peking*)、《风声鹤唳》(*A Leaf in the Storm*),译作《浮生六记》(*Six Chapters of A*

---

① 柳无忌.苏曼殊研究[M].上海: 上海人民出版社,1987:535.
② 柳无忌.苏曼殊传[M].王晶垚,译.北京:生活·读书·新知三联书店,1992:184.

Floating Life），以及散文随笔集《吾国与吾民》（*My Country and My People*）和《生活的艺术》（*The Importance of Living*）。"林语堂倾毕生之力于中西文化的会通，'对中国人讲西方文化，对西方人讲中国文化'，特别是将中国文化传播到西方世界在国际范围内产生了强烈的反响与广泛的好评，被誉为集东西方智慧于一身的'真正的世界公民'和文化大使。"①

新中国成立之后，从事中国文学典籍英译的译者中的先行者是杨宪益和戴乃迭（Gladys Yang）。1982 年，杨宪益发起并主持了"熊猫丛书"系列的译介工作，用以增进西方学界对中国文学的了解和认识，重新开启中国文学与世界文学交流和沟通的窗口。2009 年，杨宪益被中国翻译协会授予"翻译文化终身成就奖"。"他的译作涵盖中西方文学，包括诗词、戏剧、小说及史学著作，总计一千多万字。他在我国典籍英译方面贡献尤为突出，译作数量之大堪称译遍了整个中国。"②

我国著名翻译家许渊冲先生从事译介工作近七十余年，已出版译著 150 余种，是目前中国唯一能在古典诗词和英法韵文之间进行互译的专家。他将《毛泽东诗词》（Selected *Poems of Mao Zedong*）及《诗经》（*The Book of Poetry*）、《楚辞》（*Elergies of the South*）、《李白诗选》（*Selected Poems of Li Bai*），直至宋词、元曲等我国古典名著译成英语和法语。2014 年 8 月 2 日，许渊冲荣获国际翻译界最高奖项之一的"北极光"杰出文学翻译奖，系首位获此殊荣的亚洲翻译家。

1995 年，由新闻出版总署立项支持、中国出版集团公司组织出版的《大中华文库》（汉英对照）工程是我国历史上首次系统地、全面地向世界推出外文版中国文化典籍的国家重大出版工程。该书库从我国先秦至近代文化、历史、哲学、经济、军事、科技、文学等领域最具代表性的经典著作中选出 100 种，由专家对选题和

---

① 冯智强．"译可译，非常译"——跨文化传播视阈下林语堂编译活动的当代价值研究 [J]. 外语教学理论与实践，2012（03）：30.
② 马博．杨宪益先生的翻译贡献及翻译观 [J]. 兰台世界，2017（09）：112.

版本精心校勘和整理而成。"从当今世界文化发展的趋势来看，《文库》确实顺应了世界文化交流与发展的潮流，正在为中国文化的域外传播起到重要的助推作用。"①

另外，从创刊于 1951 年至 2001 年停刊的《中国文学》(*Chinese Literature*)及其衍生的"熊猫丛书""代表着 20 世纪后半叶我国为对外传播优秀文学作品所做出的最大努力，其规模和效应至今没有任何一个机构能够超越。"②该杂志创办运营的 50 年是新中国外译史上具有基石作用的 50 年，是当时中外文学文化交流的主要媒质，而且其规模也是空前的。经研究者统计，"《中国文学》杂志出版了 590 期，'熊猫丛书'出版 190 多种，介绍作家、艺术家 2000 多人次，译载文学作品 3200 篇"。③

近年来，大批中国典籍和现代文学作品的外译以及中译外学界从多元化角度开展对中国文学作品在世界文化圈的传播和接受的探究，在很大程度上改善了中国文学作品在国际上的传播效度，而且中国文学的海外地位也得以提升。

但值得反思的是，在全球一体化的趋势下，世界各族不同异质文化之间经历着不断对抗、融合和共享的过程。对于每一个文化主体而言，这样的全球文化互动状态既意味着机遇，也意味着挑战。"文化典籍的外译和传播为中华文化平等地参与世界文化对话提供了重要的手段。在翻译文化典籍时，我们要具有文化平等意识和文化对话意识，既要克服文化中心主义，也要克服文化部落主义，秉持和谐文化价值观。"④

从长期以来的中国文学典籍外译的发展历程中，我们应清晰地认识到，中国文化的外宣工作一直处于被动地位。由于中西方文化的差异，西方译介在面对异质性很强且非母语的中国文化

① 许多，许钧. 中华文化典籍的对外译介与传播——关于《大中华文库》的评价与思考 [J]. 外语教学理论与实践，2015（03）：14.
② 吴自选. 翻译与翻译之外：从《中国文学》杂志谈中国文学"走出去" [J]. 解放军外国语学院学报，2012（04）：86.
③ 徐慎贵.《中国文学》对外传播的历史贡献 [J]. 对外传播，2007（08）：47.
④ 曾春莲. 文化典籍外译与文化自觉 [J]. 语言与翻译（汉文），2010（04）：58.

典籍时,难以秉持全面、公正、忠实的翻译态度,造成西方读者对中国文化和文学理解的片面性,甚至歪曲中国文化的情况多有发生。

在文学典籍的外译过程中,也需要不断从翻译和外宣工作中总结经验和规律。"很多国学经典著作在外译的过程中,由节译向全译的方向转变,由最初的零星翻译逐渐转向续集或全集型的译介,从偶然随意性到有计划系统性的翻译,翻译的质量也处于不断提高和完善之中。经过研究总结,我们发现汉学典籍外译往往会经历这样一个过程:最初进行译介时并非按原文的章节顺序进行,而是选取所需章节进行翻译,发展到一定时期和阶段后全译本就出现了。"[①]

值得深刻反思的是,在中国文学典籍外译过程中我们要甄别清楚"译什么"、"怎么译"和"谁来译"的时代命题,这是新时代和新机遇下将中国文学输出国门的首要问题,也是"讲好中国故事"之前需要迫切解决的问题。另外,"因为众所周知的缘故,某些非文本因素在很大程度上影响和制约着中国文学'走出去'的步伐以及它在世界文学多元系统中文学地位的建构,中国文学的海外传播事实上并未取得预期的理想效果。从20世纪五六十年代《中国文学》英文版与法文版的创刊以及外文出版社的成立开始,到改革开放初期中国文学出版社的成立以及'熊猫丛书'系列译丛的诞生,再到世纪之交'大中华文库项目'的成立,其传播力与影响力较为有限。"[②]正如贾文波教授在其《"一带一路"名下的汉语典籍外译:难以"合拍"的舞者》一文提到的,"大多当今国内学者耗资费时、呕心沥血译出的汉语典籍翻译作品,甚至是国家级重大文化项目,不管其质量如何之高、在国内影响如何之大,在西方世界却门可罗雀、鲜有问津,付出与收获成反比,甚至

---

① 何历蓉.汉文典籍外译发展及其对民族典籍外译的经验启示[J].贵州民族研究,2017(01):155.

② 许钧.改革开放以来中国翻译研究概率(1978—2018)[M].武汉:湖北教育出版社,2018:293-294.

可以说是事与愿违、费力不讨好。"① 此类问题的根源在于"我们在进行文化外译选题时,往往凭自己的主观意识做决定,并没有充分了解目的语国家对翻译的社会需求"。② 西方读者对于中国文化的阅读需求势必是中国文学真正"走出去"的终极动力和目标。例如,林语堂向西方世界译介中国的范例是值得令人反省和效仿的,就他看来,"用语深奥,论辩枯燥,会失去读者,于是推倒重来,换用一套话语,以风可吟、云可看、雨可听、雪可赏、月可弄、山可观、水可玩、石可鉴之类细腻动人的东方情调去关照竞争残酷、节奏飞快的西方现代生活"。③ 在向西方推介中国典籍过程中,林语堂能秉持扬弃的哲学态度,在翻译过程中灵活变通并巧妙转化汉语典籍中生涩的内容和英语语言表达形式之间存在的矛盾,使西方受众在其译本中能够读取中立且客观的有关中国文化典籍的评述,从而赢得西方读者的信任,并为之所接受,这也是林语堂译介广受西方读者青睐的主要原因之一。《京华烟云》虽以现代英文书写而成,但其叙事内容、叙事背景、人物塑造均以中国社会文化为背景,但"主体的文化修养与客观上的叙述需要,都使得林语堂在著书过程中用英文描写中国文化的各个方面时,将那些以中文的形式闪过他脑海的,关于中国文化的词汇和场景,一一译介为英文。这成了他《京华烟云》的基本写作方式"。④

无独有偶,荷兰汉学家在 20 世纪五六十年代也以现代英文创作"中国故事"——《大唐狄公案》。该系列小说自在西方世界出版发行就引起巨大轰动,并被译介成十几种语言,深受西方读者欢迎。小说叙事的空间场景均取自中国文化元素,为西方读者全方位呈现中国古代文化社会的角角落落,为西方受众较为客观地了解中国和中国文化开启了一扇门,而且其播扬中国文化的

① 贾文波.“一带一路”名下的汉语典籍外译:难以“合拍”的舞者 [J]. 上海翻译,2018(02):58.
② 陈月红.欧美主动译介对中国文化“走出去”的启示 [N]. 文汇读书周报,2017-9-11.
③ 黄忠廉.林语堂:中国文化译出的典范 [N]. 光明日报,2013-5-13.
④ 肖百容,张凯惠.论《京华烟云》的翻译性书写及其得失 [J]. 湖北工业大学学报,2010(06):50.

效果远超任何有关中国文化研究的著作。

林语堂和高罗佩都以现代英语为语言载体向西方输出中国传统文化,两位文学巨匠均深谙中西两种文化,具有卓然不群的驾驭英汉双语表达的能力,以异语写作 + 创作式的翻译方式均创作了富含中国文化元素和饱含中国传统文化思想底蕴的文学著作,并深深地吸引和激发了西方受众对中国文化的观赏兴趣,从而成功地征服了西方读者,并在西方世界风行一时。两位文学巨擘有关中国文化的叙事作品以独特的载体形式和美感价值得到了广大西方读者的追捧和青睐,也完成了以文学创作形式向西方世界推介中国文化的艰巨任务,为弘扬中华文化、开展异质文化间平等文化交流、攻克解决中国文学"走出去"进程中出现的症结弊病,从而为世界读者对中国文学的接纳和欣赏提供了不可或缺的关键参照和启迪。

中国文学外译涉及文化最深层的外宣工作。尽管中国文学"走出去"任重道远,但通过不断积攒译介经验、总结前人推介中国文学的成功之道、吸取过去外译失利的经验教训,并"通过政府、媒体、写作者、文学代理人、出版商、汉学家以及各类不同身份的翻译从业者的共同努力,中国作家的群体形象以及中国文学的绚烂色彩,必将立体丰盈地展现在世界读者面前"。[①]

借乘完全外向型系统工程"一带一路"的东风,更是时刻需要发挥桥梁作用的翻译作为后盾和支持,并且翻译活动已然与这一国家的未来战略紧密契合。"翻译之所以能影响一个国家或民族的盛衰,是因为翻译是一种学习,它的一大功能是引进知识,而知识则会提升智慧,推动进步,建构富强。因此,对一个国家来说,翻译是一种文化态度和战略意识,它反映出的是这个国家精英阶层的一种求知的精神,一种包容的胸怀。可以毫不夸张地说,一个不翻译的国家注定是没有明天的国家。"[②]

---

① 许钧. 改革开放以来中国翻译研究概率(1978—2018)[M]. 武汉:湖北教育出版社,2018:311.
② 王东风. 翻译与国家兴衰[J]. 中国翻译,2019(01):41.

第二节 文化回译研究现状及意义

回译现象（Back-translation）在最近几年的译学研究中逐渐成为热点话题，因其有异于他译现象的源语与目的语之间转译的复杂性而备受学界关注。在由 Mark Shuttleworth 和 Moha Cowie 所著的《翻译研究词典》（*Dictionary of Translation Studies*）中，回译被定义为"将已译成特定语言的文本译回源语的过程"。[①] 回译现象的本质在于使用 A 国语言叙述以 B 国文化为背景的跨国文学作品，将此类作品又翻译为 B 国语言，将原文本回溯到 B 国文化的特殊翻译现象。

国内学者则多以"翻译还原"定义回译。贺显斌（2002）指出，"回译就是对译文进行再次翻译，把自己或别人的译文译回原文"[②]。林煌天（2005）把回译定义为"文字翻译过程中将译作再以原始翻译还原原作，以此为手段检验译作语言文字的准确性"[③]。

与之类似，回译还可应用于对比语言学，梳理在以 B 国文化为叙事背景的 A 国语言回译成 B 国语言过程中，A 国语言与 B 国语言在词汇选用、句法设置及意象选择上的差异特性与翻译难点。

霍姆斯（Holmes）指出，利用回译活动安排不同的译者翻译同一诗歌文本，而后将各个不同译本进行回译，则势必产生截然不同的回译版本，以此证明，诗歌源语文本与诗歌翻译文本之间不可能存在完全的对等（equivalence）。

图里（Toury）提出，回译可用来分析译入文本与源语文本之间的文本对应，并探求翻译是否具备可逆特质的本质特征。

作为特殊的翻译现象，回译应用范围极为广泛。早在 20 世

---

① Mark Shuttleworth, Moha Cowie. 翻译研究词典. 谭载喜，主译 [M]. 北京：外语教学与研究出版社，2005：19.

② 贺显斌. 回译的类型、特点与运用方法 [J]. 中国科技翻译，2002（04）：45-47.

③ 林煌天. 中国翻译词典 （第 2 版）[M]. 武汉：湖北教育出版社，2005：303.

纪 70 年代,回译的术语就出现在《圣经》翻译的研究文献当中,用以区别于单向双语转译的行为。但由于《圣经》文献的回译主要围绕释词翻译(Gloss Translation)展开,此应用限制了回译的应用范围,故而这一阶段的回译行为仍属于字面翻译(Literal Translation)的范畴,是被当作一种追根溯源的文本考证活动,用以对比两种或多种语言的句法、构词及词汇表达。

回译还可用以译介名家典籍翻译的研究工作,如青年学者王京涛将 1898 年译介巨擘辜鸿铭的《论语》英译本进行回译并辅以注释。该译本经由译者对《论语》原文洞悉理解之后,以生花妙笔精准传达给读者受众,其间也融入译者的一己之见。辜鸿铭《论语》英译本的西播不但是中国文化经典的外宣过程,而且其回译为中文的释注是对《论语》的文化反哺过程,用以重现国学大师对国学经典《论语》诠释过程,虽然读者疏于古文理解,但依照辜老的译本则顿然茅塞顿开。这是译介对经典解读的全新尝试,是对典籍外译"再创作的再创作"或者"诠释再创作"、"解读再创作"。①

另外,译介研究者逐步意识到回译双语回溯性亦可用以翻译教学,以提升学生的翻译能力,如张宏岩和徐彬彬(2018)"结合英文技术协作的特点,将回译练习引入英文技术协作教学中,探讨将回译应用于英文技术写作教学中的有效性"。② 王正良《回译研究》一书主要探讨了俄汉两语之间的回译现象,将回译定义为"将他人的译语文本再翻译回归原语文本的过程。这一定义包含四个要素:译语文本,他人,再翻译,回归原语文本的过程。在此定义的基础上,作者对回译进行了分类,从结果看可把回译分为译底和译心……回译的结果与原语文本重合即达至译底为'至译',不重合则为'未至译',此时形成的译文成为'译心',换言之

---

① 王京涛. 西播《论语》回译——辜鸿铭英译《论语》详释[M]. 上海:东方出版中心,2013:3.
② 张宏岩,徐彬彬. 回译在英文技术写作教学中的应用研究[J]. 中国 ESP 研究,2018(09):88.

译心就是内容,内容与形式相结合回到出发语的地步就是译底。译底只有一个,而译心可能有很多,有的深,有的浅。深度不同,接近译底的程度也不同,越深的译心就越接近译底。"[1]在信息技术领域,该书也提出可经由多元信息渠道传播信息,"信息接收者接收后的解码就是按照发送者对符号相同或相似的理解,把信息转译成思想,从而达到准确的信息沟通,实现信息发送者所渴望的相应行为,这就是回译。"[2]并在书中也提出,回译现象可以发挥检验文化传播的效果和激活淡忘的文化成果等作用。

但以上学者对于回译研究的侧重点在于从中文到英文再回归至中文的语言层面,而实际上,中国题材类的英语文学作品所能呈现给读者的不仅仅是语言信息的对等,而更为深层次的是在于此类文学作品所代表的母体文化的承袭与播扬。随着翻译界"文化转向"的大趋势,学界对于回译的研究开始逐步加大回译现象在文化层面的规律性探讨。

陈志杰,潘华凌(2008)从林语堂的《风声鹤唳》及《元朝秘史》的翻译案例出发,将回译定义为"通过回溯译文本与目的语文本间内在的语言和文化联系,把拟译文本中源自目的语的语言文化素材或文本重新译回源语的翻译活动"。[3]这也意味着将回译现象置于母体文化和全球文化的融合点和交汇处。

针对以中国文化为叙事主题的外国文学作品的汉译现象,周晔(2008)在其论文《飞散、杂合与全息翻译——从〈喜福会〉看飞散文学写作特色及翻译理念》中提道,类似于《喜福会》作者谭恩美这样的华裔美国女作家,创作主体为飞散者采用飞散的主流语言,"一般讲述的是飞散者精神家园的故事,"[4]从而构建起

---

[1] 王正胜. 回译研究的创新之作——《回译研究》介评 [J]. 外语教育,2010(03):168.

[2] 王正良. 回译研究 [M]. 大连:大连海事出版社,2007:14.

[3] 陈志杰,潘华凌. 回译——文化全球化与本土化的交汇处 [J]. 上海翻译,2018(03):56.

[4] 周晔. 飞散、杂合与全息翻译——从《喜福会》看飞散文学写作特色及翻译理念 [J]. 解放军外国语学院学报,2008(07):76.

糅合多元文化元素的杂合(hybridity)文学作品，并以异国语言为母国社会创作全新题材的小说作品，同时在母国社会此类杂合文学作品也促生了回溯本国语言文化的文化翻译现象。此外，针对杂合文学作品，周晔在该文中还提出了"全息翻译(full-sense translation)"的翻译方法，"要求译者敏于发现文本中的异质成分，尊重差异所反映的'他者'文化，时刻意识到翻译的目的是在与'他者'的对话中，求同存异，而这正是全球化信息时代翻译的精髓。"[①]该文对于杂糅多重文化元素的文学作品的翻译现象进行了较为系统的总结与归纳，并为美国华裔文学作品提出了相关翻译策略，但未曾涉及文化回译的相关论述。

在国内的杂合文学作品的翻译研究中，韩子满在《文学翻译杂合研究》(2005)中重点阐述了源语文本的多个语种杂合的具体翻译方法，其研究核心在于语言层面的杂合问题，对文化杂合引起的翻译现象鲜有涉及。

鉴于以上两位学者的观点，梁志芳博士(2013)提出，"多种文化意象或多个语种的杂合只是一种比较低级、简单的杂合，还存在更高级、更复杂的原文杂合形式，即文化与语言的交叉杂合。"[②]并将文化回译和普通回译进行异同比较，普通回译是原文与译文之间的信息对照，主要用于源语和译入语之间的可逆关系，而文化回译则是超越了语言层面的回译范畴，将以 A 国语言创作的以 B 国社会文化为背景的文学作品回译为 B 国语言。经由源语文本与目标文本在文化层面上的对比和比较，能清晰辨识源语文本与目标文本之间在语言形式、文化元素、诗学范式、审美情趣等多方面的信息错位，剖析源语文本中以异语形式掩盖下目标文化的形象变异和言语变异。文化回译的译者主体是将以异质语言中的本族文化信息完成回溯过程，使得目标文化中不懂外

---

① 周晔. 飞散、杂合与全息翻译——从《喜福会》看飞散文学写作特色及翻译理念[J]. 解放军外国语学院学报，2008(07)：76.
② 梁志芳. "文化回译"研究——以赛珍珠中国题材小说《大地》的中译为例[J]. 民族翻译，2013(01)：10.

语的读者透过"他者"视野反观自身文化特质,以此完成自我审察和自我反思的过程,进而更为精准全面地对本民族文化开展自我认识和自我凝视。

在经济全球化和文化全球化的国际大背景下,翻译研究经历了"三次转向",并已逐步脱离原作品衍生品的窠臼,已然超越作者—原作—译者—译作的线性关系,不再是源于文本和译入语文本的静态转译过程,因而,包括回译在内的翻译行为成为语言交流和文化交叉的重要途径,并在本土文化与异质文化相互融合和不同民族间互通有无中发挥着不可或缺的作用。故此,回译现象成为文化外宣和文化内销的优选路径,逐步构建起以异语写作的外宣与文化回译回溯的双向文化传播模式。

依照文化回译源语信息的来源,本书将文化回译分为有本引语回译、有本改译回译和无本文化回译三种。前两种回译之所以"有本"在于其存在可直接参照的文本。只是"有本引用回译"依照源文本提示检索和还原信息源原貌。

例如:

The famous opening of The Romance of the Three Kingdoms ··· evokes this continuous rhythm: "The empire, long divided, must unite; long united, must divide. Thus it has ever been."①

译文:

(《三国演义》)该书卷首的一段话脍炙人口:"话说天下大势,分久必合,合久必分。"②

有本改译回译是指,译者在回译过程中应以客观信息为依据,结合交际语境和语言语境,一方面在语符和词句等语言结构上符合译入语读者审美期待和诗学范式;另一方面则应本着求真务实的态度,对源语信息不当处加以矫正。见下例:

---

① Henry Kissinger. On China[M]. Penguin Press, 2011: 10.
② 亨利·基辛格. 论中国 [M]. 胡利平, 等译. 北京: 中信出版社, 2015: 3.

The *Sou-shen-chi*, describes Su-nu as a river-goddess, called *Po-shui-su-nu* "The Plain Gle of the White River", who takes the shape of a shell；①	无名氏所作《搜神记》[此是 "《搜神后记》" ——译者]……书中把素女说成一个叫 "白水素女" 的河神，其形为螺。②

　　高罗佩原文引经据典论述素女在诸多中国古代典籍中的形象，但在引用典籍名称方面极易出现纰漏。在中国古典文学史上，干宝所著的《搜神记》被视为 "中国志怪小说鼻祖"，但高罗佩却将该书认定为作者已佚，故而此处所提供的引文信息有失偏颇，而译者依据该处 "白水素女" 和 "其形为螺" 的语言信息为考证线索，并从浩如烟海的中国典籍中锁定《搜神后记》才是该段传说的引文出处，还兼顾了对原本准确度的查验和纠错功能。在这一译例的回译过程中，译者充分发挥主观能动性，不仅要对源语信息的文本内容加以理解和推敲，并且还要批判式地对原作信息的真伪加以甄别，从而确保译文信息的严谨度和学术性。

　　无本文化回译，即 "用外语创作本族语文化题材的作品，但又用本族语翻译回来，返销给本族语读者，实乃一种文化反哺"①，因此，此类文化回译则是源语文本多为原作者用异语写作而成或难以查明原材料出处，对此类特殊文本信息，译者则结合源语文本的语言语境，充分考虑译入语语言中相关语篇特征和文化要旨，选择符合译入语读者阅读期待的语码进行文化信息的文化溯源，其间也凸显出译者主体性创作的痕迹和路径。

　　例如：

First Chapter A strange meeting takes place on a lotus lake; Judge Dee is attacked on his way to Lan-fang3	一 惊魂魄湖畔听传奇 赴兰坊狄公遇响马 3

　　在上例中，源语文本属原文作者以异语写作形式创作的小说回目，用以总领全章主旨大意，是作者用英语对偶句高度仿拟中国传统公案小说中的回目信息；而对于译者而言，此类回目信息

---

① 江慧敏，王宏印. 狄公案系列小说的汉英翻译、异语创作与无本回译——汉学家高罗佩个案研究 [J]. 中国翻译，2017（02）：40.

来源在译入语文化中无从寻觅,主要依赖自身中文功底及英文语言理解能力,选取中国传统章回体小说回目的文本模式完成对此类回目信息的还原过程,精准再现了源语中回目的诗学构架,令汉语读者在阅读过程中完成了对中国公案小说的文化回溯。

唐雅明(2015)发表题为《〈喜福会〉译本中的文化回译问题》一文,选取美籍华裔女作家谭恩美代表作《喜福会》的汉译本,对其中的"文化回译"现象及其对译者践行"文化回译"中面临的诸多困境展开分析,指出"《喜福会》有一部分内容是描写中国生活,提到了很多中国文化元素,其中有些描述与事实大有出入,如何将作品中提到的文化正确还原也是一个相当棘手的问题,对我们的译者构成了莫大的挑战",[①]初步探讨了在译者回译过程中应采取的翻译策略和思路。

王宏印教授(2016)在《从"异语写作"到"无本回译"——关于创作与翻译的理论思考》一文中,选取《京华烟云》等译例,重点探讨"无本回译"的翻译理论,细化"异语写作"类型,重点探讨了"异语写作的作者类型、文本类型,以及异语写作中的翻译问题、无本回译的翻译问题,无本回译的理想译者、无本回译的评价标准及其理论意义等",[②]为今后"文化回译"和"异语写作"提供了重要研究方向;江慧敏和王宏印(2017)从高罗佩狄仁杰探案小说的异语创作特征和陈来元等汉译版本中"无本回译"入手,阐述了"作者与译者所采用的创作与翻译策略,成功地跨越了中西文化差异,受到中西方读者的极大欢迎与认可,很好地传播了中国古老的历史与悠久的文化传统,促进了跨文化交流与文化融合",[③]进而为中国文化"走出去"战略的实施提供重要启发和案例参照。

① 唐雅明.《喜福会》译本中的文化回译问题 [J]. 语文学刊·外语教育教学,2015
(3):42.
② 王宏印. 从"异语写作"到"无本回译"——关于创作与翻译的理论思考 [J]. 上海翻译,2015(3):1-9.
③ 江慧敏,王宏印. 狄公案系列小说的汉英翻译、异语创作与无本回译——汉学家高罗佩个案研究 [J]. 中国翻译,2017(02):42.

　　2017年,梁志芳博士在其发表的专著《文学翻译与民族建构:形象学理论视角下的〈大地〉中译研究》中,将民族建构和形象学理论应用于美国著名作家赛珍珠(Pearl S. Buck, 1892—1973)所创作的反映中国农村社会的《大地》系列小说的中译研究。在书中,着重探讨了"文化回译"在"此类中文目标文本如何描述中国、重构目标语民族自我形象(中国形象),以及译者如何通过中国形象的自我重构,来表达他们对'中国'与'中华民族'的'想象'与期待、对民族形象重构的个人诉求,并分析与探讨《大地》目标文本如何参与现代中国的民族形象建构或重构这一工程之中。"①

　　贾洪涛(2017)撰文分析学界对回译现象的研究现状,并对"狭义"的回译和"广义"的回译进行甄别,并指出回译发生的机制在于"本土文化与外来文化的互动与交融呈现的是两种文化杂语共生的状态,使得一部分拟译文本中混杂着译入语文化的成分"。② 最后,还从中国文化"走出去"战略目标出发,阐释回译译者在回译过程中势必将重新从译入语文化立场角度审读和诠释源语文化和源语文本信息,进而在回译过程中发挥着对译入语文化认识、挖掘和播扬的作用。

　　谭载喜教授(2018)指出赛珍珠的《大地》系列小说中译本系列是将先用英文创作的中国叙事文本回溯到初始故事的中国语境,阐释了"文化回译"涉及的核心问题在于原作(类似于《大地》此类以西方语言创作的中国叙事作品)在通过译介回溯到原初文化语境的过程中,原创所叙述的目标文化或目标民族/目标人物形象,在译入语文本中是以何种形式呈现和再现出来的。并且在该文中,谭载喜教授还列举了其他以非中国语言书写的原创中国叙事作品又经汉译的作品,小说创作类,如林语堂的《京华烟云》(其英文原名为 *Moment in Peking*);也包括中国游记

---

① 谭载喜. 文学翻译中的民族形象重构[J].中国翻译,2018(01):17.
② 贾洪涛. 典籍回译研究之理性思考[J].山西大同大学学报(社会科学版),2017(12):11.

作品,如马可·波罗(Marco Polo)的《马可·波罗游记》(英文原名:*The Travels of Marco Polo*);名人传记作品,如特里尔(Ross Terrill)所撰写的《毛泽东传》(其英文原名为:*Mao: A Biography*);威尔逊(Dick Wilson)的《周恩来传》(英文原名为 *A Biography of Zhou En-lai*);报告文学,如斯诺(Edgar Snow)撰写的《红星照耀中国》(英文原名:*Red Star Over China*)以及纪实类作品,如亨利·基辛格(Henry Kissinger)的《论中国》(英文原名为:*On China*)等,为今后的文化回译研究提供了作品参照。另外,该文还厘清了"语言回译"与"文化回译"的异同点,即前者仅涉及源语与译入语之间包括词义、语法结构等语言表层问题,而后者则包含"语言回译"在内的"回归源文化"的行为,以此说明"文化回译"应充分考虑"源语文本"背后的文化语境意义,进而确保文化回译能追根溯源地对源文本文化完成精准"文化反哺";并一语中的地证实"文化回译"最主要的特质,即揭示源语文化与目标语文化间包括政治、历史、思想、意识形态等在内的文化惯习,通过"文化回译"手法让本国读者洞察自身文化映射到他者视角,以"文化回译"现象为鉴反观自我,从而重塑对自身文化的自信。

胡翠娥(2018)发表题为《从"文化回译"看〈天主实义〉中几个重要术语的英译——兼论托马斯阿奎那的上帝论和人性论》一文。该文选取意大利天主教耶稣会传教士利玛窦用中文写就的宗教著作,阐释了利玛窦以"异语写作"诠释西方宗教哲学术语的表述方式,并从"文化回译"视角探讨利玛窦中文本与英译本中有关中西哲学与文化的对比分析,"以期更好地理解翻译活动的复杂性和动态性,揭示源语文化与目标语文化之间的文化关系、政治关系和历史关系;与此同时,对阿奎那的上帝论和人性论作一深入阐述。"[①] 文中还论述了"异语创作"看似为"文化回译"的前提,并以利玛窦创作《天主实义》的个案为例,说明利玛

---

① 胡翠娥.从"文化回译"看《天主实义》中几个重要术语的英译——兼论托马斯·阿奎那的上帝论和人性论[J].中国翻译,2018(3):87-95.

窦以非母语语言载体创作宗教典籍的过程更似于翻译行为,只是其参照的"源语文本"是隐形的西方哲学话语,进而将"文化回译"上升至中西方宗教哲学思想对比的学术高度。

因"文化回译"有异于他译行为的独特性,即先以异语创作形式将一国文学作品外宣他国而后又回溯至该国的读者群,文化回译具有双向语言和文化间的交流特质,是对该文本类属国家文化的双重观照和二次宣传。目前我国正处于中国文化"走出去"战略和重塑文化自信的关键期,中国文化的外宣和文化软实力的强化刻不容缓。中国文化和文学作品要想融入国际大背景仅仅依赖将中国文化和文学作品单向外译的模式则太过单调,外加中国文学在整个全球文学界的边缘化地位,显然仅凭单纯他译形式很难达到令人满意的外宣效果。而文化回译这一特殊传译现象为今后中国文学作品的外部宣传和内部重塑提供重要参照。以"异语写作 + 文化回译"为特征的中国题材英语文学一定程度上能推进中国文学"走出去"的进程,同时因此类文学作品的特殊性,在文化回译和国内内销的过程中又实现了在汉语读者中对中国文学"再回归",进而激发本族读者对自身文化的文化记忆以及对民族形象和国家形象的重构,是将"他者"视角下的中国题材类英语文学作品中包孕着的母体文化与全球文化融合的复杂过程。

第三节 《大唐狄公案》文化回译研究范围及研究方法

一、研究范围

本书考察海外汉学家高罗佩创作的《大唐狄公案》系列小说汉译本的文化回译现象,重点分析以中国为背景题材的英文小说在文化回译过程中对中国古代文化的双向推介作用,一方面简要阐释高罗佩以异语写作的方式将丰富多彩的中国文化元素与小说悬疑情节有机契合的创作手法,而另一方面则着重探究译者在小说文化回译过程中对文化器物、人物话语、叙事等回译的手法和内在机理。

本书中重点选取的译本为,陈来元、胡明等译者翻译的译本三卷本《狄公断狱大观》(1986),陈来元、胡明等译者翻译的译本二卷本《大唐狄仁杰断案传奇》(1986);从中选取文化回译的典型译例作为例证用以阐释"异语创作+文化回译"的独特文本,揭示源语文化与目标文化之间的文化渊源关系,开辟目标文化读者熟悉自身文化在"他者"视野下的文化解读,从而发挥此类文学作品的中国文化载体和激活汉语读者对母体文化回忆的重要作用。与此同时,通过源语文本与目标文本的译例对比,探究原本作者与回译译者在处理同一中国文化现象或词汇过程中的异同,揭示其各自文化间在审美志趣、叙事体制、信息密度等方面的差异性。因其翻译机制的特殊性,文化回译是对翻译理论研究的有益补充,更能体现出翻译行为活动背后的复杂性和多元性,并在一定程度上说明文化回译研究是对翻译理论研究的拓展和延伸。

二、研究角度

该研究选取红极一时的"高罗佩现象"中流行最广的《大唐狄公案》英文本及多个汉译本(包括高氏自译本)作为文本参照,突破传统回译研究对译本与原本之间的文化专有项展开研究,重点阐释从高氏的异语创作到多版本的"文化回译"过程,发现和总结在此回译过程中出现的源语信息与译语信息错位现象及其内在机制,厘清这一特殊翻译现象在文化物事、诗词曲赋、叙事机制、补译现象、改写现象等方面的文化回译手法,并从英文源语和汉语译本的语言层面和文化层面探求"文化回译"对于目的语读者在进行文化回溯和文化参照时的重要功能,探究文化回译过程中文化元素信息在回溯反哺为母语形态时所展现的回译特征及译者主体性现象。同时,该研究也指出高氏异语创作中国题材文学作品为目的语读者提供"他者"进行文化自省和文化反思的独特视角,重审文化生机和精神家园的范本,提出在中国国际地位日渐提升及"文化赤字"的大背景下,异语创作是体现"中国话语"的创新书写模式,属于通过国际化视野讲述中国故事并实现中国形象的国际塑造的独特形式;而文化回译则是将从"他者"视角异语写就的中国文化主题文学作品译介至汉语读者,将人们耳熟能详的中国文化精髓以译本形式转播,为其内心带来感化情操的阅读效果,并成为汉语读者完成对自身民族的文化回溯并增强文化自信的重要环节,也是唤醒汉语读者对中华民族传统集体文化记忆的独特方式,进而在民族身份认同形成过程中发挥凝聚文化共识的功效。另外,该研究还对类似文化回译叙事文本文学作品的传播提供了优选路径,为今后坚定文化自信、助推中国文化元素的"走出去"战略、在世界文学交流平台上"讲好中国故事"、传递中国叙事声音并大放异彩的共同愿景提供一定的参照价值。

三、研究问题

（1）琴棋书画在"异语创作＋文化回译"中的镜像分析。在高罗佩创作《大唐狄公案》的过程中,将琴棋书画等这些文化元素巧妙融入狄公侦破知识型疑团的过程中,推动了小说情节发展和悬念设置,构筑了独具中国古代文化特色的文化物事网络群,为加强文本叙事张力足令西方读者如痴如醉,营设中国古代叙事空间,及播扬丰富多彩的中国古代文化提供叙事素材。若从表面看来,此类体现古人情操素养的物事点缀于断狱推理之间,是完全服务于情节需要而设置其中;但从反面观之,探案推理则又似是"诱饵",或者称之为"药引子",其真正的叙事母题是中国古代绚烂多彩的文化。这是高罗佩在创作中对于公案小说"犯罪—侦破"模式和"惩恶扬善"叙事主题的一次文化突破,有助于将读者引入扑朔迷离的密码游戏和文化解读之中。这些细腻而精巧的情节设置也反映了中国传统话本小说对于高罗佩叙事创作的隐性影响,更展示出作者将诸多丰富的中国传统艺术形式播扬西方的文化理想。

（2）文化器物在"异语创作＋文化回译"中的镜像分析。高罗佩在创作该系列小说时，汲取中国公案小说的文化精粹和叙事范式，将极富有中国古代文化特色的日常器物有机嵌入案件推理和侦破过程，在一器一物间呈现中国古代社会人们的生活范式与个人品位，成为绾连叙事悬念、寄寓人物命运、播扬中国文化的文化叙事因子。这些由高罗佩精心选取的文化叙事因子均代表了高罗佩汉学研究版图中的单体拼图，它们看似各自独立、互不相干，但将这些因子提炼出来就会发现，这些散见于小说叙事中的拼图是经由高罗佩艺术加工之后有机镶嵌于各个叙事关节之中的，所营设出的独具网络式中国古代文化特色的日常器物系统，建构出了中国古时人们日常生活的真实场景。作者十分注重对古人生活素材的艺术剪裁，用原本日常琐碎的陪衬器物为小说叙事营设极具现场感的叙事空间，并主动地将中国古代日常器物与巧妙奇诡的推理叙事完美捏合一处，使之成为叙事情节推波助澜的案眼，其英文本是西方读者窥探古老中国的一扇窗户，为西方读者呈现出斑斓的中国古代社会生活画卷，并成为小说推进叙事情节和塑造人物形象的醒目标记系统。

而在文化回译过程中，译者选用归化的翻译策略，顺应中国读者对于文中日常器物的文化联想，精准把控英语原文中的文化信息和对日常器物的细节描述，对源语中的文化元素精准解码后又充当信源主体的身份角色忠实地将解码信息投射至汉语读者受众，令其对小说中涉及的日常器物备感亲切。由于叙事文本具有为人类记忆提供讲述、提取、模仿的内在机制，汉语读者在阅读《大唐狄公案》的过程中，不仅感叹高罗佩奇思妙想的叙事创作，其更多的是经过文化回译处理的叙事文本令国人共同分享中国古代文化记忆以及中国传统文化，使得小说的阅读体验成为对自身中国传统文化记忆淘洗和沉淀的独特途径。

（3）诗词曲赋在"异语创作＋文化回译"中的镜像分析。在创作《大唐狄公案》系列小说的过程中,高罗佩十分注重诗词的叙事功用,曾在多处以现代英文的语言载体创作诗歌,以此或作为小说开篇入话部分用以点明主旨,或作为青年男女间互诉浓情的媒介,或以韵语式的谶语为后文情节伏设悬念。在一定程度上讲,高罗佩模拟中国公案小说的旧体诗词功效,将诗词有机地融入小说叙事情节的重要部分,甚至一些诗词与案件侦破存在强烈的互文性,以体现诗词在情节的推进、人物的形象塑造、主题的表达中所发挥的重要作用,并丰富了西方读者的阅读体验和审美感受。

鉴于英汉之间语言和文化的巨大差异,以及诗词格律音韵的语言要求,诗词曲赋带有很强的抗译性;更值得注意的是,与传统意义上的英诗汉译和汉诗英译所不同的是,《大唐狄公案》系列小说中的诗词均是由高罗佩以古代诗词文化和以中国古代文化题材为背景创作的英文诗歌,这对于此类诗词再转换为汉语的文化回译而言,其难度可想而知。若按照高氏英语原诗内容进行字面直译,势必导致译文内容太过单一,再加上中国古诗词遣词造句的形式与英语表达的巨大差异性,难以还原出其古代中国诗歌的诗韵。另外,译者在文化回译过程中也尤为注重译诗语言的含蓄之美,清晰地认识到中国旧体诗词中托物寓意、寓情于景、咏物寄托、意象象征、用典周备等语言美学特色。

故此,具有强烈母语意识的译者在回译中充分发挥译语优势,在炼字炼句的基础上,运用了大量替代、省略、增词、填饰典故等归化的翻译手法,实现对译诗语言和文化习惯的有益补偿;并且为了摆脱原诗句式结构的单调感,译者还适度打乱原诗的句型结构,改变原诗诗行的结句方式,貌离神合地使译诗充分展现中国古诗词的音韵美、形体美和意境美。

（4）译者叙事身份在"异语创作 + 文化回译"中的镜像分析。"译者叙事话语权一定程度上将译文信息有效融入汉语语言系统,并通过信息补饰、情节改写、添加叙事手法等多元叙事手法,营设符合汉语本土语言文化的叙事效果,搭建汉语读者对公案小说的叙事认知框架,并为汉语读者重新构建叙事原文的文学空间,从而令汉语读者对《大唐狄公案》汉译本备感亲切。而且译者行使叙事话语权。"①

第二章　高罗佩其人其著及《大唐狄公案》译介研究现状

第一节　汉学家高罗佩生平事辑

　　高罗佩(1910—1967)，字芝台，荷兰著名汉学家、东方学家、外交家、翻译家和小说家。"高罗佩"是罗伯特·梵·古利克(Robert van Gulik)的中文名，其一生颇具传奇色彩，通晓15种语言，尤精于中文和英文。幼年的罗伯特先随其父威廉·梵·古利克(William van Gulik)在荷属东印度居住九年。他最初接触中国文化还是深受其祖父的影响，因为其祖父酷爱中国和日本漆器，其自身对东方文化的钟情令高罗佩从小就浸淫于东方文化之中。高罗佩的父亲也是"中国迷"，家中收藏许多中国瓷器，而这些器具上面的文字、绘画、签章、诗歌等中国文化元素都在潜移默化中影响和吸引着少年时期的高罗佩。随父居住爪哇时，还在接受小学教育的高罗佩就为当地中国人城区的各式招牌和卷轴画上面的汉字所吸引，虽然这些汉字外形构架与西方文字迥异，但高罗佩发现这些文字和父亲家中收藏的瓷器上面的文字一般无二。年幼的高罗佩还时常由他父亲的车夫引领观看中国皮影戏。除此之外，在华人寺庙陈设的祭坛、体态多样的神仙雕塑、古雅风格的香炉等这些极具中国古代文化特色的物件令其神往。他在中学时期就开始学习梵文和中文，他曾提到"汉字把深刻的内涵同完美的形式结合起来，学习汉字使我非常幸福和陶醉"。①

---

① [荷兰]C.D. 巴克曼，H. 德弗里斯. 大汉学家高罗佩传[M]. 施辉业，译. 海口：海南出版社，2011：13.

　　高罗佩从 13 岁时开始攻读中文；16 岁时，家中专门聘请中国留学生为其加强中文语言学习，其受教育过程类似于中国的私塾教育；18 岁接受大学教育，除修完主修专业外还接受更为系统专业的中文培训。而在大学期间则更为系统地学习掌握了中文和东方历史文化，培养了对中文和汉语文化的浓厚兴趣。

　　"高罗佩"这个中文名字是他从大学时期开始使用的，此后将其定为终身使用的名字，且在华人世界里，他仍以这个名字闻名于世。"中文是由单音节词的汉字构成的，'高'代表'高里克'，而'罗佩'在发音上最接近'罗伯特'。此外，他后来还得到了一些中文的文人字号。"①

　　自此，高罗佩广泛涉猎有关中国的文学、艺术、法律、社会等信息，对最能体现中国文人精神的琴棋书画等也颇有造诣。高罗佩喜好中国诗歌，闲暇时则进行中国诗词创作，并择时发表刊登。

　　1932 年，高罗佩获得中文及日文学士学位和殖民法学士学位之后，决定去乌德勒支大学继续深造。1934 年，高罗佩以一篇论及 12 世纪米芾有关砚的论说文章《米芾及其砚史》(*Mi Fu on inkstones, a translation of the Yen-shih, with an introduction and notes*) 获得了东方研究硕士学位；1935 年，又以《马头明王古今诸说源流考》(*Hayagriva, the Mantrayanic Aspect of Horse-cult in China and Japan, with an Introduction on the Horse-cult in India and Tibet*) 为题的博士论文获得东方语言学博士学位。

　　由于对中国文化的痴迷和酷爱，高罗佩 1935—1942 年间受荷兰外交部委派前往日本工作，其间考证明末清初东渡日本的僧人——东皋禅师，后整理出版《明末义僧东皋禅师集刊》一书，叙及中国佛法在日本的传播历史过程，"不但考证精详，他的文言文也深合中国传统传记的记载。"②

　　1943 年，高罗佩以荷兰政府驻中国使馆一秘身份居于当时

① ［荷兰］C.D. 巴克曼，H. 德弗里斯 . 大汉学家高罗佩传 [M]. 施辉业，译 . 海口：海南出版社，2011：14.
② 严晓星 . 高罗佩事辑 [M]. 北京：海豚出版社，2011：17.

被称作中国抗日战争大后方的"山城"重庆。其间,高罗佩同中国当时躲避战火的中国社会高级知识分子如沈尹默、于右任、冯玉祥、田汉、郭沫若、陈之迈等名流之间社会交往与信札往来为其"深入了解中国文学、书画、音乐的精髓创造了一个不可多得、再难复制的机遇"。[①] 与自己所倾心的中国文化近在咫尺以及与中国文化名流的深度文化切磋,为高罗佩全面深入探求中国古代文化精髓夯实了基础。

高罗佩还专攻中国书法,从 22 岁开始练习书法,来到重庆后,更是将这一嗜好发挥至极致。他每日笔耕不辍,汉字书法风格造诣精深,笔力雄健,偏好行书和草书,其字体被人称为"高体",这促成高罗佩翻译完成《米芾砚史》(*Mi Fu on Ink-stones*)和《书画说铃》(*Scrapbook for Chinese Collectors*)两部古文典籍,受到中国书法家的赞扬。此两本书的译者黄义军在"译后记"中评论道,"在译书过程中,深感作为外国人的高罗佩对中国文化的热爱。他对这两本书的精深阅读可能超过不少中国人,不仅大部分译文文法准确,他还能恰当领会原作字里行间的精神。"[②]

高罗佩还对中国琴艺产生了浓厚兴趣。高罗佩曾对古琴古音古韵倾慕已久,潜心研究古琴谱和以古琴为代表的中国雅文化,并拜古琴大师叶诗梦为师,学得十首古琴曲目。

1940 年,高罗佩在东京出版《中国琴道》(*The Lore of the Chinese Lute*: *An Essay in Ch'in Ideology*)英文专著一册,以西方乐理阐释中国古琴,并以此书敬献给已然辞世的古琴老师。全书以英文写就,旁征博引,梳理中国古琴历史脉络,探究古琴演奏技巧,以及古琴、音乐原理与文化内蕴,被世人称为中国古琴研究的权威专著。他在该书自序中写道:"茅斋萧然,值清风拂幌,朗月临轩,更深人静,万籁希声,浏览黄卷,闲鼓绿绮,写山水于寸

① 施晔.荷兰汉学家高罗佩在渝期间交游考[J].上海:上海师范大学学报(哲学社会科学版),2012(03):128.
② [荷]高罗佩.砚史·书画说铃[M].黄义军,译.上海:上海世纪出版集团;中西书局,2016:160.

心,敛宇宙于容膝,恬然忘百虑。"① 字里行间无不透出古雅之气,足证高罗佩对中国古代文化,特别是古琴文化的孜孜以求。1943年,他初到重庆时,还聘请中国琴师,继续学习弹奏古琴名曲。每值抚琴,他气定神闲,沉醉古声。同年他与于右任、冯玉祥等社会名流创立"天风琴社",专门从事中国琴艺研究。

另外,1941 年高罗佩还出版一部名为《嵇康及其〈琴赋〉》(*His Kang and His Poetical Esaay on the Lute*)的专著,主要向西方世界播扬中国魏晋时期的竹林七贤和嵇康的《琴赋》以及以此为代表的中国雅文化,论述了古琴与"道"的密切联系以及古琴背后超凡脱俗的文化境界,是以"他者"视角探究中国古琴的文化特质,虽该书中含有大量高氏作者本人对中国古琴文化的主观臆断,但这隶属于古琴在国际视野下"接受和传播中的文化变异,体现了跨文化接受的特点"。②

随后,他还广泛搜集文献资料探讨中国古琴的文化根源,并于 1944 年著有《明末义僧东皋禅师集刊》一书,主要论述中国琴学东传的历史考据。高罗佩选取存世最为古老、最能代表中国古雅文化的古琴作为重点研究对象,着重探讨中国古典音乐美学和文化内涵,这可以说是中国古雅文化向西方世界的一次普及和传播。

从 1935 年到 1967 年出任各国外交官一职期间,高罗佩广集中国古典文献和图书史料。高氏收藏的书籍文献可分三类:一属古典音乐,如古琴琴谱;二属艺术字画类;三属中国通俗小说类。所藏多为蓝布皮包的线装书,其中有 90 余种稀世书稿,更有孤本10 种。高罗佩离世后,其夫人水世芳将藏书全部捐赠给荷兰莱顿大学汉学院的"高罗佩特藏室",并将其中稀见的 170 种戏曲小说复制为显微胶片,向国际汉学机构和汉学群体公开。

---

① 高罗佩.琴道[M].宋慧文,孔维峰,王建欣,译.上海:中西书局,2013.
② 陈莉.跨文化语境下的高罗佩《琴道》研究[J].南京艺术学院学报(音乐与表演),2018(04):39.

　　1945 年,高罗佩偶然间获得一本中国古典公案小说《武则天四大奇案》,自此痴迷于小说的情节和独特的叙事手法,并意识到叙事风格与西方侦探小说迥然不同的公案小说却从未有译介将其传播至西方世界。出于此,高罗佩则开始着手选择式地将该书的前三十回内容译成英文,定其译名为 *Celebrated Cases of Judge Dee*（*Dee Goong An*）,并于 1949 年由纽约都佛出版社（Dover Publication）出版发行。高氏《狄公案》译本基本保持了原文本情节、叙事内容、结构手法,并沿用了中国话本小说的套用手法,其中的章回体回目、诗词等中国文学元素均转译为英文。

　　但在忠实于《武则天四大奇案》叙事内容的同时,高罗佩依照目的语——英语读者的审美需求和期待视野,对原小说的部分内容进行了修改和微调。通过对中国公案小说和西方侦探小说的差异性对比,即两种文化背景不同的小说在叙事开篇、超自然力影响、叙事细节、社会人际关系和叙事结构等元素的差异性分析,高罗佩选择使译本尽可能贴近西方侦探小说的叙事套路,如将小说疑犯隐身、删节原文较多封建迷信细节、减少小说人物数量或简化人物名字、缩减公案小说中的说教言辞等,使其符合西方阅读者的审美口味和阅读预期。"在有'美国的豆瓣读书'之称的 Goodreads 网站上,美国小说家罗杰斯（Richard C.Rogers）也指出,这部小说通俗易懂,作为一部情节交错的侦探小说,从单纯欣赏的角度来说它就给他很愉快的阅读体验,而其中的中国元素和中国历史让他觉得这部书更有趣了。"①

　　高罗佩对于中国公案小说的翻译原则,其实也是重新认识公案小说叙事优劣的风向标。如他指出,中国公案小说的章回体回目的设计在很大程度上暴露了章节的叙事信息,使得读者在阅读章节全文之前已对整个章节的叙事脉络一览无余,从而使得小说叙事悬念缺乏张力。因此,高罗佩在翻译回目时,将直指章节核心叙事内容的字眼删节,恢复小说悬念的设置,隐藏叙事关键细

---

① 岳坛．论中国文学作品外译选材的重要性——以高罗佩英译《武则天四大奇案》为例[J]．湖北第二师范学院学报,2016（04）：121.

节,并将悬念留给读者,使其逐步破解和体会,从而获得阅读快感。另外,在叙事过程中,高罗佩在翻译《武则天四大奇案》的过程中,还特别注意到中国社会人际关系的复杂,映射到传统章回小说叙事过程则出现多元的人物网和家庭关系称谓,这对于初始接触中国文化的西方读者来说自然会带来很大的阅读障碍,故此,高罗佩不仅采取删减人物全名,除中心人物外,还采用保留人物姓氏的做法,在译本中特意设置"小说人物索引",简明介绍小说主要人物及社会身份。这种人物索引图表一直被沿用于高氏其他原创探案小说中,用于扫清因人物名称称谓混杂带来的阅读障碍。

通读《武则天四大奇案》译者前言和翻译策略,可以清晰看出高罗佩洞悉中西小说之叙事差异。中国公案小说与西方侦探小说虽同涉及犯罪侦破叙事,具有类似的文学母题,但二者在叙事手法中却有较大不同。前者属中国古代小说中的独特叙事类型,追求"文以载道",作者在叙事过程中首要关注的不是侦破案件过程而是对罪犯的惩罚,以完成小说所担负着的教化民众和惩恶扬善的叙事功能;而后者则注重叙事情节悬念的设置、营设紧张叙事气氛、推介严谨的侦探推理过程,呈现出侦探与凶犯之间动人神魄的智力博弈过程。译者在面对如此明显差异的叙事文本和在异质文化的交流和碰撞中往往依照自身文化立场对文本翻译做出文化选择。作为谙熟中国文化的西方译者,高罗佩在整个文本的翻译过程中自觉采取文化过滤手法,对中文原本做出一定改编和微调,旨在让英语译文能在西方读者中有效传播,而这也是叙事文本在中西两种文化交流和碰撞中发生变形和变异的典型译例。

除此之外,高罗佩又开始着手狄仁杰探案故事的创作,从1949 年开始陆续创作 15 部中篇、8 部短篇,整个《大唐狄公案》系列小说近 130 万字。关于抒写该系列小说的动机和目的,高罗佩曾写道:"狄仁杰作为一位历史人物,在唐代历任多职,位及宰辅。他以其经天纬地之才参议朝政,对唐室内政、外交均发挥了重大影响。但更主要的是,他为官一生,尤在州县,断滞案无数,因而口碑载道,誉满华夏。中国人视他为执法如山、断狱如神的清官神探,他的美名至今仍在中国民间传扬。中国人对他和我们对福尔摩斯同样喜爱。"① 高罗佩还善读中国古文,撰写中国古体诗词,在创作《大唐狄公案》的过程中,曾多处借鉴中国古典话本小说如《棠阴比事》《龙图公案》《九命奇冤》和《古今奇观》及笔记小说《聊斋志异》,这与高罗佩利用闲余时间收藏中国各类白话小说、文言小说、说唱文学等典籍的嗜好河同水密。他所切实洞悉的中国公案小说叙事范式和诗学模式,以及日常习得的中国社会文化百科式知识,为其后期将英文版《迷宫案》自译为中文版《狄仁杰奇案》打下扎实的语言文化基础。

另外,高罗佩在以英文创作出版《大唐狄公案》的同时,还在叙事脉络中着意于将中国古代文化元素嵌入其中。极富中国古代建筑特色的亭台楼阁、道观寺庙、酒肆茶楼都被巧妙地设置为叙事场景,而扑朔迷离的案情发展又与诸如珍珠、毛笔、字画、算盘、棋谱、香炉等中国古代文化主题物事息息相关,为广大东西方读者营设了一个西方汉学家心目中的大唐帝国。《大唐狄公案》因其特殊的语言载体传播形式,实现了中国文化先外销而后内销的文化传播模式,属中西文化史上的"逆交换"现象,而且其影响力大大超过了其他汉学家的任何一部中国学术著作。高罗佩小说创作之所以能大获成功,其原因在于他精准契合中国公案小说和西方侦探文学脉搏互通的叙事共性,并灵敏地切准了东西方读者的阅读兴趣聚焦点,以英文为媒介并突破性地将诸如"密室谋杀""高度悬念"等西方古典侦探小说的叙事笔法与中国古典公案小说叙事范式完美结合,从而该系列小说也被称为将狄仁杰和丰富多彩的中国历史文化播扬至西方世界的有效文本载体。此种独具匠心的创作手法,对中国传统的公案小说来说无疑是一次洗心革面。高罗佩所创作的《狄公案》文化奇迹,成为西方读者了解中国的一个特殊窗口,是中西跨文化交流史上开启的自主向

---

① 陈来元.《狄公案》与荷兰奇人高罗佩[J]. 世界知识,2004(18):63.

西方输出中国文化以及回溯中国传统公案小说的全新路径,其影响之深远,不容低估。《大唐狄公案》的译者陈来元先生如此评价高罗佩,"高罗佩如此热爱、尊崇中国古老的文化传统,并为发扬光大这一文化传统奋斗至生命的最后一息。高罗佩是中国人民的好朋友,他笔下的《狄仁杰断案传奇》是弘扬中华文化的杰作。"①

1967年,高罗佩回到荷兰,在海牙因患癌症去世,年仅57岁。

高罗佩竟能在折冲樽俎的繁忙外交工作中还对中国文化和小说创作进行深入研究。其研究"往往剑走偏锋,涉及众多汉学家通常不愿、不屑或不能研究的偏门知识,例如他对古琴的研究和为研究中国古诗中的猿声甚至专门饲养猿猴以研究其生活习性等等。在文学领域中,他也是出人意表,选择中国非主流的公案小说和西方同样非主流的侦探小说的结合点为开端,从而引发了后来一系列其他的汉学研究"。②

在纪念高罗佩逝世50周年之际,荷兰导演罗布·龙包茨耗时8年重走高罗佩工作和生活过的地方,在荷兰、中国、印尼、日本、美国等地寻访与高罗佩有过接触、受到高罗佩影响的人,拍摄了一部纪录片。他告诉记者:"在那个大多数人还待在自己角落里的时代,高罗佩已经是个全球化的人物。每到一处,他都深入了解并分享当地文化,影响了很多人。"③

汉学研究是他的终身事业,学术有永久价值;写小说是他的业余爱好,只是消遣,但从某种意义上说,恰好是他的博学广览学术精神为他创作《大唐狄公案》打下了扎实基础。"理解这个背景,才能明了他的创作里的哪怕一个细微的情节,甚至一草一木一屏一盏,几乎无一字无出处。"④高罗佩是一位以中国题材小

---

① 陈来元.高罗佩和他的《狄仁杰断案传奇》[J].世界博览,1992(03):37.
② 张萍.高罗佩:沟通中西文化的使者[M].北京:中华书局,2010:3.
③ 纪念荷兰汉学家高罗佩逝世50周年.新闻网.(2017-12-13)http://news.gxnews.com.cn/staticpages/20171213/newgx5a3103f2-16749585.shtml.
④ 吴晓铃."乃知盖代手,才力老益神!"——记《狄公案》作者荷兰高罗佩[J].聊城师范学院学报,1988(01):63.

说创作为主学术英文著作为辅的跨文化传播者,其以偏奇取胜的试笔是推介中国古代文化路径的有益启发,是从"他者"视角审视中国文化以及中国文化在西方世界的文化增殖,为中国文化的"东学西渐"做出了巨大的贡献。

第二节 《大唐狄公案》简介

一、《大唐狄公案》英语文本的创作及影响

"高罗佩研究汉学的丰硕成果使他蜚声世界汉学界,而《大唐狄公案》的成功,则使他誉满西方世界及其他国家,也使中国古代法官狄仁杰几乎成为欧、美、日家喻户晓的英雄,许多西方人称其了解中国是从读高罗佩的《大唐狄公案》开始的。"① 由此,足可管窥《大唐狄公案》系列小说对于原本对古老中国文化心生迷恋的西方读者的影响力。

高罗佩深受中国文化话本小说,特别是《武则天四大奇案》的公案小说叙事手法的启发,再加上自幼年开始对中国文化渐入式认知,深谙中国公案小说诗学范式和叙事构架,使其在将《武则天四大奇案》转译为英文之后,其叙事主体仍与其心目中的公案小说存在差距,清晰地厘清了中国公案小说创作的叙事弊端。"首先,小说伊始即介绍罪犯,细述犯罪的经过和动机,从而丧失了故事的基本悬念。其次,崇尚神鬼等超自然力量,法官能潜入冥王地府与受害者对话,动物、炊具也能上法庭作证。再有,故事冗长,情节拖沓,动辄数十章,甚至数百章。再有,出场人物过多,难以分清主次、理清线索。最后,惩罚罪犯过分,残忍地诉诸暴力。"②

介乎于中国公案小说和西方侦探小说之间,高罗佩清晰地

---

① 陈来元. 高罗佩及其《大唐狄公案》[J]. 中外文化交流, 2006 (03): 54.
② [荷兰] 高罗佩. 迷宫奇案[M]. 姜汉森, 姜汉椿, 译. 太原: 北岳文艺出版社, 2018: 12.

体悟到两类小说创作各自之所长,"决意向西方人和一些沉湎于西方侦探小说的中国人证明:中国传统的公案传奇远比西方侦探小说高明,中国古代法官的智力比起西洋大侦探来也毫不逊色。"① 与之同时,高罗佩也欲凭借该小说系列的流传帮助中国读者认识到自身古代犯罪小说中所蕴含着的丰富的可供创作探案小说和悬疑故事的原始素材。

除了身体力行的进行《武则天四大奇案》的译介尝试之外,高罗佩选定以唐朝武则天在位期间为历史文化背景,并围绕大唐名臣狄仁杰折狱勘案为叙事核心的原因还在于,《旧唐书·狄仁杰列传》有关狄仁杰断案的记载,如"仁杰,仪凤中为大理丞,周岁断滞狱一万七千人,无怨诉者"。② 狄仁杰丰富的履仕经历和断案背景为小说创作提供了可行性条件,高罗佩发挥自身披沙拣金的深厚汉语功底和超乎寻常的叙事创作能力,以其非母语——英语撰写创作出中西合璧的公案小说。

20世纪40年代末,高罗佩出版发行了其原创的第一部英文本——《铜钟案》(*The Murders of Chinese Bell*),该书选取中国公案小说中数案连发的叙事模式,巧妙地将三桩要案严丝合缝地拼接一处,令整个叙事中的断狱情节跌宕起伏。该书一经出版,就引起读者的强烈反响,深得西方读者的赞扬和好评,并纷纷鼓励高罗佩继续创作类似的探案小说。1950年,为呼吁西方小说创作者关注中国公案小说的独特性,高罗佩创作了以狄公为侦探主角的《迷宫案》(*The Chinese Maze Murders*);随后耕笔不辍,陆续写就近130万字完美融合中西文化的《大唐狄公案》系列小说。每部小说均叙事案情独立成篇,又彼此在叙事情节和人物设置上相互照应,为西方读者呈现了以中国古代公案小说为表象和以西方古典式侦探小说为内核的探案系列,在西方掀起了"狄仁杰热"。在《狄仁杰奇案》的中文自序中,高罗佩写道:"前清末

① 〔荷兰〕高罗佩.大唐狄公案[M].陈来元,胡明,等译.海马口:海南出版社;三环出版社,2006:15.
② 刘昫,等.后唐书[M].北京:中华书局,1975:2886.

年,英国科南道尔所著福尔摩斯之侦探小说译成华文,一时脍炙人口;是后此类外国小说即遍流国内,甚至现代人士多以为:除英、美、德、法四国所出以外,全无此类述作。果尔,中国历代循吏名公,岂非含思于九泉之下? 盖宋有《棠阴比事》,明有《龙图》等案,清有狄、彭、施、李诸公奇案;足知中土往时贤明县尹,虽未有指纹摄影以及其他新学之技,其访案之细,破案之神,却不亚于福尔摩斯也。然此类书籍,间有狗獭告状,杯锅禀辞,阎王指犯,魔鬼断案,类此妄说,颇乖常识,不足以引令人之趣。故光绪末年,吴趼人首以九命奇冤一书改编作警富新书,曾见赞于世;惜后起乏人,致外园侦探小说仍专擅文坛也。是以不佞于公余之暇,于历代名案漫撰三件,删其虚而存其实,傍摭《宜和遗事》以下诸书故事而编辑此书,一以唐朝显宦狄梁公仁杰为主,故名曰《狄仁杰奇案》。并择旧明末版书为底本,略参新义,面制为插图。茹古咀新,其能否和芍药以成羹屋,仍待博识君子之雅鉴尔!"①

　　该系列小说的创作过程共分两个阶段:第一阶段,高罗佩翻译了宋代桂万荣的《棠阴比事》(*T'ang-Yin-Pi-Shin, Parallel Cases From Under the Pear-Tree*)刑法折狱案例汇编,并广泛参考明清《三言二拍》《聊斋志异》等小说、晚清小说家吴沃尧根据《警富新书》改写的《九命奇案》等中国古代探案书籍,从中选取历代决疑断案和司法案例等叙事素材,并仿拟中国宋元话本的叙事体裁进行文学创作。该阶段的小说叙事思路接近于中国传统公案小说特色,但并不拘泥于其叙事方式的手法。此阶段的代表作有《迷宫案》(*The Chinese Maze Murders*, 1952)、《铜钟案》(*The Chinese Bell Murders*, 1958)、《黄金案》(*The Chinese Gold Murders*, 1959)、《湖滨案》(*The Chinese Lake Murders*, 1960)、《铁钉案》(*The Chinese Nail Murders*, 1961)。后因作品极其畅销,数家出版社约稿不断,从而开启了高罗佩第二阶段的狄仁杰探案创作开始独立创作。这一阶段以西方推理小说创

---

① ［荷兰］高罗佩. 狄仁杰奇案[M]. 台北: 文海出版社有限公司, 1983: 339.

作技巧、中国传统公案小说、中国古代文化元素相互结合的叙事手法展开案情推理和勘破,叙事戏剧矛盾和叙事可读性明显增强,被称为"新狄公系列",代表作有《朝云观》(*The Haunted Monastery*,1963)、《御珠案》(*The Emperor's Pearl*,1963)、《四漆屏》(*The Lacquer Screen*,1964)、《红阁子》(*The Red Pavilion*,1964)、《柳园图》(*The Willow Pattern*,1965)、《广州案》(*Murder in Canton*,1966)、《紫光寺》(*The Phantom of the Temple*,1966)、《黑狐狸》(*Poets and Murder*,1968)等。由高罗佩以中国初唐时期为叙事背景,选用异语创作形式和仿拟中国公案小说的叙事框架为西方历史侦探小说的发展崛起提供了文本参考和创作思路,该系列小说又通过"异语创作 + 文化回译"双重的传播路径在东西方均产生持续的文化影响力。

在此两个阶段的探案小说创作中,高罗佩谱写了在世界汉学著作中独一无二的系列小说。

另外,在叙事内核中精巧地吸纳西方侦探小说的创作元素。"首先,它(《狄公探案》)是侦探小说,遵循侦探小说之父爱伦坡(Allan Poe,1809—1849)的'破案解谜六步曲',亦即介绍侦探、展示犯罪线索、调查案情、公布调查结果、解释案情发生的原因和经过、罪犯的服输和认罪。其次,它又是历史小说,涵盖了历史小说之父沃尔特·司各特(Walter Scott,1771—1832)所创立的大部分市场要素,如异国情调、哥特式气氛、英雄主义、骑士精神等。"①

高罗佩不仅将古朴雅致的中国社会文化、民俗风情、士大夫生活方式等元素融入小说叙事过程中,从而营设自我心目中的中国古代叙事空间体系,而且还在叙事创作中渗透西方法律、现代价值观念和叙事手法,将原本互为异质的中西文化元素有机杂糅,颇有中西文化珠联璧合之妙处。在《大唐狄公案》叙事脉络中,高罗佩有意无意间铺陈了丰富多样的中国古代元素,以红色

① [荷兰]高罗佩.迷宫奇案[M].姜汉森,姜汉椿,译.太原:北岳文艺出版社,2018:5.

阁楼、佛寺道观、漆画屏风等浓缩中国唐代古雅文化的建筑、典章、艺术、历史等均为西方读者开辟了对丰富广博的中国古代文明的想象空间。除此之外,穿插小说叙事过程并紧扣案眼的诸多文化物事,激发西方读者对中国传统文化的浓厚兴趣,也培养其对中国古典文化认知的学习动力。

《大唐狄公案》在世界范围内都获得了巨大成功,被先后译为法文和德文,甚至包括瑞典语、芬兰语、克罗地亚语等小语种近十多种语言的译本。这也恰恰证明神探狄仁杰这一中国典型清官形象已然成功走出国门,广受海外西方读者的青睐,引发西方广大读者对神秘东方文化的浓厚兴趣,并成为西方人心目中的"东方福尔摩斯",对此高罗佩居功至伟、功不可没。

荷兰汉学家伊维德(Wilt L. Idema)在提及自己了解中国文化缘起时指出:"1963年我进入大学之前,我对中国的所有了解都是基于高罗佩的狄公案小说。在英语世界,高罗佩的狄公案小说到20世纪70年代已然广受欢迎。在法国,它们流行得更久,直到今天仍然有自命为高罗佩的接班人在出版新的系列。自20世纪70年代末期以来,高罗佩的狄公案小说也被译为中文,并经改编搬上荧屏和银幕。这些中文的译作,不论是单本小说还是集结成数百回的小说,都受到极大的追捧。"①

高罗佩在创作过程中沿袭了部分西方侦探小说的悬念设置手法,极大程度地将中西探案叙事手法完美结合。如采用了哥特式小说创作模式,将主人公置于完全异质陌生的环境,巧妙地设置多个悬念因子,营设阴郁的空间色调和诡谲的叙事气氛。如在《朝云观》一书中,高罗佩开篇就为主人公狄仁杰设置了一个阴雨连绵的道观空间,并在入住当夜见证令其疑窦丛生的连环式案件,直至叙事收尾方真相大白,令读者为其缜密的叙事手段拍案叫绝。高罗佩还有意尝试了"密室杀人"元素在其作品中的应用,在探案现场——封闭式的空间为读者创设"不可能犯罪"的假象,

---

① [荷兰]伊维德.高罗佩与狄公案小说[J].谭静,译;程芸,校译.长江学术,2014(04):5-6.

并通过主人公的逻辑推理将受害人被害的证据全部指向封锁密闭的空间,从而设置独具神秘色彩的叙事文本,如《迷宫案》《红阁子》和《朝云观》都将这种"不可能犯罪"的叙事元素杂糅于小说叙事框架之中。

高罗佩还融入西方现代心理学理论、侦破学、西方古典侦探小说的创作手法及中国公案小说中"数案连发"的情节设置手法,尝试创作出既符合中国读者阅读期待,同时兼顾易于西方读者接受的独特小说形式,实现了东西方文学叙事特色的互补与交融,"其结果便是产生了可以同时吸引东西方读者的杂合文本(hybrid texts)"。高罗佩的创作实践不仅为将中国传统文化融入西方世界提供了重要的思路和途径,同时其创作实践还为中国公案小说和西方侦探小说的演进和变革做出了卓越贡献。

高氏所著《大唐狄公案》不仅是东西方文学碰撞与交流的奇葩,还是作者以异族身份谱写中国古代故事,将中西法律文化意识和法学思想贯穿小说叙事始终,使中西文学及东西法学结合的典范著作。非学术圈子里的西方人,他们了解的中国,往往来自《狄公案》。而且此套小说在西方雅俗共赏,影响不限于只读通俗小说的俗众:伯克莱加州大学法学院长贝林教授研究中国法制史,就是从狄公小说入手的。由此可见,"我国的公案文学已被外国人所理解、所赏识。这不仅因为它反映了人类生存与发展过程中所共同经历过的社会、政治、法律、犯罪等文体,同时也体现了人类共同的审美经验,说明它具有超越民族与地域的思想穿透力与艺术感染力。"[1]

《大唐狄公案》以唐朝社会生活为背景,假托唐高宗和武后时期的名臣狄仁杰,以仿拟宋元话本体公案小说的叙事体制,沿用清代《狄公案》(该书原作者无从考证)中狄公四位助手洪亮、马荣、乔泰、陶甘为主要角色,叙写一同审理形形色色迷案的叙事作品。除此之外,本着缜密严谨的创作态度,高罗佩书中涉及的"古

---

[1] 孟犁野. 中国公案小说艺术发展史 [M]. 北京:警官教育出版社, 1996:195.

代中国的典狱、刑律大多有历史依据,不少司法问题都符合《唐律疏议》等法典"。[①] 在创作过程中,除了参考中国宋元话本小说的叙事模式和叙事手法,具备中国古代法律素养的高罗佩还研究《唐律疏议》《宋刑统》等中国古代法律典籍,甚至从事中国古代法医医学著作《棠阴比事》的翻译工作。对中国古代法理法令的研究成为高氏狄公故事呈现符合中国法律文化背景创作的叙事保障。与其产生文学价值类似的是,高罗佩以西方法律文化为底线,以非凡的叙事策略甄别和遴选故事叙事的案件体裁,从而实现最大程度地调节中西双方法律文化理念的差异和冲突,使得其作品在双方读者群中广泛传播,实现了东西方文学创作的互补、协调与交融。

《大唐狄公案》自出版发行以来,"已经用好几种文字发行了上百万册。从早期的高氏自己在日本南洋印行,到20世纪60年代欧美主流商业出版社争相出版,比如Scribner's以及Harper & Row,再到九十年代芝加哥大学出版社(University of Chicago)出版了这一系列的全套平装本,'大唐狄公系列'已成为西方侦探悬疑文类中独具一格的畅销小说。"[②]

二、《大唐狄公案》汉译译介简介

1950年,高罗佩曾以英文写就《迷宫案》(*The Chinese Maze Murders*)一书;并于1952年又将该小说自译为中文,书名为《狄仁杰奇案》(下文称为自译本);1953年,该自译本先由新加坡南洋印刷社出版发行,而后又由台湾文海出版社影印发行;2000年1月,群众出版社将该本与清代狄公探案小说合集出版,书名为《狄梁公四大奇案·狄仁杰奇案》。但该自译本因当时特殊客观因素,未在中国大陆产生影响。该版本也是偶然为人发现。学者

---

① [荷兰]高罗佩.大唐狄公案[M].陈来元,胡明,等译.海口:海南出版社;三环出版社,2006:14.
② 孔书玉.重庆的高罗佩.(2018-02-10) http://cul.sohu.com/20180210/n530677252.shtml.

王筱芸在该书的校对后记中提道,"《狄公案奇案》,是我一九九五年到荷兰莱顿大学做博士后研究期间,在该校汉学研究院'高罗佩特藏室'无意间发现的。"① 到目前为止,翻译学界对于该本的研究尚占少数。若将高罗佩自译本与他译本之间展开对比研究,也是对文化回译研究视角的一个拓展和延伸。

由陈来元、胡明等"文化回译"的《大唐狄公案》系列小说先后由多家出版社出版。译者陈来元在《我译〈大唐狄公案〉的酸甜苦辣》一文中提道:

"《大唐狄公案》的中译本自1981年陆续问世以来,一直受到广大读者的热烈欢迎,故连载、转载、出版、再版、重印不断,成了至今30年经久不衰的畅销书和长线书。例如,因市场需要,2009年以前曾出版、再版此书3次的海南出版社于2011年1月和5月又出版、再版了2卷本和8卷本两个不同版本。"②

除了影响深远的陈译本之外,台湾脸谱出版社在2000年至2002年又出版了黄禄善主编的《狄公案》。该版本共分16册,并从内容形式上力求忠实于高罗佩英文原著,2018年1月和3月,北岳文艺出版社又以此本为基础进行出版发行,并附加了黄禄善显示的前言及《大唐狄公案》创作年表、高罗佩原版绣像画等内容。该译本的出版为汉语读者解读高氏系列小说汉译本和开展译评比较提供了多元的文本参照,也为对《大唐狄公案》的文化回译研究提供了多样的研究视角。

另外,还有其他译者计划完成对《大唐狄公案》的重译工作,如"由上海译文出版社出版,美国高罗佩研究者张凌女士(1973—)翻译的15册新译本,与他本不同,此本并非合作翻译,全部翻译工作都由张凌一人完成,译者翻查《狄公案》英文版各种版本并借鉴部分荷、日译本,译文以忠实和中国化相结合为目标,译后记和

---

① 高罗佩. 狄仁杰奇案 [M]. 北京: 群众出版社, 2000: 516.
② 陈来元. 我译《大唐狄公案》的酸甜苦辣 [J]. 中国翻译, 2012 (02): 82-85.

注释引证大量中外文资料,考证详实,独具匠心。"① 和"由时代文艺出版社出版,军事作家兼翻译冬初阳先生(1979—)主译(合作者有李江艳女士、张思捷先生、杨忠谷先生)的版本,该本译文与高公自撰《狄仁杰奇案》中文版和陈、胡本的类明清白话文一脉相承,在忠于原著,不影响人物性格和故事情节的前提下,对小部分内容进行适当的修改和增补,使译本能够贴近狄公生活的初唐时代背景,亦值得期待。"②

正如谢天振教授所言,"一旦一部作品进入了跨越时代、跨越地理、跨越民族、跨越语言的传播时,其中的创造性叛逆是不言而喻的了。不同的文化背景、不同的审美标准、不同的生活习俗,无不从文学及文化形象层面上为这部作品打上各自的印记。这时的创造性叛逆已经超出了单纯的文学接受的范畴,它反映的是文学翻译中的不同文化的交流和碰撞,不同文化的误解和误释。"③

高罗佩作为一个深谙中国古代文化的现代西方人,通过自己的叙事创作孜孜以求地令中国传统公案小说在西方世界大放异彩,呈现出以勘案断狱为叙事主体,辅以传奇性,兼及现实性写法,并冶公案、侠义、传奇、灵怪、胭粉、人情及西方现代侦探小说叙事于一炉的公案系列小说。"高罗佩对中国素材的遴选基于情节构架、文化适应、读者接受等诸多因素,选择通常是跨文化传播的第一步也是最重要的一步,是主体文化对异质文化基于排斥的接受过程。而高罗佩对中国公案素材的选择是自觉、立体、多层次和全方位的摄取。"④

高罗佩的研究同时也完成了对中国古代文化在海外的传播过程和中西文化融合,向西方世界输出了中国故事、播扬中国古老历史和文化传统,其译本的大量出版和传播则实现了中国读者对自身文化的反身观照,实现其作品在中西双方读者群的广泛认

① 于鹏.高罗佩《狄公案》中译本简说[J]. https://new.qq.com/omn/20180810/20180810G1ROW0.html. 2018-8-10.
② 出处同上.
③ 谢天振.译介学[M].上海:上海外语教育出版社,1999:141.
④ 施晔.荷兰汉学家高罗佩研究[M].上海:上海古籍出版社,2017:186.

同和双向交流的效果,并达成对中国璀璨古代文化的普遍认同和价值判断;再者,高罗佩的汉学研究和文学创作在西方社会的流传也尝试矫正西方读者对中国文化的误解和曲解,在使中西方读者对狄仁杰法官共同价值的认同基础上,增强彼此对异质文化的认同感,也为在西方世界树立正确和正面的中国国家形象奠定了一定的基础,在中国文化与世界文化交流史上留下浓墨重彩的一笔。

第三节 《大唐狄公案》译介研究现状

高罗佩以异语创作形式讲述中国古代探案故事——《大唐狄公案》(*The Judge Dee Mysteries*)的成功"文化外销模式"对于开展中国文化"走出去"以及"讲好中国故事"战略提供了重要参照作用,也引起了中国学界的广泛关注。

目前学界对该系列主要研究的译本主要集中于 20 世纪 90 年代由陈来元、胡明等译者完成的汉译本(以下称陈译本),从跨文化角度、文学创作、形象学及诸如异语创作、文化回译、情节改写等翻译策略角度探讨分析英汉文本之间的翻译现象和翻译理论。

一、跨文化研究方面

张萍博士(2007)在其博士论文《高罗佩及其〈狄公案〉的文化研究》中重点探讨了高罗佩《狄公案》深得东西方读者青睐的内在原因,探究了高罗佩多重的文化身份及对东西方读者审美期待的精准把握,还指出虽高罗佩文化实践的个案不足以提供系统的中西文化交流模式,但"对于目前中国面临的文化交流中的问题,例如,如何以开放的姿态对外进行文化交流,使保存自身文化与吸收外来文化精华和谐并存,如何利用最有效的方式向世界输出中国文化等,都将提供非常有益的借鉴。"①

张华,张萍(2009)撰文《试论中国鬼神文化与高罗佩的〈狄公案〉》,主要论述了高罗佩以"他者"身份描述中国文化过程中凸显杂糅的文化观,并选取"中国鬼神文化传统在公案小说中的表现……总结了高罗佩在文学创作中对于中国鬼神文化的表现和变形以及这种处理的成败得失"。②

施晔(2011)的《高罗佩小说主题物的汉文化渊源》从多部高罗佩《大唐狄公案》中的文眼——文化主题物入手,指出高频率在小说悬念设置中使用主题物"不仅有效地绾连了小说情节,渲染了悬疑气氛,丰满了结构层次,而且成功地向西方读者传播了中国文化"。③

方媛(2018)在题为《高罗佩笔下的唐朝社会生活——从〈大唐狄公案〉说起》的硕士论文中,重点分析"作者高罗佩作为现代西方人对唐朝社会生活的不同认识与理解,并力图从西方汉学研究的宏观角度来突出高罗佩文学创作与汉学研究的个性体现,以及透过他的小说及汉学成功所展现的对中国传统文化的热爱。"④

二、文学创作研究

魏泉(2006)在《公案与侦探:从〈狄公案〉说起》一文中提道,"高罗佩别具慧眼地从中国古代小说中将《狄公案》译为外文,又在此基础上创作了自己的侦探小说《狄公案》系列,为我们提供了一个考察中国的公案小说与西方侦探小说之间的渊源离合的最佳案例。"⑤

---

① 张萍.高罗佩及其《狄公案》的文化研究[D].北京语言大学,2007:摘要.
② 张华,张萍.论高罗佩创作的狄公形象对公案小说的继承与突破[J].中国文化研究,2009:201.
③ 施晔.高罗佩小说主题物的汉文化渊源[J].文学评论,2011(06):202.
④ 方媛.高罗佩笔下的唐朝社会生活——从《大唐狄公案》说起[D].西安音乐学院,2018:摘要.
⑤ 魏源.公案与侦探——从《狄公案》说起[J].云南大学学报(社会科学版),5(4):65.

颜莉莉（2006）在《试论中西〈狄公案〉的不同叙事视角》一文中，阐释了高氏创作的《大唐狄仁杰断案传奇》与中国传统公案小说迥然不同的叙事视角模式，"将根植于中国俗文学的公案题材进行成功的演绎，为转折之际的小说创作提供了可贵的借鉴。"①

罗海澜（2012）在《高罗佩〈大唐狄公案〉女性主义色彩研究》论文中指出，高罗佩在《大唐狄公案》小说的创作中采用西方女性主义意识形态，"摒弃了中国传统公案小说道貌岸然的话外之音……并以平等的态度将涉案女性还原为有丰满心理活动和正常人生理要求的社会群体，首次使中国公案小说题材混融东西方人文芬芳，令作品流传效果远超传统公案小说，在世界范围内取得了卓越的文化传播影响。"②

三、人物形象对比

荣霞（2012）发表《高罗佩的〈大唐狄公案〉里的中国形象》硕士论文，从形象学理论角度解读《大唐狄公案》中中国形象在西方作者和读者视野的镜像生成，为"中国现今提升国际形象地位，发扬美好的文化形象"提供重要参照。

左梦琳，胡勤（2014）发表题为《论高罗佩创作的狄公形象对公案小说的继承与突破》一文，阐述了高氏笔下的狄公形象摆脱公案小说清官形象窠臼，将其塑造为"开明仁厚、尊重女性、平等待人……不受传统男权社会道德体制束缚的新型官员"。

四、翻译现象研究

郭梦颖（2014）在题为《东方情调与西式奏法交织的瑰丽乐

---

① 颜莉莉. 试论中西《狄公案》的不同叙事视角 [J]. 泉州师范学院学报（社会科学版），2006（01）：127.
② 罗海澜. 高罗佩《大唐狄公案》女性主义色彩研究 [J]. 西南民族大学学报（人文社会科学版），2012（03）：169.

章——高罗佩的〈大唐狄公案〉对中国公案小说的创造性继承》一文中，从故事构架方面入手，探讨高罗佩对于中国传统公案小说的"创造性继承"，"在他的笔下，既有着忠于中国传统公案小说本色和中国文化的内容，但同时又将西方推理小说创作技巧带入作品中，经过巧妙改写使小说内容更符合现在读者的观念和审美，因此创作出了成功的小说，让更多的人接受、了解并喜爱上了中国传统文化，具有一定的借鉴意义。"[①]

黄海燕（2015）的《〈大唐狄公案〉译本的情节改写研究》一文，在安德烈·勒菲弗尔的翻译改写理论的观照下，重点阐释了译者在译本叙事场景改写方面的主体性倾向，探讨了"译者是如何在诗学形态、意识形态和赞助人的影响下对场景情节做出的改写"[②]，进而为译者翻译类似文学作品提供参考。

王宏印教授（2016）继分析林语堂《京华烟云》英汉译本中的"异语写作"与"无本回译"之后，又将《大唐狄公案》引入"文化回译"的理论讨论范畴，"重点讨论无本回译的理想译者和评价标准，阐发了文化还原与回译错觉等一系列相关的理论问题……旨在说明此类翻译现象在理论认识上的重要性和在翻译操作上的多样性，希望将'无本回译'作为一种普遍性的翻译理论，推动中国文化典籍在对外传播和文化反哺，"[③]为今后中国题材的外文小说作品的文化回译提供重要研究方向和理论依据。

江慧敏和王宏印（2017）从高罗佩狄仁杰探案小说的异语创作特征和陈来元等汉译版本中"无本回译"入手，"将对这些创作与翻译的手段予以探讨，并对中国文化的传播模式做出思考，以期对当前中国文化走出去有所启发，并弥补当前狄公案小说翻译

---

① 郭梦颖. 东方情调与西式奏法交织的瑰丽乐章——高罗佩的《大唐狄公案》对中国公案小说的创造性继承 [J]. 名作欣赏，2014（02）：91.
② 黄海燕. 《大唐狄公案》译本的情节改写研究 [J]. 哈尔滨学院学报，2015（09）：95.
③ 王宏印. 朝向一种普遍翻译理论的"无本回译"再论——以《大唐狄公案》等为例 [J]. 上海翻译，2016（01）：1.

研究之不足"①,进而为中国文学"走出去"的战略实施提供重要启发和案例参照。

唐名安(2018)在题为《大唐狄公案的变译探析》的硕士论文中指出,译者是以高氏原文为蓝本,并观照汉语读者受众理解的前提下采取变译手法,并着重译本中具体的变译技巧、变译缘由及其译本评价。

对于《大唐狄公案》此类特殊的中国文化在异质媒体传播的文学作品,文化回译成为将本族文化从异质文本回溯的文化碰撞,译者则往往出于自身文化立场进行文化选择,实现跨文化交流过程中的文化过滤,进而对英语文本采取二次创造的翻译手法。

王宏印教授提出,"异语写作的目的是想让目的语读者了解本体文化的内容,而无本回译则使得本体文化在本体语言中得到再一次的证明,并为本体文化读者提供一种异样的审视角度。"②

以上学者较为客观地论述了该系列小说的翻译策略和译本风格,开拓了今后译学的研究思路。通过以上高罗佩《大唐狄公案》的研究综述,可以看出国内学术界已对该系列公案小说形成较为系统全面的研究框架。多元化立体式的分析和探讨有助于深入剖析《大唐狄公案》这一特殊文化现象的内在机理,对今后的国内文学创作,特别是中国文化外宣工作具有重要的参考价值。然而学界对于该叙事作品的研究仍有待深入探讨,其大致可分为以下几个探讨方向:

(1)在目前对于《大唐狄公案》个别汉译本中无本回译的研究基础上,仍需要较为全面地对该系列小说中的文化回译现象展开较为全面和深入的探讨,分析高罗佩在小说叙事中营设的文化物事在异语创作和文化回译中的双向文化推介作用,进而探讨其将中国古代文化以物化载体外宣的重要启示作用。

(2)文化回译中的传播效应分析。文化回译过程中,译者赋

① 江慧敏,王宏印.狄公案系列小说的汉英翻译、异语创作与无本回译——汉学家高罗佩个案研究[J].中国翻译,2017(02):35.
② 王宏印.朝向一种普遍翻译理论的"无本回译"再论[J].上海翻译,2016(01):5.

予自身较为灵活的主动权和发言权，特别是在陈译本中多处的文化信息增饰、改写、删译等势必在该版本的传播过程中对于信息受众而言形成有别于英语原作的阅读效果，从而分析文化回译在文本传播中应当注重的信息传播规律。

第三章 《大唐狄公案》源文本群——公案小说文学特质

第一节 中国公案小说缘起

中国公案小说是中国古典小说中独特的叙事创作形式。此类公案小说的产生,既有其社会缘由,也有文学审美缘由。从社会角度来看,公案小说是普通大众渴望官府清廉公正和社会秩序和谐的文本载体,反映了古代人民对社会清明公平的呼唤心理。从文学审美角度来看,公案小说的叙事核心在于文学化的狱讼描写,捏合了犯案、报案、查案、断案、判案等诸多叙事环节,而此一系列的叙事环节天然地附有悬念设置的叙事机制,极易引发读者对断案细节和结局的阅读期待,进而能产生较好的阅读接受效果。

早在先秦两汉时期的史料文献中多有官吏断狱的案例及传记流传于世,如司马迁的《史记·循吏列传》和班固的《汉书》中关于董宣"强项令"的记载,其中所记人物的公正廉明、行侠仗义对后世的清官人物形象提供了创作原型;史书中直接反映客观社会状况的现实主义笔触则成为后世公案小说的文学创作趋势;简明锤炼的叙事语言和叙述技巧也为后期的公案小说叙事艺术提供了文本参照。总之,"史传文学对整个古典小说,对公案小说,影响是极其巨大的"[①],均为古典小说,特别是公案小说提供了理论思想参考。这一时期属于公案小说的筹备期和涵育期,为

---

① 黄岩柏. 中国公案小说史 [M]. 沈阳:辽宁人民出版社,1991:46.

后期该类题材的发展发挥着先导作用。

"西汉以后,在史书中清官循吏执法断狱的故事,沿着其自身轨道继续发展下去的同时,到魏晋南北朝时,随着小说史上被称作'志怪''志人'类型作品的兴起,在记载刑事民事案件与官吏审案断狱方面,同时也出现了一种新的情况,这就是在纪实性的史传文学中,进一步注入了作者的愿望与想象,并对真实的事件加以适当的改造,以至完全出于虚构。这在公案小说发展的历程上,是一个重大的转折——它标志着公案故事已从史书中逐渐分离出来,而与'志怪'小说结合,进入文学创作之列。"① 中国唐朝时期,国力强盛,盛世天下,明君当政,故而在文学创作中也出现了利于公案小说创作的良好文化生态环境。政治稳定、经济繁荣、生活安逸,极大程度地激发了小说作者的文学创造力,进而刺激了文学创作者主动参与小说写作的热情。由于唐传奇标志着中国古典小说在叙事模式、语言艺术及思想内涵等方面均彰显出中国古典小说的艺术创作高峰,故此唐代是中国古典小说创作的成熟期,也是公案小说的成熟期。在唐代传奇作品中,叙写案件侦破和奸人掠宝的作品频频出现,其代表作有《谢小娥传》《苏无名》《崔思竟》及《赚兰亭序》等,将断狱中的现场勘验、逻辑推理和犯罪心理分析等均巧妙应用于案件侦破过程,凸显断狱过程中以人为本位的思想特点,成功塑造了多个明察秋毫的官吏人物形象,极大地增强了此类破案小说所特有的可读性和趣味性。这"在我国公案小说史上具有承先启后的作用,而且从某些方面来说(例如利用犯罪心理与逻辑学来侦破案件等),它对后来西方推理侦探小说的创作,也产生过相当的影响"。②

历经魏晋笔记小说和唐代传奇,公案小说由宋话本公案类演进,并盛行于明清两代。黄岩柏教授在考察对比 60 篇宋朝的公案小说之后,将此类文学作品定义为"是中国古代小说的一种题材分类,它是并列描写或侧重描写作案、断案的小说。就是

---

① 孟犁野. 中国公案小说艺术发展史[M]. 北京:警官教育出版社,1996:7.
② 孟犁野. 中国公案小说艺术发展史[M]. 北京:警官教育出版社,1996:16.

说,并列描写作案与断案的;侧重描写作案,而断案只是一个结尾的;侧重描写断案,作案的案情自然夹带于其中的;这三种大的类型,全是公案小说。作案通常指犯罪,在公案小说中,包括犯罪与'正义作案';断案,包括破案和判案两步。如果作案部分只写犯罪,未写'正义作案';或只写'正义作案',未写犯罪;断案部分只写破案,未写判案,或只写判案,未写破案;都属于公案小说。"① 其题材囊括民事纠纷、刑事案件、侠义忠勇、平反冤狱等主题类型,因其情节跌宕、通俗易懂的叙事特征和语言特质,成为普通大众喜闻乐见的叙事形式,流传甚广。"公案故事虽然早已记载,但真正形成规模并成为一种小说类型是在宋代,在宋代说书中,公案题材是极重要的一种,在几种记载里都少不了它,看出来它是民众喜闻乐见的题材。"② 宋代学者罗晔所著的《醉翁谈录》将公案小说较为肯定地纳入"小说"创作文本之一,此间有代表性的公案小说作品有《错斩崔宁》《合同文字记》等,其叙事艺术水准较前期已有很大提升。

明代公案小说盛行的社会背景在于,明朝中后期的封建专制制度愈加严苛,政治氛围更为腐败黑暗,冤案数量空前,并且伴随着明代民间社会中资本主义萌芽的出现,市民意识进一步觉醒,以及印刷业技术空前繁荣,导致了大批公案小说大量刊印和广泛传世。这一时期的发轫之作当属《包龙图判百官公案》(简称《百家公案》)、余象斗编著《皇明诸司廉明奇判公案》及其续编《皇明诸司公案》,为后期公案小说的叙事模式和文本构架奠定了文本基础。如《百家公案》,全书以浅近文言写就,基本选用宋元话本叙事体制。在其发展的繁荣期,"明代公案小说可分为三种:文言笔记体、书判体和话本体,它们都经历了漫长的成长过程,吸收了前代各种文体作品的因素,也受到列代文人及说书艺人的改写。"③

① 黄岩柏. 中国公案小说史 [M]. 沈阳:辽宁人民出版社,1991:1.
② 宁宗一. 中国小说学通论 [M]. 合肥:安徽教育出版社,1995:527.
③ 林敏.《洗冤集录》之叙事行为在公案小说中的流变 [J]. 闽江学院学报,2009(06):76.

伴随着清代时期整个社会大环境的巨大变化及文学创作理念的更新，公案小说与侠义元素糅合一处，合称为侠义公案小说。公案小说与侠义小说合流的文学现象的出现与其时的社会历史与文化背景关系密切，当时的中国社会已逐步进入封建社会末期，经历过康雍乾盛世的清代社会逐渐步入腐朽衰落期，多元化的社会矛盾频发并日渐激化。官僚腐败、恶霸横行，官官相护，沆瀣一气，致使民不聊生。对于清代多数民众而言，忍受着昏聩官府压迫和乡里恶霸的双重欺凌，其内心除了希冀于明镜高悬、明察秋毫的清官廉吏为其鸣冤昭雪之外，还渴望一批劫富济贫、侠肝义胆且技艺超群的豪侠义士为其维护治安。此类流行广泛的社会心理和社会思潮映射至当时的文艺创作过程之中，清官与豪侠的叙事主题不仅可以规避清朝严苛的"文字狱"压制政策，而且也能迎合民众阅读需求，成为当时民间喜闻乐见的文学形式。"在统治阶级的倡导下，寄托着市井小民幻想的清官、侠客携手联合，为实现'上报君恩，下恤黎民'之愿望而奋斗的公案与侠义相结合的文学作品，在前文公案、侠义作品的基础上，以其新的面貌与特质，便应运而生并迅速泛滥于世了。"① 其中最为脍炙人口的公案小说非清代古典名著《三侠五义》莫属，紧随其后的还有《彭公案》《刘公案》等。此类叙事作品之所以能在普通大众之间盛传不息，其主要原因在于此类公案小说将折狱勘验、平反冤案和侠义除奸巧妙结合，其中《三侠五义》为此类小说的叙事典范，该小说塑造了多个性格迥异、鲜活多样的人物形象。鲁迅先生在《中国小说史略》中如此点评《三侠五义》："独于写草野豪杰，辄奕奕有神，间或衬以世态，杂以诙谐，亦每令莽夫分外生色。值世间方饱于妖异之说，脂粉之谈，而此遂以粗豪脱略见长，于说部中露头角。"②

中国公案小说虽在数量上浩如烟海，但其叙事核心内容则聚焦于离奇跌宕的案情铺设、明察秋毫的能吏清官以及复杂险恶的

---

① 孟犁野. 中国公案小说艺术发展史[M]. 北京：警官教育出版社，1996：133.
② 鲁迅. 中国小说史略[M]. 上海：上海古籍出版社，1998：199.

现实社会。如此看来,公案小说的创作目的在于凸显官吏的清正廉明抑或贪赃枉法,讴歌清官的断案如神、廉洁奉公、伸张正义,抑或是谴责庸官的迁就私情、滥用私刑、滥杀无辜。"歌颂清官循吏,批判昏官赃吏,这是中国公案小说的思想倾向方面的一大特点,也是一个优良的传统。"①

而荷兰汉学家高罗佩就是以中国话本体公案小说作为其系列小说创作的原本叙事模式,并在对其继承的基础上又别出心裁地创新和改良其叙事机制。特别是其创作前期完成的《铜钟案》《迷宫案》《湖滨案》《铁钉案》严格摹仿中国传统的章回体小说,并依照叙事情节和悬念设置,将叙事正文分为若干章节。按照中国章回体的叙事体制,在每一章节正文之前,回目是"说话艺人选择分次连续讲述的办法讲史,这样就把这些长篇故事分成了几十乃至几百个小的部分"。②高罗佩依照中国章回体小说的叙事机制,也按照故事内容分节立目,还以对仗式的英文偶句作为概括本章叙事内容的分回标目形式。只是鉴于中英语言的差异性,这些英文回目均由结构对仗的短语或句子构成,进而构建起分章叙事、首尾完整、故事绾连的小说文体系统。除此之外,在以上作品中,高罗佩也沿用了中国章回体小说的开场诗,用以开宗明义地向读者概括说明小说的叙事主题,将这一部分作为正文叙事的过渡部分。而在之后的"新狄公系列小说中,高罗佩则更多地倾向于创新式地将西方现代小说的叙事模式糅合到小说叙事模式之中。为了避免章回体小说回目过早暴露章节叙事内容,高罗佩选用数字作为"新狄公系列"小说每章节的标题。在小说的悬念设置方面,高罗佩也承袭了中国章回体小说的特点,在每个章节回目中均设置悬疑因素,使得每个章节成为诡谲多变的张力场,并在恰当处刻意中断情节的铺陈,充分激发读者对叙事案情的阅读欲望,以此吸引读者继续阅读下一章节内容。"他继承了中国公案的外在模式及某些内在特质,摒弃了人鬼神兼判的情节架构,

① 孟犁野.中国公案小说艺术发展史[M].北京:警官教育出版社,1996:107.
② 杨小敏,饶道庆.明清章回体小说文体探源[J].社会科学家,2009(12):23.

加入了侦探小说倒叙手法、心理描写等叙事策略,并将叙事中心迁移到惊心动魄的探案过程,从而使小说既迎合西方人求合理、求惊险、求刺激的阅读诉求,又保留了中国公案的独特韵味及东方风格。"① 高罗佩按照中国章回体小说叙事体制创作《大唐狄公案》为译者的文化回译过程提供重要的文本线索和文本参照,是译者斡旋于中西视角之间进行文化还原和文化回溯的依据。

第二节　话本体公案小说叙事特质

宋代时期的公案小说作品呈现出多元化的发展局面,出现了文言笔记体、书判体公案小说和话本体公案小说。其中,文言笔记体仍浸染于史书记载的循吏列传和古体小说;书判体则自判决书或判词这样的法律文书演化而来,受其影响而自成一体;而话本体小说则是中国公案小说中全新的创作形式,多受唐代之后出现的"说话""话本小说"等民间俗文化的影响。此三类体裁的公案小说关系密切,特别是对于小说创作者而言,互为补给,各取所长,特别是话本小说作者,须广泛从历代史书记载和稗官野史笔记等文献中吸取营养,从而提升其自身文学创作水平和作品的文学感染力。

无论是公案长篇巨著,还是篇幅短小的笔记小品,其艺术共性特质在于:"一、取材于历史或现实生活中的刑事、民事案件或政治性案件;二、主要(或中心)人物多为公正明察的官吏,即某'公';三、矛盾冲突比较尖锐,往往具有你死我活的对抗性质;四、故事情节曲折有致,引人入胜;五、多数作品重视'悬念''巧合''延宕'等艺术技巧的运用,读时,能使人产生心理紧张的审美效应。"② 宋元时期的公案小说创作已然广泛传布,这与其诡谲多变的案情侦破、通俗易懂的叙事语言以及喜闻乐见的叙事框架

---

① 施晔. 荷兰汉学家高罗佩研究 [M]. 上海:上海古籍出版社,2017:183-184.
② 施晔. 荷兰汉学家高罗佩研究 [M]. 上海:上海古籍出版社,2017:183-184.

关系紧密。初创于五代时期由和凝、和㠓父子编撰的《疑狱集》、宋代郑可的《折狱龟鉴》及桂万荣的《棠阴比事》对公案小说的案情素材有很大的参考价值。

鉴于话本体公案小说对后世公案小说创作的巨大影响和划时代意义，其叙事体制和美学范式成为后期"某公案"小说作品的重要参照和叙事模式，并且高罗佩在创作《大唐狄公案》之时也多受此类体裁的浸染，创作过程中大量承袭了话本体公案小说的叙事模式、叙事内容和叙事体制。

话本体公案小说题材来源极其广泛，创作素材丰富，广受当时社会奇闻、民间传说、稗官野史、案狱判词、文言笔记等题材影响，"成为中国文学史上具有重要历史地位的宋元话本小说系统中的一个有机的组成部分。它的出现，进一步丰富了公案小说的表现形式与艺术手段，标志着我国公案小说创作已进入成熟的阶段，形成了自己特有的取材领域（刑、民事案件和官吏折狱断案等）和特殊的体裁（笔记体、书判体、话本体），以及某些为其所特别重视的艺术技巧（如"悬念"等）。作为独具特色的文学品种与文学流派，公案小说在宋代终于成熟并呈现出多样化的景象。较之近代西方的侦探推理小说，中国公案小说的产生至少比它们要早五百年。最能代表宋代公案小说精神的，就是"话本体"作品，因此，后世的一些论者把它当作公案小说的源头看待，也就不奇怪了。"①

长篇话本体公案小说的叙事手法多受宋元话本小说影响，选用带有预叙功能的章回体回目，足令读者事先窥见全章叙事主体。沿用宋元话本叙事方式在章回体小说中遗留的套话痕迹，公案小说为了模拟说书人与听众互动场景在开篇部分均设有"入话"部分。"入话"多以古代名诗或古词为主，开宗明义，以总领全文叙事主旨；其情节叙述和铺设则选用"话说""且说"和"却说"，抑或是"各位看官"等字眼套话开篇，并在叙事过程中"有诗

---

① 孟犁野．中国公案小说艺术发展史［M］．北京：警官教育出版社，1996：28．

为证"的话本套话,体现夹叙夹议的叙事手法,而在章回末尾附有对全篇断案折狱和洞悉人心的"按语"总评,以体现公案小说教化人心的社会价值和文本价值。 这些均可视为作者主动介入叙事环节,表达自身对叙事内容的看法和评价;在叙事框架上则按照案情突发、清官勘案和善恶有报的顺序模式推进叙事进度;在叙事语言方面,承袭了明清章回体小说采用以讲唱交替和韵散结合的语言形式,公案小说采用较为浅近的文言话语,介乎文言与白话之间,语言生动传神,并成为人物性格刻画的重要途径。而且在叙事内容方面,中国公案小说先以清官取证、抽丝剥茧、公堂问案、定罪执法等依据客观推理断案的方式呈现叙事情节,而待其发展至成熟期则频繁引入超自然现象,以光怪陆离的案情吸引读者眼球和消遣娱乐,满足其对荒诞离奇情节的阅读期待,而这也是中国公案小说与西方侦探小说的差异之一。

另外,由于公案小说多取材自刑事民事案件,其题材源头就决定了公案小说自然赋予的尖锐矛盾、复杂情节、隐秘事件和冒险探疑的叙事特征。为了重现和模拟公案事件的断狱过程,小说创作者们不断寻求和总结与之相匹配的一系列艺术化表达手法,如"悬念"和"巧合"在公案小说的叙事中得以广泛应用,这也是公案小说区别于其他文学类作品的重要标志。

"所谓悬念,就是兴趣之不断地向前紧(伸)张和欲知后事如何的迫切要求。无论是观众对下文毫无所知,但急于探其究竟;或者是对下文作了一些揣测,但深愿使其明确;甚或是已经感到咄咄逼人,对那将出现的紧张场面怀着恐惧;——在这些不同情况下,观众都可谓是处在悬念之中,因为不管他愿意不愿意,他的兴趣都非向前直冲不可。"[①]悬念的巧妙伏设,层层递进,案中生案,足以将读者紧紧缠住,手不释卷,激发读者迫切读至卷末探知情节壶奥的阅读欲望。而对于公案小说而言,其终极悬念在于"谁是凶手"这一即便是现代侦探小说都难脱干系的叙事母题,"永

---

① 贝克.戏剧技巧[M].余上沅,节译.上海:上海戏剧学院戏剧研究室编印,1961:56.

远必须是能够把观众的紧张推向前进，其目的仍然是要使观众迫切地要求得到问题的解决。"①

这一时期的长篇话本体公案小说还呈现出以珠串式进展的叙事结构。在明代的《包公案》等公案小说中，每一个章节回目讲述一个独立的公案故事，那么一百回则讲述一百个故事，而且每一个故事均为相对独立的叙事结构，彼此之间的粘连和相关不大，其叙事体制实质在于将若干篇短篇小说结集成册。然而，珠串式的叙事结构则是将一个公案叙事故事分作几段，将叙事细节稀释至若干回，营设数案同发、此断彼续、高潮迭起、严密交织的公案叙事网络。"这个结构方法的变化，在公案小说创作史上意义重大，因为它具备了长篇公案小说的艺术特征，标志着中国公案小说已由短篇过渡到长篇。"②此时的公案小说作者巧妙地将原本孤立的公案短篇故事有序压制为链条状的长篇叙事，并通过将双重线索或多重线索彼此黏合交叉的叙事手法，逐步向长篇话本体公案小说的叙事体制靠拢。作者选取的数案素材虽并无案情联系，但在叙事手法上将这看似各自独立的数个案件连环套扣，即案件甲尚未侦破，则搁置一边，为后文伏设悬念；而案件乙又接踵而至，案情方有眉目，又戛然而止，补叙案件甲的侦破进程，如此类推。数个公案故事以串联或并联的叙事手法形成了张力持久的悬念组合，这样的连绵悬念使得读者对前叙案件侦破兴趣尚未减弱的同时又接连为后续案发，取得更为强烈的叙事效果，进而能够连续维系读者的阅读兴趣并不断强化下去，这也充分符合读者长时维持对长篇叙事作品阅读兴趣的审美心理变化规律，与读者的思想脉搏和心理需求息息相关。

总之，选入"三言二拍"的公案小说可以称为中国话本体短篇小说创作的巅峰之作，《聊斋志异》中包含的诸如《胭脂》《席方平》等公案故事可以称为中国笔记体短篇公案小说的扛鼎之

---

① 贝克.戏剧技巧[M].余上沅，节译.上海：上海戏剧学院戏剧研究室编印，1961：57.
② 孟犁野.中国公案小说艺术发展史[M].北京：警官教育出版社，1996：130.

作,而《施公案》《三侠五义》等则代表了中国长篇话本体公案小说的创作高峰。长篇话本体公案小说在题材上承袭之前短篇公案小说,构筑了连环式数案并发的叙事模式,成为中国传统公案小说体系中具有质的飞跃并适应市民阶层精神需求的艺术创作形式。

然而,公案小说中较为固定的叙事模式导致后世小说创作中的痼疾,即叙事过分模式化。太多老套传统的叙事范式,千篇一律的创作素材,成为宋元之后公案小说日趋衰落的原因之一。在叙事语言方面,不文不白,行文通顺流畅,但过于程式化,略显呆板,人物语言也未能服务于塑造各具性格的人物形象,同时也缺乏人物心理活动的描写,进而降低了公案小说的文学价值。在叙事结构上,传统公案小说基本按照事物前因后果的自然程序铺陈,进而形成较为呆板的线性叙事结构。"传统的中国公案小说发展到此时,已凝固成一个僵化的模式——案发,起初由昏官审理,造成冤假错案,继由一清官经过调查研究后,予以平反昭雪。这种模式已不能充分反映更加复杂的社会生活,并满足人们对此类作品在认识功能与审美功能、娱乐功能方面的需求。"① 再加上西方侦探小说译本大量涌入中国社会,其全新的叙事视角和叙事手法更能适应现代读者的阅读需求和审美期待。作者以极其隐晦和碎片化的叙事信息误导读者对于案件真相的推测,再经由小说侦探缜密推理曲折情节,抽丝剥茧,探知原委,最终缉拿案犯破解迷案。为了迎合现代读者全新的阅读期待和审美范式,打破中国传统公案小说的创作僵局,又不拘泥于西方侦探小说的创作模式,催生了如《冤狱缘》《李公案》《九命奇冤》等中西文化完美合璧的公案小说作品。其中由荷兰汉学家高罗佩创作的《大唐狄公案》就是其中的佼佼者。

高罗佩在完成对《武则天四大奇案》和《棠阴比事》的英译工作之后,清晰地认识到中国传统公案小说的这一叙事窠臼,并

---

① 孟犁野. 中国公案小说艺术发展史 [M]. 北京: 警官教育出版社, 1996: 163.

在小说创作中在继承优秀的叙事范式的同时，也摒弃了太过传统俗套的叙事手段，摆脱了简单化、模式化和主观随意性的叙事通病，将西方现代侦探小说的叙事元素有机融入其中，兼顾断案的复杂性和冲突的尖锐性的叙事描写，并把叙事中心设置到案发、勘案、释案和破案的整个叙事脉络之中。同时，高罗佩在创作中着重小说人物的性格刻画和塑造，重视云诡波谲悬疑元素的铺设，打破了中国公案小说创作缺乏新意的沉闷格局，使之成为中西合璧的绝佳公案叙事作品系列，赋予衰微的中国传统公案小说以生命力，丰富了其叙事创作的艺术情趣和艺术品格，为今后中国文学"走出去"提供了重要的文本参照。

第四章 文化回译在《大唐狄公案》文化物事的镜像分析

第一节 文化物事概括

文化物事主要指代小说作者为凸显叙事主题、构建叙事情节、烘托人物性格而设置的重要叙事元素,其包括动植物、建筑物、寺庙器物、日常用品等。文化物事是源文化向异质文化输出的物质载体,也是异质文化群体看得见、摸得着的客观存在,同时也是最能直接激发和唤醒他国受众对源文化产生浓厚兴趣的物质保障。

从人类历史的角度看,文化物事是从人类生活必需品中逐步糅入当地文化元素的产物,并随着人类文明发展渐渐在特定文化圈中形成具有某种心理机制的文化物质载体,而其代表的文化意象在人类文化活动中逐步确立并传承。随着人类社会文明的进步,这些文化物事因其地域文化特色而成为某一文化族群的代名词和文化象征,同时,由于某一地域的文化物事在文化传播中充当文化储存和信息记录的角色,因而文化物事也成为这一区域文化保存和传播的重要介质。因此,这些文化物事在人类社会发展的大洪流中演化为一种"文化载体",即"可供文化、信息记录、存储并能借以传播信息的物体"。① 特别是在人类古代社会,除了甲骨金器、书籍文献、碑刻墓志等以文字信息为特质的文化载体之

---

① 王秋生,杨永军. 文化传播的载体:从结绳记事到抽象文化的物化[J]. 新东方, 2006 (04):56.

外,其他人类用于从事文化活动的文化物事成为物化的寓有无形精神的文化特殊载体。

在人世更迭中,人类的生活物品凝结了承载族群文化信息的抽象物质,并以各自特定的文化特质渐入式凝固在人类集体思维之中,成为代表和承载某个地域族群,甚至民族思维信息和文化信息的物化载体。

中国古代文化典籍记载了将无形的中国文化信息寓于具体日常事物的物化现象,以物质载体直接存储相关文化信息,并在漫长的历史变迁中未曾丢失,而是长时保存并固化其中。

经历数千年的文化演进,随着寓有无形的有形物件的积淀,带有中国特色的文化物事数量不计其数,其储备的文化信息层出不穷,构建了包罗万象、独具特色的中国文化物事图谱,形成了令世界瞩目的中国文化物事大系。因其独有的文化内涵和文化韵味,将此类文化物事投射至文学作品和文化产业,件件物事均可称为向世界范围播扬中国悠久古代文化的绝佳名片。

"主题物运用在中国小说史上具有悠久的历史,最初可追溯至前小说时代,如《山海经》创世女神女娲用于补天的'五色石',夸父神话及羿神话中人们梦想征服的'日'等。在小说的萌芽和初始阶段,主题物的使用大多处于信手拈来的自然状态。随着小说的发展,文人越来越重视情节结构的精致化及人物形象的立体化,主题物的作用逐渐为人们所认识。"[①] 特别是在宋元明清四朝之间,随着通俗话本小说的兴盛,小说家们更为自觉地将文化物事串联到叙事情节和人物塑造之中,将形象化思维应用于小说创作之中,立体式向后世读者传达其作品中古色古香的韵味。

高罗佩一生醉心中国文化,谙熟于最能代表中国古代文化瑰宝的文化物事,敏锐地洞察到文化物事在中国小说创作的媒质功能,并在创作《大唐狄公案》的过程中巧妙地将各类深寓无形文化的物品点缀其间。值得注意的是,其写法也绝非简单铺陈,以

---

① 施晔.高罗佩小说主题物的汉文化渊源[J].文学评论,2011(06):202.

致令读者眼花缭乱，却是将此类物事作为叙事载体，往往也是狄公勘案关节，主要用以凸显主题、铺设空间、烘托人物等。而高罗佩在选用文化物事的种类时也是经过深思熟虑的，其范围绝非仅限于某种特定领域，而是包罗万象，广泛收罗，涵盖建筑楹联、文人用品、日常用具等。"高罗佩对中国古代戏曲道具或小说主题传统既有借鉴，又有超越。借鉴之处在于多选日常生活用品为主题物，并直接将其入题……以小说标题凸现主题物，间接醒目，直入肯綮，有效勾起了读者的好奇心和阅读欲。"① 而高罗佩精巧的文化物事在情节叙事安排的首要目的在于串联叙事情节和营设悬疑氛围，而此类写法对于读者受众而言则通过在叙事中嵌入艺术加工后的文化物事，促进中国古代文化向西方世界的播扬宣传，其极具东方魅力的叙事素材和浓郁的中国风情满足了西方读者对中国古老文化的窥探欲望，为西方读者扣动东方古老璀璨文明之门的密钥，令这些古老的中国文化物事在小说叙事过程中被赋予了一种特有的社会生命。这些极富中国古代文化特色的物具不会令受众产生任何强制压迫感，反而在高罗佩笔下显得熠熠生辉、历历在目，此类小说叙事手法和播扬中国文化物事的方式则显得弥足珍贵。

第二节　琴棋书画

一、琴

中国古琴，拨弦乐器之一，亦称七弦琴。早在先秦时期就已是文人常用乐器，在《尚书·益稷》中有文记载："夔曰：戛击鸣球、搏拊琴瑟以咏，祖考来格。"② 自此可知，古琴最初属用以伴奏

---

① 施晔.高罗佩小说主题物的汉文化渊源[J].文学评论，2011（06）：203.
② 佚名.尚书（汉英对照版）[M].理雅各，英译；周秉钧，今译.长沙：湖南人民出版社，2013：52.

歌唱的乐器。《诗经》中亦有"琴瑟在御,莫不静好"①之名句,说明当时歌者抚琴用以接近心怡的貌美女子,依此可见,古琴是被寓有与歌者心绪相关的乐器。因其音质好似天籁瑶池之乐,故亦有"瑶琴"一称。

自古以来,在中国文人治世修身须必备的修养技艺中,琴艺位居上风,足见其清雅淡然的文化意境是最受古代文人青睐,是集中展现文人情志、具有中国古典气质的东方乐器之一。抚琴最讲求琴心合一,能随心而动,而且古琴琴谱不设节奏,从而琴音可随琴人心境变化而变化,同曲而乐异。抚琴者若能将心境相合,心琴合一,此方为琴心意趣所在。因此,千百年来古琴一直是中国古代文人墨客、官吏大夫爱不释手的器物,并是中国音乐结构中具有高度文化特质的音乐形式。其"和雅""清淡"也一直是琴乐标榜的审美情趣,属中国雅文化的物化象征。

现存琴曲 3360 多首,主要流传范围集中于汉文化圈国家与地区,而且在欧美地区也有琴人结社,其不仅是汉文化中的瑰宝,也是西方人心目中东方文化的象征之一。

自早年起,高罗佩已然痴迷古琴多年,广搜琴谱、组织琴社,频与中国社会名流切磋琴艺,并著有《琴道》(*The Lore of the Chinese Lute*: *An Essay in Ch'in Ideology*)一书,被视为对中国古琴相关古典文献梳理集大成者,该作品是研究中国古代琴学的扛鼎之作。高罗佩以一名西方汉学家的"他者"视野对古琴历史渊源展开较为客观的评述。在他看来,"中国传统将独奏古琴视为文人阶层的特殊乐器。从上古时起,它就占有特殊地位。独奏古琴被尊为'圣王之器',它的音乐则被称为'太古遗音'。"②

可见,高罗佩自身的琴学学养造诣之深,而且在创作和设置《大唐狄公案》的叙事情节过程中,他还不遗余力地将古琴元素糅

① 诗经1. 汉英对照[M].陈俊英,蒋见元,今译; 汪榕培,英译.长沙: 湖南人民出版社,2008: 146.
② [荷兰]高罗佩.琴道[M].宋慧文,孔维峰,王建欣,译.上海: 中西书局,2013年: 2-3.

合叙事情节,并将小说中的人物性格、命运遭际、生活方式紧密契合,以古琴的音效特质烘托小说叙事场景、叙写人物内心活动、塑造鲜活的人物形象。其中最为详尽描述古琴,并充分展现其艺术魅力的作品当属高罗佩所创作的短篇小说《汉家营》,亦译为《飞虎团》(*The Night of the Tiger*)。

狄仁杰前赴京师接任新职,偏逢黄河洪水阻断官道,并与亲随分隔洪水两岸而困于一庄园之中。于此,狄公得闻庄园中梅玉小姐暴亡,而庄园外则有飞虎团暴乱。值此内忧外患之际,狄公夜不能寐,却在梅玉小姐闺房见一古琴,心绪复杂纠结中,乘月夜抚琴排遣愁绪。

例 1.

原文:

To the left of the entrance stood a high, oblong music table, with a seven-stringed lute lying ready on it, then an elegant book-rack of polished spotted bamboo.

He did not feel sleepy, really, and trying his hand at the lute would help him to pass the time. Besides, all the old lute handbooks recommended a moonlit night as the most suitable time for playing this instrument. He had played the seven-stringed lute in his youth, for it had been the favourite musical instrument of the Immortal Sage Confucius, and its study was part of the literary education. But the judge had not touched the strings for many years. He was curious to see whether he could still remember the complicated finger technique.[①]

陈译本:

他这时一点睡意也没有,心想不如乘机拨弹几下,正可调颐精神。且窗外如此好的月色,古人不是常说弹琴须得在明月之夜吗?狄公年轻时很爱弹古琴,听说这种乐器还是圣人孔子深所喜

---

① Robert Van Gulik. The Monkey and The Tiger [M]. New York: Charles Scribner's Sons, 1965.

爱的哩！"乐教"是孔子政治思想和教育内容的一个重要组成部分。但狄公多年没有抚摸过琴弦了,他好奇地想看看是否仍旧记得那些复杂的指法。①

高氏原文为西方读者塑造了一位精通琴道、技艺超群的狄公主人公形象,并巧妙地将琴谱音律与作曲者内心波动相结合,集中体现了高罗佩毕生痴情于这一东方乐器的思想精华,即"它的美不在于音符的衔接启承,而恰是蕴含在每个独立的音符之中。'用音响写意'或许可以用来描述古琴音乐的本质"。②并以此为后文演奏此曲谱内容侦破疑案铺设伏笔,使得小说呈现出"草蛇灰线、伏脉千里"的叙事序列。

译者在对"its study was part of the literary education"进行文化回译的过程中,将该文本信息与古琴历史渊源相结合,引出史实说明,针对当时诸侯混战和礼坏乐崩的时代背景,孔夫子当年提出以上古音乐安顿人心和治理社会,并不断承继、完善了周公的礼乐制度,而且把礼乐推到了至高无上的地位,使礼乐成为中国文化的精神坐标、礼乐教育成为当时最为重要的教育手段。孔子还提出"兴于诗,立于礼,成于乐"③的成人之教,使乐教成为人格教育完满的最高目标。"乐教"一词的补译画龙点睛式地将古琴音乐与儒家思想的渊源关系精准回溯,以更为具体的史实还原英语原文的字面信息,也是对其信息的有益补充。

作为中国古代最早的拨弦乐器,古琴初始主要作伴奏之用,可传情,可抒意,既可表现出细腻柔情,亦可描绘气势雄浑。因古琴琴谱不设节奏,琴人可依照自身体悟、文化修养和文学造诣,填入符合自身心境的琴词,将个人情愫与生命感悟糅合曲中,形成

① [荷兰]高罗佩.大唐狄公案8:广州案[M].陈来元,胡明,赵振宇,李惠芳,译.海口:海南出版社,2011:30.
② 其英文原文为:Its beauty lies not so much in the succession of notes as in each separate note in itself. "Painting with sounds" might be describe its essential quality. 见于[荷兰]高罗佩.琴道[M].宋慧文,孔维峰,王建欣,译.上海:中西书局,2013:1.
③ 论语:汉英对照[M].杨伯峻,今译;韦利,英译.长沙:湖南人民出版社,1999:82.

琴音形象与琴词意境的完美融合。

例2.

在《汉家营》中，狄公意外觅得逝者梅玉小姐生前所遗琴谱，并配有典型的悲秋怀人的歌词。黄叶（yellow leaves）、静秋（silent autumn）、鸿雁（autumn geese）等意象呈现出深居闺阁、情愫难解的富家小姐形象，烘托出苦楚悲凉的氛围。

原文：

At the bottom of the drawer he discovered the score of a brief, rather simple melody, which bore the title of 'Autumn in the Heart'. He had never seen it before and the words, written by the side of the notation in a small, neat hand, were completely new to him. A few words had been crossed out, and the score had been corrected here and there. Evidently this was one of the dead girl's own compositions. The song consisted of two parts:

The yellowing leaves
Come drifting down
Weaving a gown
For the last autumn rose.
Silent autumn
Weighs down the heart
The hungry heart
That finds no repose.

The yellowing leaves
Drift in the breeze
Frightening away
The last autumn geese.
Would they could take me
On their long flight home

To the distant home

Where the heart finds peace.①

陈译本：

狄公在抽屉底里发现了一册题名为《心上秋》的琴谱。狄公从未听过这个乐曲的名字，但这琴谱简单易弹，且琴谱旁边又用蝇头小楷配着歌词，歌词有许多处改动，显然这是梅玉自谱曲自填词的一部乐曲。其歌词云：

飘摇兮

黄叶，

寂寥兮

深秋。

逝者如斯兮

哀哀何求？

一点相思兮

眉间心头。

鸿雁兮

喁喁，

浮去兮

悠悠。

川山邈绵兮

战国小楼，

越鸟南翔兮

狐死首丘。②

陈译本中，译者在文化回译中首先考虑源语文本中的格律韵脚，并结合其琴词文辞内容，选取介于韵文与散文之间的楚辞文

---

① Robert Van Gulik. The Monkey and The Tiger [M]. New York: Charles Scribner's Sons, 1965.

② ［荷兰］高罗佩，陈来元，胡明，赵振宇，李惠芳，译. 大唐狄公案8：广州案[M]. 海口：海南出版社. 2011: 30.

体,不仅句式可长可短、参差不齐,用韵宽松灵活、灵动自由,而且句尾频繁使用"兮"字,形成停顿有致、委婉多情的琴词,精准还原深闺中梅玉小姐哀怨的心理轨迹。从文辞中,译者添饰"眉间心头""狐死首丘"的文化意象;前者可使得译入语读者,即汉语读者忆起李清照所作的名作《一剪梅·红藕香残玉簟秋》中的"才下眉头,却上心头"。[①] 后者则出自《九章·哀郢》中的"鸟飞反故乡兮,狐死必首丘"。[②] 全词分句式相近的上下两阕,结构工整,韵调古雅,恰好与高罗佩原文 The song consisted of two parts 相映衬,再辅以叙事中阴郁月色、危机重重和琴音心绪,更为烘托出此节压抑哀怨的叙事气氛。

以上琴词的文化回译,与高罗佩源语文本的英语短句相互映衬,实现操琴者蕴含琴弦之上的丰富情感内心,为译入语读者营设了凄怨幽远、哀怨如诉的叙事场景,同时也为其展现了古意盎然的词句与琴音凄楚的氛围,令读者可以感受相思之苦至无奈,从吟唱中可以感受相思之情至无穷。

高罗佩以一名西方人的"他者"视角,为东西方读者推介了古琴在中国雅文化中的文化地位,以此观照中国士文化与古琴的密切关系,并将这一中国重要文化物事巧妙绝伦地与《大唐狄公案》小说叙事创作糅合,不仅有益于古琴、琴学及其背后蕴含的中国传统思想在西方世界的有效播扬,而且还通过文化回译的手法引起东方读者对中国以琴文化为代表的雅文化的重新审视,令读者在阅读译文中感受到中国古代士人的审美情趣和古琴在文学加工后所具有的清幽古朴的文化特质。高氏小说叙事创作中古琴文化元素的融入,经由译者适度添饰的文化回译过程,激活了汉语读者对于这一文化物事的文化回忆,并在一定程度上赋予读者对于本族的古琴文化的联想自由,从而以更为深刻的方式将该文化刻印心间,并在阅读过程中构建起对古琴文化全新的审美维度。

---

① [荷兰]高罗佩著,大唐狄公案8:广州案[M].陈来元,胡明,赵振宇等译.海口:海南出版社,2011:30.

② 黄寿祺,梅桐生.楚辞全译[M].贵阳:贵州人民出版社,1984:98.

二、棋

中国围棋被称为是黑白世界的对抗,是我国古代文人钟爱的娱乐竞技活动,也是人类历史上最悠久的棋戏。围棋亦称为"弈",而这一称谓自何而起,已难考证。初时,先民们席地而坐画格问卦,也可布阵对杀。随着所画方格数量增多,游戏则越见复杂,而好于此戏者渐多,并沉溺其中,嗜此不疲。

"棋盘上面横竖各画十九条平行线,构成三百六十一个交点线。棋子分黑白两色,黑子一百八十一个,白子一百八十个。 开局后,双方轮流在棋盘的交叉点下子,各运用做眼、点眼、劫、围、断等多种技术和战术吃子或占有空位。终局时,以占点多者为胜。"[①]

纵观围棋历史,中国古人曾赠予其诸多雅号,如"手谈",即棋手两方静坐无言,单凭落子达到传言达意之目的。另外,还有"坐稳""忘忧"等称,展现了棋盘方寸间,棋手超越俗世凡尘的心境,故而围棋也象征了古人雅士的生命存在方式和内在精神追求,这也恰恰是围棋被称作雅事的主要原因。

作为竞技游戏的一种,围棋首要追求的是一胜一负,但却也可视为一门符合美的规律的艺术。如同"围奁象天,方局法地"所示,棋盘棋子,一方一圆,如同天地方圆,融入天地和谐之美;棋子,一黑一白,彼此相拥,体现简约之美。"围棋无疑是一种奇特的事物,它以其丰富的魅力和无穷的象征力,吸收了各色各样的崇拜者。赌徒从中看到的是滚滚财富,才子从中看到的是倜傥风流,险诈者从中看到的是腹剑心兵,忘机者从中看到的是怡情雅趣,至于文学家却从中能看到人,哲学家从中看到世界的本源……三百枯棋,一方木枰,竟能如此丰富地反映出一个民族的精神文化世界的缩影,实在令人惊叹!"[②]

---

① 施宣圆,王有为,丁凤麟,等.中国文化辞典[M].上海:上海社会科学院出版社,1987:1178.

② 蔡中民,选注.围棋文化诗词选[M].成都:蜀蓉棋艺出版社,1989:243.

由于长时浸淫于中国古代文化,高罗佩也极善围棋,并深深为这一竞技游戏魂牵梦绕,使其成为自己研究中国文化的重要课题。凭借长期与中国人生活的人生经历和洞悉中国古代文化内质的多重文化身份,高罗佩在《大唐狄公案》的英文创作中能够精确定位具备中国古代,特别是唐代时期的文化物事——围棋,并经其娴熟的艺术手段加工之后,这一看似常见的竞技类益智棋类被精巧地揉入狄仁杰侦破命案过程,并被设置成为查明案件真相、侦破迷局的关键线索和叙事文眼,极大程度地增强了这一文化物事与刑事迷案的逻辑关联度,同时也完成了对棋学魅力的有效播扬。

例 3.

《湖滨案》(*The Chinese Lake Murders*)中,围棋残谱是死者杏花临死时的遗物,同时也是证明罪犯行凶杀人动机的罪证,并成为勘破杏花死因的重要线索,但因该残局诡谲难测,狄公细细推演其中棋理,并从中抽丝剥茧,探明其中壶奥。

英文本:

When Hoong and Tao Gan had left, Judge Dee pulled out a drawer and took from it the sheet with the chess problem.

…

Knitting his eyebrows, he began to rearrange the men, trying to read their hidden message.[①]

陈译本:

"狄公独个又拈出那幅棋谱残局摊在书案上细细琢磨。

……

他依常例试着走动黑子,约十来步便不通气,陷入死路。又改先走白子,走着走着,便见有铁桶合围之势,黑子全无生眼。心中暗喜,如此棋局,并非疑难十分。——忽又觉太偏心白子,全不

---

① Robert Van Gulik. The Chinese Lake Murders[M].New York: Harper & Brothers Publisher, 1960: 105.

顾念黑子生路,阴有一厢情愿。遂又推乱棋局,拟再重来。"①

　　高氏原文仅以狄公重新摆出棋子作为对推演过程的叙事描述,并未添入过多推理棋谱的细节,其用意在于考虑到过为密集的围棋文化信息反而会超出西方读者对围棋的认知程度,对其阅读整个小说构成阅读障碍,反而不利于小说的文化传播,因此,仅仅一带而过,未加细述。而在译文中,译者补饰数句围棋残局术语,续写黑白棋阵中的变幻莫测,将中文读者所熟悉的黑白棋子与方寸棋盘呈现其目前,在文化回译中令这种静中寓动、以柔克刚的棋艺与读者对自身民族的围棋文化产生文化共鸣,也叙写了将刀光剑影隐藏于无声手谈的围棋魅力。与此同时,也从侧面为译入语读者刻画狄公行事缜密、细致入微、文武双全的文人形象,使得在补译中又生出多重叙事悬念,令中文读者拍案叫绝。这是译文在围棋文化融入文学创作方面对高氏原文信息的变异和超越。

　　围棋棋谱是指以文字记录外加棋局图形模式说明围棋棋理或诠释围棋对局的书籍或图谱,是棋手经过长时对弈经验总结获得的文本资料,极具解析棋技、棋艺和棋理功能。由于在围棋对弈中棋术千变万化,故有"千古无同局"的说法,而棋谱则不仅能记录对弈者的招法过程,更能为读者提供对弈者丰富多彩的棋艺思想信息,成为理解人生的书面载体。

　　例4.

　　英文原文:

　　It was a chess manual. I leafed it through, and found on the last page the problem that the dead dancer carried in her sleeve."②

---

① 罗伯特·梵·古利克.狄公断狱大观 第二卷[M].陈来元,胡明,译.太原:北岳文艺出版社,1986:93.
② Robert Van Gulik. The Chinese Lake Murders[M].New York: Harper & Brothers Publisher, 1960:62.

陈译本：

　　却见后档有一册薄薄的小书，封皮上写着《妙弈搜录》四字，认得是棋谱，便抽出翻阅。谁知末一页的图像正是杏花手中那局棋。①

　　《湖滨案》中妓女杏花临死手中所攥的残局棋谱及其上落款密藏侦破杏花遇害一案的重要线索，而在此节狄公手下的乔泰探知此残页原来出自一本棋谱。在高氏英语原文中仅以"a chess manual"粗略对棋谱进行轮廓式信息交代，并未展开其文本细节，这恰恰也是高罗佩在英文创作中为英语读者清除阅读障碍，利于该小说在西方世界的传播，因此，适当弱化围棋棋谱的文化信息密度，充分考虑到英语读者对于高密度中国文化信息的接受能力，这也是在强势西方文化语境下中国文化在初期外宣需要考虑的文化接受因素之一；但译者在文化回译的叙事过程中，充分意识到如果完全按照高氏源语文本的信息对等转译，势必使得译文信息缺乏中国文化特色，难以满足中文读者对探案细节的阅读欲求，故而充分发挥译者主体能动性，采用无本回译的手法创作式地将该棋谱取名为《妙弈搜录》，以显示证物确凿，且信息丰满，令汉语读者产生事出有典的阅读效果。一方面，在不改动原文创作意图的基础上，动态"忠实"地对高罗佩英文源语完成转译；另一方面，译者又自觉地将围棋棋学以生动的叙事情节为中文读者阅读译文进行文化回溯和文化自省提供文本参照，同时也为后文叙事探案创设物质基础。

　　另外，高罗佩在艺术创作过程中，不但将围棋棋谱与文字密码相互契合，将棋盘上安置的黑白棋子与佛学短诗巧妙结合，而且还为该棋谱绘制了直观可见的棋谱图形，为读者构建多模态的阅读体验，并设置了融汇围棋棋学、中国文字、佛学思想的多元密码破解因素。高罗佩以跨学科的多元素叙事手法，为西方的读者营设信息丰富、扑朔迷离的叙事情节和文化盛宴；与此同时，面对并未完全字面转译的困境，译者在文化回译中既要保证译文对

---

① 　罗伯特·梵·古利克.狄公断狱大观　第二卷[M].陈来元，胡明，译.太原：北岳文艺出版社，1986：51.

佛学短诗在节奏韵律和语言风格的信息准确度,又要兼顾短诗的字眼与棋盘棋子位置的严密对应,进而推导出符合英语原文情节要求的密码信息,其文化回译的难度可见一斑。

例5.

下表则是英语原文的短诗与译文的文本对照:

Thus spoke the Enlightened One: If ye wish to follow Me, ye must promulgate the Supreme Truth to all beings to make them understand My Message that all pain and sorrow that depress them are essentially non-existent. For these words express the Supreme Truth. Thus ye shall, by saving all others, also yourselves enter this Gate of Nirvana, and find peace ever-lasting.①	门万玄指吾生佛我 念宝妙现言大齐佛 念独乃胜菩庇功于 享蕴通七提三汝是 大大十宝在有须称 吉照方布即如弘若 永入乃施恒是济与 年此得其河明众思②

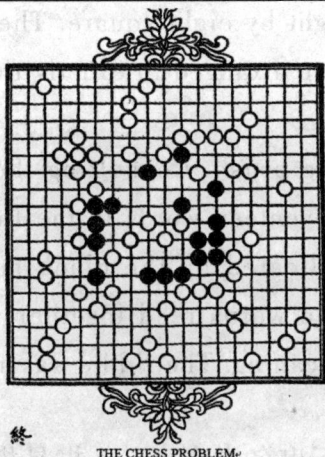

门万玄指吾生佛我
念宝妙现言大齐佛
念独乃胜菩庇功于
享蕴通七提三汝是
大大十宝在有须称
吉照方布即如弘若
永入乃施恒是济与
年此得其河明众思

终

THE CHESS PROBLEM

英语原文:

Then he took the printed sheet with the chess problem and laid it next to the text. He carefully compared the two.

The Buddhist text consisted of exactly sixty-four words, arranged in eight columns of eight words each. It was indeed a perfect square... The chess problem also was a square, but here the surface was divided into eighteen columns of eighteen squares each. And even if the similarity in design had a special meaning, what could be the connection between a Buddhist text and a chess problem?

...The text was taken verbatim from a famous old Buddhist book. It could hardly be used for concealing a hidden meaning without substantial alterations in the wording. Therefore the clue to die relation of the two, if any, was evidently contained in the chess problem.

...It had been established without doubt that the chess problem was in reality no problem at all... especially, black's position didn't make any sense at all. Judge Dee's eyes narrowed. What if the clue were contained in the black position, the white men being added afterward, merely as camouflage?

He quickly counted the points occupied by the black men. They were spread over an area eight by eight square. The sixty-four words of the Buddhist text were arranged in exactly the same way!

The judge grabbed his writing brush. Consulting the chess problem, he drew circles round seventeen words in the Buddhist text, occurring on the places indicated by the black men. He heaved a deep sigh. The seventeen words read together made a sentence that could have but one meaning. The riddle was solved!

陈译本：

与棋局两下对勘，一时也看不出名堂来。——棋是棋路，两军对阵，陷入残局。铭是经文，释迦典籍，语义精深。

他将经文从头至尾念了十来遍，无法找到什么暗示。又将棋局纵横颠倒走了数十步。也没走出什么异象变化来。心中恼怒，遂拂袖推开棋枰，去一边沏茶……棋枰上黑子聚作一堆，陷在局心，白子则四面团团，如铁壁合围。

狄公眼前一亮，又看棋谱，却发现原来白子大都散在围外，如云雾包合。黑子则局促核心，扩散不开。——再细数黑子，纵横各八格，布局在八俏图阵内。八八六十四，正中了金牒玉版的字数！

狄公心中闪出一道电火，莫非机关正在这六十四个格内？遂搁下茶盅,又将白子全数摘除,剩余黑子留在棋局中,细观形态。再按棋局中黑子地位对比经文字句,用朱笔圈出,遂出,遂得如下十七字:

若汝明吾言,即指其玄。乃得入此门享大吉。①

依照高罗佩叙事创作设计,上段碑文文字位置与棋谱黑子位置存在对应关系,构成开启佛堂密室的密码。译者在文化回译过程中,添饰大量围棋对局话语,如"棋是棋路,两军对阵,陷入残局""黑子聚作一堆,陷在局心""白子四面团团,如铁壁合围""白子大都散在围外,如云雾包合。黑子则局促核心,扩散不开"等,此类信息的添饰不仅使得叙事信息更加完整饱满,而且也是译者经过参悟棋谱信息和高氏创作原意的自我诠释,是将兵家思想境界有机融入叙事情节的尝试,以兵家战策的语言风格将抽象晦涩的棋谱图形转化为生动形象的语言描述,为中文读者呈现了棋局即是杀局的棋学道理。

最令中文读者叹服的,还是棋谱与佛诗文字隐语的解码过程。由于此节涉及双语转换中密码信息对照关系,高氏原文从佛经中提取"十七个单词"(the seventeen words)设置为开启密室的密码,且此十七个单词也构成密语信息(If ye understand My Message and depress these words ye shall enter this Gate and find peace.),而在汉语译文中,译者同样保持十七个字数的汉语语段,且须保证语义信息与英语原文保持高度一致,即"若汝明吾言,即指其玄。乃得入此门享大吉"。该译文不仅在字面语词的表述上符合源语信息内容,而且这十七个字均能在前述的短诗及棋盘位置相互对照,不枉高罗佩密码叙事的良苦用心。

在中国传统围棋文化中,见方棋盘竟然能够演化人世玄妙,包罗万象,如天地阴阳、用兵韬略、王者之道等,无所不包。棋局如沙场,黑白对阵,攻守兼容,斗智斗勇。黑白子间既囊括出世之策,又涵盖入世之谋。《湖滨案》英文原本凸显了高罗佩高明的侦

① 罗伯特·梵·古利克.狄公断狱大观 第二卷[M].陈来元,胡明,译.太原:北岳文艺出版社,1986:111.

探小说的叙事创作能力,围棋棋盘、棋子位置与深邃韵味的短诗彼此契合组建成神秘难测的暗码,牵涉出狄公抽丝剥茧、细思缜密的解码情节,令小说叙事更具有可读性。

棋盘的隐喻与解码的情节合体不仅为情节填入更为丰富的悬疑元素,提升小说叙事的文化蕴涵,而且也使得该小说成为向西方世界播扬中国传统文化,特别是中国围棋文化的有效文本载体。高罗佩利用独具中国古典文化特色的"他者"视角将中国围棋巧妙地嵌入叙事情节,并将其设置为破案关键的叙事文眼,将小说编织成一个饱含中国文化的信息网,令西方读者在品赏其精妙叙事情节的同时,也更深刻领会到古今各种文化符号,从而呈现出中国古代文化的丰富性和多样性。而另一方面,此段对密码叙事细节的回译与添饰,除了充分展示出译者扎实纯熟的汉语功底,更展露译者叙事身份参与叙事内在核心的文化回译手法,以保持与源语文本的动态"忠实"的同时,将中国古代文化,特别是围棋文化完美地向中文读者进行文化内销,能够令其从独特的他者视角反观自我文化的优势所在,有效地促使汉语读者对曾经疏远的本民族传统文化进行自我文化反思。

三、书法

中国书法艺术源远流长,是极富中国特色的独特艺术形式,以汉字构架为艺术创作基础,并通过纯熟地驾驭各类书写工作,书家透过汉字笔法和墨法创设艺术意境,进而崭露书家极具个人风格的书法艺术作品。总之,书法是表现中国各个历史时代文化精神的核心艺术形式,因此,书法艺术也是今人窥探古人生活情趣和艺术风格的活化石。

中国书法可上溯至商周时期,最初仅为作字记事的技艺,随后经历多种书写技艺的变迁,逐渐变得"气韵蕴藉,风神荟萃,足以表达出作者的性格、情感、意趣、素养、气质、思想等精神因素,遂为一门独立的艺术。用笔、结构、章法为书法之大要,即熟练地执使毛笔,掌握科学的指法、腕法、身法、运笔法、墨法等技巧,妥帖地组织好点划及字、行之间的承接呼应关系,表现出自然的情致、文雅的气度和高尚的人品。"① 宗白华将中国书法性质最终认定为,"中国的书法,是节奏化了的自然,表达着深一层的对生命形象的构思,成为反映生命的艺术。"② 正是由于中国书法的独特艺术性,西方读者在语言障碍、文字障碍、认知障碍的重重阻隔之下接受书法艺术和其背后的深邃文化,其难度可想而知。如同德国艺术家英戈·鲍姆加滕所言:"我除了个别寥落的方块字,既不能读又不会说中国话,因而被排斥在外,无法从语言文字层面,去理解这一艺术形式的文化传统等等。"③ 但随着西方抽象主义的兴盛,西方艺术开始逐步转向东方艺术,特别是从古老神秘的中国艺术寻求创作灵感;二战后,在多重因素驱动下,中国传统艺术渐渐进入越来越多西方受众的视野。而在西方世界对于中国书法的理解仅限于形质,难以认同中国书法所蕴含的书家情志。

高罗佩睿智地将极富中国书法元素的具体物事和抽象因子融入《大唐狄公案》的小说叙事创作环节,将对于西方读者来说属于异质的书写工具和文化元素高明地植入叙事构架,不仅不会令西方读者因遭遇文化冲突而放弃阅读,反而令小说叙事更为扑朔迷离,令中国文化元素更富神秘特色,而此种文化外宣的手法是通过悬念设置对中西文化差异的调适过程,缓解了中西文化对抗的阅读压力,这对于中国书法文化输出发挥了重要的启示作用。

经过高罗佩的艺术创作,他将书画创作与毛笔构造融会贯通,并集中体现于《迷宫案》的勘案过程中。丁虎国将军在书斋暴亡,狄公勘察现场时发现其桌上所摆放的毛笔。为加强西方读者对毛笔材质及外观的认知,高罗佩在英语文本中选用"the brush","a long tip of wolf's hair"和"shaft"对毛笔原材料和外

---

① 施宣圆,王有为,丁凤麟,等. 中国文化辞典[M]. 上海: 上海社会科学院出版社,1987: 941.
② 宗白华. 艺境[M]. 北京: 北京大学出版社,1987: 362.
③ [德国]英戈·鲍姆加滕. 一个西方艺术家的视角看中国书法[J]. 张海鹰,译. 中国书法,2018(06): 138.

形进行细节描述,而译者在文化回译中则采取归化的翻译策略,选用"小楷狼毫"和"笔管"展开文化回溯和信息还原。因为按照笔头的主要原料分类,狼毫笔是以黄鼠狼尾毛为主要原料制成的毛笔,这也恰恰与高氏原文所提供的材质信息吻合。另外,此段中高罗佩还利用笔管刻字细节为勘验案件查明赠笔人背景提供重要线索。译者选用"暮年酬"精准把握原文词义,且以言简意赅的笔触完成对赠笔人馈赠毛笔的用意;特别值得注意的是,译者在回译赠语"With respectful congratulations on the completion of six cycles"时一改原文现代英语的表述风格,采用古雅简朴的文言语体:"秩"在古文中有"十年"之意,恰好与原文中丁虎国年龄 six cycles 相呼应,并符合古代文人儒雅言语特征,紧贴用语语境,使译文透出古朴之气,激发中国读者阅读过程中对于中国书法的想象力,产生对朱漆笔管几行娟秀小楷及古朴隽永文字的联想,进而实现中国书法视觉属性与文学属性的完美结合,赋予译文传递中国书法艺术审美的生命力。

例 6.

英语原文:

He took up the brush that the dead man had been using. It was a very elaborate one with a long tip of wolf's hair. The shaft was of carved red lacquer and bore the inscription: "Reward of the Evening of Life". Alongside there was engraved in very small, elegant characters: "With respectful congratulations on the completion of six cycles. The Abode of Tranquility." Thus this brush was an anniversary gift from another friend.[1]

陈译本:

狄公事拾死者用过的小楷狼毫,见红色雕漆笔管上也刻有三字:"暮年酬。"再一细瞧,旁边还有一行娟秀小字,读作"丁翁六秩华诞之喜——宁馨簃敬题"。如此,这管朱管狼毫乃将军另一

---

① Robert Van Gulik. The Chinese Maze Murders[M]. Chicago: The University of Chicago Press1997.: 94.

友人所赠寿礼无疑。①

按照中国古代轶闻记载,高罗佩经过"移花接木"式的创作手法,将笔管藏刃和密室谋杀有效结合,创设了凶器害命推理和不可能犯罪推理这样的双重推理模式。其极具魅力的幻想、张力十足的谜团及细思缜密的逻辑编织出中西叙事合璧的最佳读本,令中西方读者一见倾心,爱不释手。

例7.

英语原文:

This writing brush is an ingenious instrument of death. Its hollow shaft contains a number of thin coils of what I presume to be southern rattan. After he had inserted these coils the person who made this instrument pressed them down as far as they would go with a hollow tube. He poured melted resin of the lacquer tree down that tube and held the coils down till the resin had completely dried. Then he removed the tube and replaced it by this.

...

Some years ago a certain peron presented this writing brush to the General and therewith pronounced his death sentences. He knew that when the General would use this brush, he would sooner or later burn its tip in a candle to discard the superfluous hairs, as we all do when we start writing with a new brush. The heat of the flame would soften the resin, the coils would be released and the poisoned knife would shoot out of the shaft. It was a ten to one chance that it would hit the victim in the face or throat. Afterwards the coils would be invisible because they have

---

① 罗伯特·梵·古利克.狄公断狱大观 第三卷[M].陈来元, 胡明, 译.山西: 北岳文艺出版社, 1986: 67.

stretched out along the inside to the hollow shaft. ①

陈译本：

狄公从容道："这管狼毫实为一机巧杀人凶器，其空心笔管之中压了弹簧，用松香凝住，再将小匕首插入笔管之中。"狄公打开一只小盒，小心翼翼将小匕首取出，又说道："这圆圆的把儿正可插入笔管，弯弯的刀刃亦紧贴了管壁，这样，小匕首既掉不出来，从外面也无法看见。"

……

有人将这管狼毫作为寿礼赠给了丁虎国，从此也就判了他的死刑。但凡新笔，笔头上总不免有飞毛，丁虎国用笔之时，就会于烛焰上将笔管下端岔出的飞毛烧掉。一旦笔管内松香于烛焰旁受热熔化，弹簧一松，小匕首立即就会飞出，不插进他咽喉也刺进他面门。

以狼毫软笔作为杀人凶器，迷宫案中密室谋杀的最终悬念全系一狼毫毛笔之上。假托严世藩笔中藏毒刃，将中国毛笔的构造、原料及初次书写的注意事项嵌套在探案推理叙事之中。高罗佩充分利用自身对中国书法和毛笔的认知将悬念设置其中，娴熟地将毛笔的文化元素与叙事推理有机结合，在设定叙事迷局到解开迷局中将小说叙事张力发挥至极致，同时也紧紧抓住西方读者的阅读心理，不仅成功地实现叙事目的，而且也将抽象异质的中国书法和毛笔文化传递至西方世界；而在文化回译过程中，译者不单实现源语文本有关中国书法、毛笔构造以及笔管藏刀的叙事信息精准还原，而且在语言风格上半文半白，较为精准地对文本中涉及中国书法的雅文化元素进行转译，从而实现依照"他者"视野叙写中国书法的原作意图，并充分满足译语读者的审美需求和文化建构诉求。

狄公依照倪守谦书法字体辨认真凶。如果说毛笔和墨汁等选材属于中国书法艺术鉴赏的初级层面，那么字体构架、线条形

---

① Robert Van Gulik. The Chinese Maze Murders[M]. Chicago: The University of Chicago Press 1997: 244.

状、书写力量、空间比例等书家书法风格则属于书法鉴赏的高级层面，是书家通过艺术创作将情志、精神、思想等安放到自身的书法世界之中，以文字语言或形状线条物化于绢纸之上。

例 8.

英文原文：

Judge Dee slowly emptied his teacup. He waited till Yoo Kee had sat down and composed himself. Then he said in a conversational tone：

"I always regret that is has never been given to me to meet your late father. But a man leaves his spirit behind in his handwriting. Would it be importunate to ask you whether I might see some specimens of his calligraphy? The late Governor was famous for his original hand."

陈译本：

狄公悠然饮茶，等倪琦镇静下来，乃道："本县无缘闻睹令尊音容笑貌，已引为终身遗憾。但笔锋见气概，笔势显精神，令尊笔力雄浑，笔路洒脱，素有书法巨擘之称。本县思想来一若能借得令尊翰墨一阅，也算了却夙愿，深慰平生。不知你对此意下如何？"

依照上面译例，为使得创作的高密度中国文化元素的文本为西方读者所认识和接受，高氏原文仅以"a man leaves his spirit behind in his handwriting"简单展现书法文字与书家精神思想的关联度，点到为止地言明书法艺术的独到特质；而在文化回译过程中，译者明显觉察到英语原文简化介绍中国书法的文化信息不足以满足中国读者对于古人书法艺术的阅读诉求和对书法艺术的审美期待，故而添饰笔锋、笔势、笔力、笔路等书法术语，以丰富译文中有关中国书法艺术的文化信息。书者性情与修养，身体特征等生命元素均能从书法的笔势、笔力、笔路等得以体现与彰显，这是译者在书法描绘中对源语文本的文化超越，也恰是如此才能加强译文与中国读者之间的文化亲和力，将更为深层的书法艺术元素展现在译入语读者面前,深度强调书法过程中书家驾驭用笔笔法、控制线条走势和崭露书家情志的独特魅力。

中国书法是古时普及度极高、广受大众青睐的艺术形式。其陶冶情操和调神修心的文化特性远超书写记录功能。虽将文字造形于纸上,但其线条所透出的笔力、笔势、笔路却能与书家志趣相投,并与自然外界环境形成动态呼应。而这一点则是浸淫于现代书写方式的中西读者难以体会的。正如德国英戈·鲍姆加滕所说,"中国书法的文学性元素有力地拒人于中华文化之外,因此很难被迁移进入其他文化。"①而高罗佩则以敏锐的洞察力将中国书法艺术嵌入探案悬念设置的处理方式,是作者自身作为西方汉学家向西方读者介绍中国书法文化的播扬过程,并在跨文化语境中将《大唐狄公案》系列小说不可避免地赋予文化传播的特性,间接地有利于中国书法文化在西方世界的"输出",促进西方读者进一步了解和熟悉中国书法,加深书法跨国化的文化交流;《大唐狄公案》中关于中国书法的文化回译,对于已然习惯且过度依赖打字文稿进行信息交流的现代国人而言,则是借用高罗佩的西方"他者"视野对中国书法文化瑰宝的一次重新度量和自我定位,是对中国书法在中国艺术传统重要地位的文化反哺和精神回溯,也是探求中国书法除书写记录之外还可以感物起兴和灵犀相通等的高级审美体验。因此,在《大唐狄公案》中,高罗佩对中国传统书法艺术的异语创作与译者的文化回译过程,实现了将这一中国文化瑰宝向西方世界的输入和向中国本土内销的双重社会功能和文化功能,双向地培养了中西读者的中国书法审美底蕴和深层认知,进而完成了中西文化之间的创新互动。高氏将中国书法文化以极具带入式的叙事手法引入小说情节设置之中,再经由译者文化回译的适度补饰,令汉语读者在内心中对于书法文化产生文化共鸣,进而激活汉语读者对于中国书法文化的文化记忆,并伴随着汉译本的出版流传而获得对这一中国传统文化元素的集

---

① [德国]英戈·鲍姆加滕.一个西方艺术家的视角看中国书法[J].张海鹰,译.中国书法.2018(06):140.

体认同过程。

四、画

中国画，简称"国画"，是具有悠久历史渊源和优秀传统特征的中国民族绘画形式。"约可分为人物、山水、界画、花卉、禽鸟、走兽、虫鱼等画科；有工笔、写意、钩勒、没骨、设色、水墨等技法形式；以钩皴点染，干湿浓淡，阴阳向背，虚实疏密和留白等表现手法，来描绘物象与经营构图；取景布局视野宽广，不拘泥于焦点透视。有壁画、屏障、卷轴、册页、扇面等画幅形式。"①

中国绘画以书法为宗，并且从周代末期后的数百年间，一直与书法保持密切联系，并被视为中国正统艺术。到汉代，人们逐渐构建以绘画宣泄内心的观念，从而成为一种艺术表达的方式。与中国诗歌、中国书法相似，中国画与西方艺术存在巨大殊异。"绘画虽然并非中国独有，但'中国画'却风格独特，与众不同。水墨、丹青、工笔、写意等等，不仅有悠久的历史、特殊的技法，而且还有独特的审美意蕴和艺术境界。"②中国画的物质载体是丰富多变的，配有边框的画心、一堵泥墙、一幅卷轴、一把扇面、一面屏风，一套册页，皆可作为画家作画的物质形式留存于世。

因中国素有"书画同源"之说。与中国书法相似，中国绘画艺术同样具备画家用以抒情叙事之功用，同样具备文学性极强的绘画意境，而绘画创作中构筑画作的文学性也是画家致力追求的创作目标。因此，中国古代绘画的线条也绝非仅用以装饰之用，因为其线条造型和构架上已然被赋予了厚重的文化元素和叙事特质。

"取自文学作品题材的中国画分为两类，一类是叙事性的，以图绘痕迹为中介记录文学作品的内容，图绘本并不是绘画的目的，而是再现或记录一个故事及其意义的手段……另一类是对文

---

① 辞海.艺术分册[M].上海：上海辞书出版社，1981：327.
② 陈墨.金庸小说与中国文化[M].南昌：百花洲文艺出版社，1999：292.

学作品内容的表现性再创作,表达画者对作品内容的理解与阐释。"① 由此可见,中国绘画的叙事特性将绘画技法与叙事信息兼并为一体,二者彼此相依。绘画创作凸显了其文学功能,而文学特性又凭借绘画作品得以传承和播扬。另则绘画作品是对画者情志的诠释手段。

高罗佩早年亦曾习画,并且也结交许多像徐悲鸿这样的中国著名画家,与他们也多有关于中国绘画艺术的探讨。除此之外,高罗佩广藏中国字画作品,同时也积累了丰富的字画装裱和鉴别字画经验,进而对中国绘画美学之道有着深刻的体悟和理解。高罗佩画作不多,比较知名的是他为古琴老师叶诗梦先生所画的肖像,"系以中国的纸笔颜料画西洋式的画,工细之极,着色鲜艳,视之颇有点郎世宁的作风。"②

高罗佩在创作探案系列小说中也充分发挥绘画文学性的功能特性,非但不是将中国文化物事作为简单铺陈点缀处理,反而阐发绘画作品的文学叙事性,将中国绘画设置成为关乎折狱关键的叙事文眼。另外,《大唐狄公案》中也塑造了数个挥毫泼墨、极善丹青的画家人物形象。关系案件侦破的涉画案眼和画家人物形象反映了这一中国古代艺术手法对该系列小说创作的潜在影响,也同时反映出中国特有的文化审美意蕴。

《迷宫案》中,三案连发,其中有一段陈年旧案。名臣倪守谦去世之后,其长子倪琦与倪守谦孀妻梅氏和幼子倪珊,因遗产分配不公对簿公堂。双方所讼焦点集中于倪守谦身前所遗一幅山水风景画上。狄公在勘验该案时,从梅氏处取来该画,具体描述如下:

例9.

英语原文:

It was a medium-sized picture painted on silk, representing an imagery mountain landscapes done in full colours. White

① 李素艳. 构筑中国绘画的文学性 [J]. 艺术评论, 2013 (07): 117.
② 严晓星. 高罗佩事辑 [M]. 北京: 海豚出版社, 2011: 17.

clouds drifts amoung the cliffs. Here and there houses appeared amidst clusters of trees, and on the right a mountain river flowed down. There was not a single human figure.

On the top of the picture the Governor had written the tile of archaic characters. It read:

BOWERS OF EMPTY ILLUSION

The Governor had not signed this inscription, there was only an impression of his seal in vermilion.

The picture was mounted on all four sides with borders of heavy brocade. Below there had been added a wooden roller and a top a thin stave with a suspension loop. This is the usual mounting of scroll pictures meant to be hung on the wall.

Sergant Hoong pensively pulled his beard.

"The title woud seem to suggest", he remarked, "that the picture represents some Taoist paradise or an abode of immortals." [1]

陈译本:

画卷中等尺寸,彩色,作于白绢之上,是一幅以山景为题材的风景画。但见画面上峰峦磷磷,林木簇簇,白云飘绕,房舍隐现,左边一条石径直通山巅,右边一沙山泉顺流而下。整幅画上不见一人,上方倪寿乾以半隶半篆古体为画轴题了四字:虚空楼阁。倪寿乾未在画轴上签名,只在画题一旁用了朱红图书。

画轴四边均以锦缎裱糊,下边卷了木棍,上边系了丝线——但凡画轴均需如此裱糊,挂在墙上既直又平。

洪参军捻捻胡须,说道:"虚空楼阁,顾名思义,作画人意欲将仙山琼阁这一虚无缥缈的美妙幻境展现于人前。" [2]

---

① Robert Van Gulik. The Chinese Maze Murders[M]. Chicago: The University of Chicago Press 1997: 70.

② 罗伯特·梵·古利克. 狄公断狱大观 第三卷 [M]. 陈来元, 胡明, 译. 太原: 北岳文艺出版社, 1986: 49.

在高氏原文中,通过"painted on silk, brocade, wooden roller, thin stave, suspension loop"等字眼言明此画的材质、尺寸、主题、画名及装帧手法,描述信息简单扼要,另外英文版中高罗佩还为此画配有版画式的插图,为西方读者提供了解中国绘画艺术较为直观、且多模态的文本途径,从而抵消因异域元素为西方读者带来的阅读和理解屏障,反而加深其对中国画的印象与认知。

而在陈译本的文化回译中,译者则参照源语文本以及插图信息,不仅完成源语文本的画轴信息的转译,而且补饰溢美辞藻还原和美化小说所论及的山水风景图的艺术意境,完全符合中国绘画艺术之"诗画一体"的语言风格和审美意境。如连用"峰峦磷磷,林木簇簇,白云飘绕,房舍隐现"数个四字格短语结构,好似译者依照高氏插图将自身观画所感而发,创设出为画题词的画中有诗的志趣。诗与画的紧密契合,将山水画诗化的手法遵从于中国画者"心中之丘壑"的创作意境,使得回译译文处处充斥着古意盎然的文学气息。

图 1.《迷宫案》虚空阁楼图 [1]

---

[1] Robert Van Gulik. The Chinese Maze Murders[M]. Chicago: The University of Chicago Press, 1997: 70.

　　另外,在《迷宫案》的创作过程中,高罗佩还参照明代专门记述宋代包拯审案断狱的短篇公案小说集——《龙图公案》,并将其中第七十七回《扯画轴》的叙事框架糅合到《迷宫案》倪家遗产争夺案中。在原有中国山水画材质和画轴构造的叙事基础上,又加入画轴夹层另有遗嘱的叙事旁支。高罗佩层层递进式地为西方读者呈现了中国绘画自身带有的谜团,进一步加深对中国绘画创作的印象。当然在具体情节方面高罗佩在原有故事轮廓基础上又加入多重叙事元素,使得情节更为跌宕起伏,可读性更强,更具艺术感染力。

　　例 10.

　　高罗佩在借用《扯画轴》的基本叙事情节基础上,又将画轴夹层的信息复杂化,令其节外生枝,案中有案,为倪守谦的遗书中其遗产归属问题又蒙上一层神秘面纱,牵引读者急欲破解谜题,从而增强叙事张力和可读性。

　　英语原文:

"Tao Gan stroked his ragged moustache. He asked:

'Could not it be, Your Honour, that a sheet of paper has been concealed at the back of the picture, between the lining?'

'I had thought of that possibility too', the judge answered, 'and therefore I examined the picture against a strong light. If a sheet of paper had been pasted betwee the lining it should have shown.'

'When I was living in Canton', Tao Gan said, ' I learned the art of mounting pictures. Shall I remove the lining entirely and investigate also the space covered by the brocade frame? At the same time I could verify whether the wooden rollers at top and bottom of the scroll are solid; it is not unthinkable that the old Governor concealed a tightly rolled piece of paper inside.' " [1]

---

① Robert Van Gulik. The Chinese Maze Murders[M]. Chicago: The University of Chicago Press, 1997: 112-113.

陈译本：

陶甘捻弄一阵短须，问道："老爷，画轴背后夹层之中会不会有字条之类凭信藏匿？"

"我也想到了这一层，因此将画对准强光看过，若是夹层中另有一纸，便会立即显现出来。"

陶甘又说道："当年我落拓广州，曾学得裱糊字画技艺在身。我想打开画轴夹层，将锦缎边框也拆开看看，还要查一查画轴顶端及底部的木棍是实心还是空心，倪寿乾将一卷紧的字条藏于空心木棍之中亦未可知。对此，不知老爷意下如何？"

"你若能将画轴恢复原状，拆又何妨？我思想来，倪公若将秘密藏于这样一个地方未免有点鲁莽草率，也与他智慧超群的特点不符。不过，为了解开画轴之谜，即使最小的机会我们也不要轻易错过。"①

此例中，高罗佩利用其娴熟的创作手法，深化《龙图公案》中《扯画轴》的叙事层次，勘案侦破绝非扯开画轴夹层而真相大白，而是夹层的遗书仍为倪守谦为掩人耳目而施展的障眼法，而真相仍有待进一步深度探查方可知晓，这无疑是对其叙事母题的有益改写，这也是高罗佩小说深受读者青睐的主要原因之一。而译者在文化回译过程中，基本忠实地对文本信息进行转译，但值得注意的是，中国读者在阅读此段情节时势必对中国国画的装裱构造细节有了更为深层的认识，实现了中国读者对于国画装裱中画轴夹层和内部构造的文化认知。

例 11.

在《迷宫案》第二十二章中，高罗佩选取狄公的叙事视角，对题为"虚空楼阁"的山水画进行细节描述，用以推演倪守谦身前精心筹备的迷宫入口与这幅山水画之间的千丝万缕联系，其间用英语描述了该画中的诸多细节，将中国国画的文学功能表现得淋漓尽致。

---

① 罗伯特·梵·古利克.狄公断狱大观 第三卷[M].陈来元，胡明，译.太原：北岳文艺出版社，1986：82.

英语原文：

Judge Dee looked with a smile at his lieutenant. They hung on his lips. "If you study this landscape carefully," he said, "you will notice some queer points in its composition. There are a number of houses, scattered among the cliffs. Every one of them can be reached by the mountain path, except the largest and most elaborate building here on top right! It lies on the river, but there is no road at all! I concluded that that building must have a special significance.

Now look at the trees! Is there noght about them that strikes you as peculiar?'

…

When the sergeant and Tao Gan shook their heads the judge continued：

"All the houses are surrounded by clusters of trees, painted rather carelessly. Only the pine trees are drawn in detail; each trunk stands out clearly against the background.

Now you will notice that there is numerical sequence in thouse pine trees. Two at the top of the mountain where the path begins, three further down, four where the path crosses the river, and five near the large house on top right. I concluded that these pine trees are landmarks that indicate a route to be followed. The two pine trees on top are the link that connects this picture with country estate: they represent the pair of pine trees that we saw at the entrance of the maze!" [1]

陈译本：

狄公道："乍看画中山回水曲，白云飘绕，木宇相间，曲径通幽。但若细心观瞧，就会看出画面上不无怪异之处。你们来看，

---

[1] Robert Van Gulik. The Chinese Maze Murders[M]. Chicago: The University of Chicago Press, 1997.: 260-262.

画中屋宇若干,星罗棋布于盘亘峰峦之间,屋前均有山道相通,惟右上角这座高亭例外,它立于山泉一侧,无路可达。我寻思此高亭与众不同,其中必有蹊跷。

"你等再看这画中树木,其中亦有奇特之处,只不知你四人能否看得出来。"

……

狄公道:"画中大小屋宇均被树丛包围,不难看出,这簇簇树木多画得十分杂乱,惟十几棵松树画得一丝不苟,每棵都清晰现于画面之上。你等细看,这簇簇松树均以数目多寡按次序排列下来。山顶上山道开始处有两棵,下面山腰处三棵,再下面山道穿过山泉处四棵,右上角亭馆近旁五棵。我以为这十四棵松树实为入宫引路之标,山顶上两棵即为我们于迷宫入口处见到的那一对古松。"

译者在文化回译中,打破原有高氏原文的英文句式,选用言简意赅的短小散句,仿用古人游记语言风格,抓住自然景物特点,体现出状物之景的自然雅趣,也带出译者回译中的自然和淡定,添饰极写景色空灵隐逸的辞藻,如"山回水曲,白云飘绕,木宇相间,曲径通幽"。此段最具阅读性的特质在于高罗佩将案眼设置于山水绘画之中,译入语读者在赏读美文的同时,又从狄公缜密的推理中探明迷宫入口,从而揭开迷宫命案迷局。将国画的文学功能和公案的勘案过程糅合一处,叙事视觉化效果极强,足令译本妙趣横生。

例 12.

《朝云观》第十五章,在朝云观中,高罗佩将玉镜真人的真实死因推理过程与其画作细微处的比对紧密联系,经作者巧思加工后,其勘验过程与画作猫眼瞳仁随光线变化而发生变异有关。

英语原文:

"He (Judge Dee) took the rolled-up picture from his bosom and placed it on the desk. Then he spoke: 'I paid a visit to the crypt, sir, and there looked at a few pictures the old abbot Jade

Mirror made of his cat. It struck me that he used to do those in great detail. On one paining the cat's pupils were just slits; it must have been done at noon. Then I remembered that on his last picture which you showed me in the temple, the pupils of the cat were wide open. That proved to me that the picture was painted in the morning, and not at noon, as True Wisdom had always said.' He unrolled the scroll and pointed to the cat's eyes." [1]

陈译本:

狄公从衣袖中抽出那轴画放在书案上,说道:"天师阁下,我已去地宫瞻拜了玉镜的全身。我在那里看到了许多幅玉镜的画稿。我意外地发现有一幅画上灰猫的眼睛瞳仁眯成一条线,那无疑是中午在日光下画的。然而这一幅真智说是玉镜画于临死那一日的中午,地点是方丈的窗前。奇怪的是猫眼睛的瞳仁却是浑圆的。这说明玉镜真人最后一幅画画于早上,而不是真智所说的画于中午!因此我便疑心玉镜之死系……"他展开了那幅画,指着灰猫的眼睛。

孙天师略有所悟:"仁杰老弟,这猫眼睛与玉镜之死又有何关涉?玉镜升天那日,我亦在观中,目睹了他含笑平静登仙而去,并无什么异常。" [2]

实际上,此处高罗佩再一次从参照中国古籍文献记载中获取了创作灵感。此处借用了《梦溪笔谈·书画》中的《正午牡丹》,其原文为:"欧阳公尝得一古画牡丹丛,其下有一猫,未知其精粗。丞相正肃吴公与欧公姻家,一见曰:'此正午牡丹也。何以明之?其花披哆而色燥,此日中时花也;猫眼黑睛如线,此正午猫眼也。有带露花,则房敛而色泽。猫眼早暮则睛圆,日渐中狭长,

① Robert Van Gulik. The Haunted Monastery [M]. http://www.doc88.com/p-9993581204744.html: 81.
② 罗伯特·梵·古利克.狄公断狱大观 第二卷 [M].陈来元,胡明,译.太原:北岳文艺出版社,1986:192.

正午则如一线耳。'① 此亦善求古人心意也。"这绝非巧合,该案例又再次将叙事主题落于中国古画之上,是对明清公案小说和古代轶闻杂记的借鉴和承袭,并在此基础上进行了整体移植和叙事重构。为文本受众,特别是熟悉中国古代绘画文化的读者,加深对中国绘画艺术的认知提供了机会。

在钦佩狄公明察秋毫的办案风格之外,中西读者亦能感受到中国古人的聪明才智;而高罗佩借用中国古籍典故,将其艺术化加工后,转嫁于自身创作体系的手法赋予中国典籍记载故事以二次生命,让中国读者认识到在中国画创作过程中,描绘事物也应遵照客观变化规律,不可随意臆造。依托客观规律的艺术创作,方能顺应事物的客观面貌,是中汉语读者对中国绘画艺术的自我回溯和文化反省,令汉语读者充分认识到,中国绘画艺术是讲求画者诗、书、画、印全面综合文化素养的艺术形式,且画者的人品、心智、修养及学识皆可映射于画卷之上。

小结

高罗佩将擅长琴棋书画的中国传统士人视作自己一生追慕的理想生活状态,也是其开展汉学研究的明确目的之所在,故而多能痴醉于中国古代的琴棋书画艺术之中。他也深刻意识到,琴棋书画映射了中国古时士人的处世哲学、才情修为、审美意趣及生活态度。在他居于中国时,就曾广泛结交数位民国时期的书画家,而且交往密切,闲暇时切磋技艺,不断精进自身对中国传统艺术的认知和理解。在他撰写中国古琴学术专著《琴道》和译介《砚史》的过程中,更为深入系统地体悟到自己一直追慕的中国古代士人的精神状态。"高罗佩之所以在工作之余热衷于这些文化生活,既是由于他本人对中国古代文化艺术的由衷喜好与热爱,更是他对中国古代传统儒家士大夫精熟于各种艺术并以此陶冶情

---

① 沈括. 梦溪笔谈(汉英对照)[M].胡道静, 金良年, 胡小静, 今译;王宏, 赵峥, 英译.成都:四川人民出版社, 2008: 494.

操、寄托意趣的独特生存状态十分向往的潜在投射。"[1]

在《大唐狄公案》的叙事框架中,独具中国古代文化特色的琴棋书画属于高罗佩作品中的衍生文化载体,是综合展现古代文人情志思想的象征体系,实现了把多重复杂异质的中国历史文化领域展现给西方读者。高氏将这"文人四友"绝非简单用作小说叙事的文化点缀,而是精巧地将其与勘案悬念糅合一处,将最能体现中国古代文人人文修养的琴棋书画这样的文化承载物以独特巧妙的方式融入狄仁杰勘破重重疑案的叙事过程,以敏锐的文化洞察力和兼有琴棋书画的文化表现力将琴理、棋学、书质、画品深度文化因子嵌入小说叙事脉络和情节案眼之中,是小说叙事悬念与文化知识型悬念的高效结合,凸显出扑朔迷离和峰回路转的悬疑效果。与之并行的是,将此类系列文化因子涉入勘破凶案的推理和侦破过程彰显了狄仁杰深谙犯罪心理分析、蓄积广博的刑事侦讯经验和缜密的逻辑推理能力。一个个由凶犯煞费苦心设计的诡谲迷局均为狄仁杰经过现场勘案逐一寻思觅源,最终凶案真相得以大白于天下,从而烘托出这一具有超凡智慧的神探人物形象。

对于喜好窥探中国古代文化的西方读者而言,如此巧妙的叙事手法进一步增添了小说的神秘色彩和悬疑气氛,使得叙事文本呈现出东西方文化有机融合的审美特质,跨越了中西地理文化空间的重重屏障,烘托了中国传统文化艺术的博大精深,为西方读者呈现了别开生面的中国古代传统文化,进而极大程度地满足了其阅读期待和审美诉求。

这些文化元素在侦破知识型疑团的过程中推动了小说情节的发展,构筑起独具中国古代文化特色的文化物事网络群,为加强文本叙事张力而令西方读者如痴如醉,营设中国古代叙事空间,及播扬丰富多彩的中国古代文化提供了叙事素材。若从表面来看,此类体现古人情操素养的物事点缀于断狱推理之间,是完

---

[1] 王凡. 西方汉学家中国古典文化情结的艺术投射——论高罗佩《大唐狄公案》中的画家形象与涉画情节 [J].乐山师范学院学报,2018（06）：34.

全服务于情节需要而设置的；但从反面观之，探案推理则又似是"诱饵"，或者称之为"药引子"，其真正的叙事母题是中国古代绚烂多彩的文化，这是高罗佩在创作中对于公案小说"犯罪—侦破"模式和"惩恶扬善"叙事主题的一次文化突破，将读者引入扑朔迷离的密码游戏和文化解读之中。当中国传统文化元素契合于小说叙事案眼时，对于西方读者而言，中国异质文化的障碍则轻易间消解清除了。除此之外，这些细腻而精巧的情节设置也反映了中国传统话本小说对于高罗佩叙事创作的隐性影响，更展示出作者将诸多丰富的中国传统艺术形式播扬西方的文化理想。

西方读者在跟随狄公勘案缉拿凶犯的同时又习得种种古老文化元素，并在巧妙的叙事建构和艺术加工后探知中国历史及传统文化的奥秘，故此，其叙事作品成为外宣中国古代璀璨文化的知识型公案小说，已经超越其作为书籍小说的物理属性，而一跃升级成为具有社会价值和文化属性的交流媒介。

回译过程本身就是"通过回溯拟译文本与目的语文本间内在的语言和文化联系，把拟译文本中源自目的语的语言文化素材或文本重新译回源语的翻译活动"。① 其经由文化回译后有关琴棋书画的译本表面看是有关小说叙事的文字信息，但其文字背后则是一种深深植根于汉语读者内心深处的文化行为，是一种绵延流长的文化传统。故此，在文化回译过程中，在忠实于高氏原文信息的原则下，译者高超地添饰还原原本信息的双语能力，并以古雅质朴、文白相间的语言风格精准完成文化回溯，实现了在原文基础上的二次创作，并且该书的传播也打破了琴棋书画仅属于精英文化的藩篱。特别是由于文化记忆与翻译行为之间所存在的共生关系，"要考虑文本的协调性和文本的可持续性。如果翻译活动不能产生翻译的经典，它就无法在集体记忆中存活，从而也无法成为仪式、庆典或固化媒介，最终会为人们所遗忘或抛弃。所以，翻译是文化性的，在共时的维度中，具有协调的作用；在历

① 陈志杰，潘华凌．回译——文化全球化与本土化的交汇处 [J]．上海翻译，2008（03）：56.

时的维度中，具有可持续性的作用。"[①] 从而以更为生动形象的叙事手法激发大众读者群体对本民族文化的文化记忆和文化反思，令汉语读者促生对中国古代文化的自我反观和审视。高罗佩的异语创作及译者的文化回译共同组建的英汉文本使得中西读者的阅读眼界突破了追击凶犯的传统维度窠臼，而凌驾于中国古代文化历史的叙事层面之上，表现出对中国古代文化的深层认知和中西文化交流的叙事高度。以"异语写作＋文化回译"的传播形式，《大唐狄公案》还可适度引导中西方读者相互观照彼此的历史文化，促进双方文化背景下的文化行为的相互阐释和相互说明过程，进而促成中西文化互动和观念交汇的传播效果。

第三节　楹联文化

在高罗佩笔下营设的中国大唐帝国盛世中，除素有"文人四友"之称的琴棋书画之外，在《大唐狄公案》的叙事过程中还融入了中国古代楹联和文人信笺等文字类信息，令其成为勘案叙事中不可或缺的文化因子，是对中国古代文化在西方世界外宣和中国本土内销的有益补充。

楹联，是对联的雅称，亦可称为联语、联句、楹帖等，"是由上下两句字数相等、内容相关、词性相同或相近的文字组成的文学样式，具有结构相同、对仗工整、平仄协调、停顿节奏一致等特点"，[②] 是我国民族文化的瑰宝，是人类艺术的珍品。

楹联虽仅短句两行，却内蕴颇丰，既可以写景抒情，又可以叙事明理，并蕴含了丰富多彩的美学意境的文学功能。楹联的表层框架在于上下联平仄对仗，"可谓尽汉语形状组合、声韵变化之能事，穷平仄对仗虚实之变化，采诗词曲赋骈文对偶之精华，形成了

---

①　罗选民.文化记忆与翻译研究[J].中国外语，2014（04）：41.
②　陈书良.楹联之美[M].北京：作家出版社，2016：25-38.

具有中国特色的文学艺术形式。"① 其内在则蕴含意象美学、简约美学、音韵美学及哲思美学,是中国文化中雅俗共赏的艺术形式之一。

楹联一般分为字数相等且句意相联的上下两联,且须势均力敌,不可偏废,因而要求字数相同、词性相同、节奏相应、平仄协调等,且其核心内质在于偶句中词语的对仗。楹联就创作本身而言,其对上下联的语言十分苛刻,不仅其对应字词的词性要匹配,而且还需兼顾其语言意义的关联度。另外,楹联经常引经据典,意蕴深邃,故此其创作本身已非易事。而楹联的英译则难度更大,既要保证上下联信息不失真,又要在译文中传递其原文在意蕴、音效、形态等方面的多重美感。黄中习(2005)提出,"以偶译偶、以工对工,意美为上、意在形先、传神为重、得意忘形"② 的楹联英译原则。

高罗佩除作中文旧体诗和练习中国书法之外,还时常亲自书写对联。在马来西亚古城马六甲青云亭就留有一副由他以草书写成的对联,即

"无事度溪桥,洗钵归来云袖湿

有缘修法果,谈经空处雨花飞"③

这是1960年,高罗佩与大马慈善书画艺术家李家耀到青云亭古庙参观时所写。高罗佩的楹联创作、楹联字画收藏以及和当时中国文化名流的社会交往经历使作为小说创作主体的他加深了对中国传统楹联文化的认知,真正为这种文化形式的美感所打动。因此,高罗佩在叙写《大唐狄公案》过程中,多次以英文创作楹联。应情节之需,将楹联主要用于开展建筑物空间描写、人物个性思想描写或重大叙事事件等。与常规的汉语楹联英译过程不同的是,《大唐狄公案》中的楹联信息是高罗佩事先已经以英

① 王爱珍. 从结构理论看《红楼梦》中对联在杨、霍译本中的翻译 [J]. 湖南人文科技学院学报, 2010(03): 89.
② 黄中习. 中华对联研究与英译初探 [M]. 长春: 时代文艺出版社, 2005: 201.
③ 严晓星. 高罗佩事辑 [M]. 北京: 海豚出版社, 2011: 141.

文形式创作而成的,其主旨内容已然事先经由原作者设定,那么,在对小说中的楹联内容的文化会意中,汉译者需要结合楹联语境背景,充分考虑英语原文句式结构,剖释楹联原文的内容主旨和文化意象,以保证译文在语义层、语用层及跨文化的多重对应关系,且准确传达蕴含楹联字间的文字美感、思想内涵和文化韵味。

例1.

《汉家营》(*The Night of the Tiger* 另译为《飞虎团》)中,狄公夤夜投宿至闵员外庄园内,并从与庄园总管的交谈中得知汉家营意欲侵占庄园的消息。在交谈之中,狄公注意到大厅墙壁所悬挂的对联。

英语原文:

Above, the Sovereign rules the realm, in accordance with the Mandate of Heaven.

The other one bore the parallel line:

"Below, the peasants are the foundation of the State, they till the land in accordance with the seasons."[①]

陈译本:

"九五勤政聿承天运

亿兆乐业维是国本"[②]

在文化回译中,译者选用"九五"一词与原文的"the Sovereign"相应,其原因在于,"九五"本为《易经》卦爻位名,《易·乾》:"九五,飞龙在天,利见大人……飞龙在天乃位乎天德。"[③]其文化含义已然超出其数字的表象。而针对原文中的"the peasants",译者充分考虑到以农业生产为主的中国古代社会中农民的人口占比,则选用另一个表象为数字却又意指庶民百姓的词——"亿兆"。该词语出自汉代蔡邕的《太尉汝南李公碑》:"'宪

---

① Robert Van Gulik. The Monkey and The Tiger[M]. New York: Charles Scribner's Sons, 1965: 44.

② [荷兰]高罗佩.大唐狄公案8:广州案[M].陈来元,胡明,赵振宇,等译.海口:海南出版社,2011: 14.

③ [清]朱骏声.六十四卦经解[M].北京:中华书局,1988: 9.

天心以教育,沐垢浊以扬清,为国有赏,盖有亿兆之心。'"①译者在文化回译过程中,纯熟地应用"九五"和"亿兆"这样看似数词,却因词义延伸恰好与英语原文信息对应,确保了对联译文传神达意。另外,为使得译文与原文语义对仗和表达连贯通顺,译者又增饰和改换了原文中虽未提及却含其意的词语,如"聿承"和"维是"足令译文信息古韵十足,也映衬出其宅第主人出身富贵的社会身份。该楹联的汉译蕴藉深邃的含蓄之美,在遵从原文原意的同时又是对其内容创作式的突破和超越,征引中国文化典籍辞藻构建起楹联中的多层信息结构,有效地将楹联的美学特质和文字信息糅合于一身,以增进汉语读者的审美参与,更利于译入语读者对译本内容的理解和接受。

例 2.

在《黑狐狸》(*Poets and Murder*)第十章,狄公在罗县令县衙赴宴时,高罗佩也为此场景设定了一副对联。

英文原文:

Four thick, red-lacquered pillars supported the gaudily painted rafters, each pillar bearing an auspicious inscription in large golden characters. The one on the right read "All the people enjoy together years of universal peace", the other giving the corresponding line, "Fortunate in being ruled by a saintly and wise Sovereign".②

陈译本:

两根楠木巨柱上垂下一副对联,道是:

幸逢圣明主

共乐太平年③

---

① [汉]蔡邕.《太尉汝南李公碑》.https://baike.so.com/doc/6962171-7184682.html.

② Robert Van Gulik: oets and Murder [M]. New York: Charles Scribner's Sons, 1968.

③ 罗伯特·梵·古利克.狄公断狱大观 第一卷[M].陈来元,胡明,译.太原:北岳文艺出版社,1986:338.

在本例中,高罗佩的英文对联未能按照严格的对仗关系设置词句,故此,译者只能发挥其自身主观能动性,突破其源语文本信息,并重新设定汉译后上下联的统一字数。在理解原有核心信息基础上,采用多能表达客观公正语气的无主句,故而将英语原句中的"all the people"删除,将上联的"幸逢"与下联的"共乐"形成工整的对仗关系;而后,将"saintly"与"wise"合并为"圣明"一词,并将"universal peace"压缩为"太平",组成寓意吉祥的佳联。这也是译者充分意识到,汉语句型多善于依照时间或逻辑等顺序形成横排式的叙事手法,故此其句式结构灵活,极富弹性;而英语句型则多围绕主谓结构统领句中语言成分的铺陈关系,因而句界分明,逻辑严谨。鉴于以上英汉句式的差异性,译者在确保忠实于原文信息的基础上,对句型进行适当调整与重组,使得译文更加符合汉语楹联的语法规则和审美特点,使其文字内容与县衙主人的社会身份相吻合。

例 3.

《迷宫案》第九章中,作者在狄公勘察丁虎国被害现场过程中,将叙事焦点落在死者书桌上的盛放蜜枣的纸盒之上,并着重交代了盒上书写的题文。

英文原文:

Judge Dee opened the cardboard box... The cover of the box bore a strip of red paper with an inscription: "With respectful congratulation!" [1]

陈译本:

狄公将纸盒打开……盒盖上贴有红纸一方,上书一副寿联:

寿比南山松不老

福如东海水长流" [2]

① Robert Van Gulik. The Chinese Maze Murders[M]. Chicago: The University of Chicago Press, 1997: 92.
② 罗伯特·梵·古利克. 狄公断狱大观 第一卷 [M].陈来元, 胡明, 译. 太原: 北岳文艺出版社, 1986: 66.

在该例中,高罗佩仅以"With respectful congratulation"(意为恳切恭贺)平铺直叙地介绍这一题文语言信息,亦未见到楹联痕迹;而译者在文化回译中显然认识到,如若直译这一现代英语气息的文字信息,恐难以体现出符合其历史背景的语用功能信息,故而充分考虑到在包罗万象的中国楹联文化中亦有向过寿人称赞功业事迹和祝愿福寿安康的寿联。出于此类考虑,则将选用高山、流水这样寄寓延年益寿的文化意象,借用艺术感染力极强的楹联形式还原高氏原文的语用信息,使得译文既能迎合叙事文本语境需求,又凸显出中国楹联文化和谐均齐的艺术魅力。

例4.

《迷宫案》第九章,在人物用于书法创作使用的镇纸上亦设置有楹联。

英语原文:

"On the left the judge saw two bronze paper weights. They too bore an engraved inscription: 'The willow trees borrow their shape from the spring breeze ;the rippling waves derive from their grace from the autumn moon.'"[1]

陈译本:

左首是两方青铜镇纸,上面亦镌有对联一副:

"春风吹杨柳依依

秋月照涟漪灿灿"。[2]

本译例中,高氏英语原文上下联在实词与虚词上均保持了工整的对仗结构,且主谓信息完整,因此,译者在文化回译过程中保持原有主谓句子结构不变,词性对应,且句式一致。但为了更加符合楹联的对称性和文学性,又分别在上下联末尾添饰"依依"和"灿灿"两个叠字,充分体现汉语作为"诗性语言"的特质。译

---

① Robert Van Gulik. The Chinese Maze Murders[M]. Chicago: The University of Chicago Press, 1997: 94.

② 罗伯特·梵·古利克著. 狄公断狱大观 第三卷 [M]. 陈来元,胡明译. 山西:北岳文艺出版社, 1986: 67.

者有效发挥汉语字句灵活、增减自由的语言特质，使得上联令读者产生对柳树枝轻柔随风摇曳以及秋月下湖水迎风波光粼粼的动态美，进而实现了音韵美和意境美的艺术效果，极富汉语表达文采。

例 5.

《四漆屏》第十一章，作者结合小说人物滕夫人的命运遭劫，借用带有宿命悲观的楹联信息烘托这一人物的个性特征。

英语原文：

"The judge read aloud a couplet, written in a flowing, scholarly hand:

Beware lest the same Gate through which you entered life,

Becomes the Gate through which you meet untimely death." [1]

陈译本：

"狄公见一联对子字迹很是灵动洒脱，不禁低声念道：

'柳梅才欲渡春色，

楸梧半已坠秋声'。" [2]

在此译例中，译者在文化回译中完全改变原文中"gate"（门）这个意象，选用均带有木字旁的"柳梅"和"楸梧"（意指"在墓地上栽种的树木"）两个分别象征新生树木和暮秋落木的意象。两者语义相合无间，彼此对称，而整个汉译对联的寓意与英语原文异曲同工，均体现出人物命运多舛的悲剧人生，与下文中的七言绝句诗句——"百年纷纷走大川，逝水落红两渺渺。莫向三春田华章，一夜风雨记多少？" [3] 主题相互辉映。译者选用形象事物总结生活历事，艺术化解释生命感悟，以言简意赅的文辞却令人感到楹联信息的深层意蕴，彰显了楹联言简旨深的美学特质，有助

---

① Robert Van Gulik. The Lacquer Screen[M].Chicago: The University of Chicago Press, 1962: 58.

② 罗伯特·梵·古利克.狄公断狱大观 第三卷 [M]. 陈来元，胡明，译.太原：北岳文艺出版社，1986：159.

③ 罗伯特·梵·古利克.狄公断狱大观 第三卷 [M].陈来元，胡明，译. 太原：北岳文艺出版社，1986：159.

于准确地传达源语文本的思想内涵,增强其汉译本的可读性和接受度,更令中国读者接受楹联中蕴含的丰富多彩的中国文化信息和美学元素。

例6.

《迷宫案》第十四章中,狄公前赴丁府勘察丁虎国被杀一案,见其府邸正在办理丧事的场景,作者对葬礼细节展开描写。

英语原文:

"The main hall had been converted into a mortuary, and there the body of the General was lying in state in an enomous coffin of lacquered wood before which twelve Buddists prests were reading sutra's aloud. Their monomous chanting and the beating of wooden gongs resounded through the mansion, and the smell of incense hung heavily in the air." [①]

陈译本:

丁宅忙丧乱成一片。少不得请高僧来宅中挂榜开经,拜七七四十九天梁王忏。灵寝和道场均设在正厅,灵柩前立一铭旌,上书"显考丁大将军虎国尊灵之位",两侧一副挽联,写道:

"木本水源先世泽,
春霜秋露后人贤。" [②]

此例中,很多描绘丁府治丧场景的信息均为译者自创,如"梁王忏""铭旌"(古代丧俗,人死后,按死者生前等级身份,用绛色帛制一面旗幡,上以白色书写死者官阶、称呼,用与帛同样长短的竹竿挑起,竖在灵前右方)及挽联,用以补充英语原文缺漏,添饰场景描写,营造中国式葬礼的场景空间气氛。

"木本水源"语出于《左传·昭公九年》:"我在伯父,犹衣服之有冠冕,木水之有本原",[③] 其意为不忘先人之恩典;而"春霜

---

① Robert Van Gulik. The Chinese Maze Murders[M]. Chicago: The University of Chicago Press, 1997: 150.

② 罗伯特·梵·古利克.狄公断狱大观 第三卷[M].陈来元,胡明,译.太原:北岳文艺出版社,1986: 111.

③ 李梦生.左传译注[M].上海:上海古籍出版社,1998: 1008.

秋露"语出于《文心雕龙·诏策》:"眚灾肆赦,则文有春露之滋;明罚敕法,则辞有秋霜之烈"[1],其意为怀念先人。由此可见,译者将"木本水源"与"清霜秋露"原本彼此相对的自然现象融入译文信息,而其都被赋予追思逝者的语用功能。译者补译的信息文辞恳切,诗韵浓郁,增强和丰富了译文的历史文化底蕴;译者增饰的诸多楹联信息和丧事场景,令汉语读者有置身其中之感,同时也是对古代丧葬文化的回溯。此例中文化意象的添饰使得汉语读者不仅阅读到小说中生动的叙事情节,体会高氏原文的写作原意,而且还可以鉴赏到中国传统的楹联文化魅力和社会语用功能。

例 7.

《迷宫案》第十九章,为寻觅死者倪守谦生前遗墨并证实现有倪守谦遗书为他人伪造,狄公拜访曾为倪挚友的山林隐士鹤衣先生(Master Crane Robe),并在其斋中偶见一副对联。

英文原文:

They bore a couplet written in powerful calligraphy.

Judge Dee idly scanned the lines:

"There are but two roads that lead to the gate of Eternal Life;

Either one bores his head in the mud like a worm,

Or like a dragon flies up high into the sky." [2]

作者高罗佩煞费苦心地为读者设置小说中对联的描述,绝非点到为止、一带而过,而是通过狄公视角将读者的阅读重心定位于对联细节信息之上。选用 dragon（龙）和 worm（蚯蚓）这两种在中国传统文化中代表不同境遇的人生选择的意象,用以诠释中国儒家思想中"入世"与中国道家思想中"出世"的人生选择,以

---

[1]　刘勰.文心雕龙（汉英对照）[M].杨国斌,英译;周振甫,今译.北京:外语教学与研究出版社,2003:270.

[2]　Robert Van Gulik. The Chinese Maze Murders[M]. Chicago: The University of Chicago Press, 1997: 213.

委婉的笔触揭示狄公主动"出世"并努力凭借自身能力在朝为官、为百姓排忧解难的为官之道和人生价值,并在字里行间产生平中蕴奇、微言大义的独特效果;但值得注意的是,西方读者仍对中国文化中"龙"与"蚯蚓"的认识不足,而高罗佩清晰地意识到这一东西方跨文化交际中的文化冲突,坚持将此类异质文化元素向西方输入,以带有诠释功能的表述"There are but two roads that lead to the gate of Eternal Life"嵌入对联之中,指导西方读者将其视为中国古人人生选择中的文化意象,并将对联字迹辨认和后文狄公仕途走向遥相辉映,彼此呼应,令读者不仅在阅读小说中体味对仗工整的对联美学及作者高超绝伦的叙事技巧,而且也能参与到感悟对联中蕴含深刻的哲学思考,从不轻易错过向西方世界输入这一中国国粹的机会。另外,也是作者结合自身人生经历并借小说创作而溢于言表,"他常借助于小说创作及汉学研究悠游于博大精深的中国文化,从而使自己的精神逃离繁琐无趣的日常生活而得以滋养及升华。"①

陈译本:

"遂将两肘搁木桌之上,悠然环视四壁,见竹案上方有一幅单条悬于墙上,轻声念道:

天龙升空成仙果,

地蚓掘土亦长生"。②

在此副对联的文化回译中,译者将英文原文中带有诠释文化意象功能的第一句话"There are but two roads that lead to the gate of Eternal Life"删去未译,而将"天龙"与"地蚓"作为上下联对仗中心,并辅以"成仙果"和"亦长生"这样代表中国古人实现人生价值的文化信息,营设出归隐山林、遁出世外和奔波营求、效命帝王的人生抉择对比图,传达出儒道思想的文化内涵,其辞藻更为符合汉语读者对楹联作品的审美情趣。

① 施晔. 荷兰汉学家高罗佩研究 [M]. 上海:上海古籍出版社,2017:189.
② 罗伯特·梵·古利克. 狄公断狱大观 第三卷 [M]. 陈来元,胡明,译. 太原:北岳文艺出版社,1986:158-159.

在中国古代文学视阈下,楹联与诗歌本源相通,且两者在中国普及率极高,广受大众欢迎,因此两者均为具有代表性特征的中国古典文学创作形式和文化载体。楹联虽体制短小,却所涉内容极其广博,囊括了民间风俗、哲理思想、语言技巧、修辞方法等多种文化信息,且形式纷繁复杂,可以有一个字或两个字组成的对联,亦可有上千字的偶句,而对联的主题内容则可雅可俗、亦庄亦谐,典故俗语更能体现文本古韵和风格。除此之外,楹联中嵌入的引语典故则可以借古喻今,以往事遣怀,引发读者对叙事文字的缘事驰想。

"作为中华国粹、国学一绝的对联充分发挥了汉语言文字的优势特点,可谓尽汉语汉字形状组合、声韵变化之能事,穷平仄对仗虚实之变化,采诗词曲赋骈文对仗之精华,形成了具有中国特色的文学艺术形式。"①

为了向西方读者呈现大唐盛世的文化底蕴和还原中国古人文化生活,高罗佩将以英文创作的楹联巧妙嵌入《大唐狄公案》小说叙事情节之中,主要用于辅助叙事建筑空间的描绘之用,多见于官署衙门、文人书房、馈赠礼品等情节。另外,对联内容绝非单调铺陈,其蕴含思想内容也很广泛而深刻,如赞颂盛世、状物抒怀、人生哲理、贺寿颂功等,能充分体现中国古人传统的审美情趣、文化涵养和气质隐喻。其英语创作汉语文化的对联文学形式,究其根源也是一种汉译英的过程,带有作者"写中有译"的痕迹,是以英文对偶句式打破线性语言思维,这对于高罗佩的英文创作而言绝非易事,充分展现出作者极高的文化修养和语言功底,实现了以英语为媒质向西方读者输入这一汉语独有的文学形式之目的,为异国读者受众呈现中华文明璀璨的历史沉淀和文化内涵,直接激发其对小说中异质文化载体的联想和想象。

而译者在文化回译过程中,将汉语的诗性特点得心应手地体现在楹联的文本回译之中,对高氏源语文化信息进行精确而完

---

① 黄中习.中华对联研究与英译初探[M].长春:时代文艺出版社,2005:25.

整的解码,尔后译者再凭借信源主体的特殊文化身份将解码后的源语文化信息在目的语中再次编码和润色。此处类似于"古本复原"的楹联文化回译并未完全复制原作的文本意义,而是对高氏原文楹联信息的有益补充,并最终使得译文摆脱从属于原文信息的处境,并以符合中国楹联文化审美需求的阐释角度对楹联信息加以补饰。这样不仅注重对联用词文采、凝练简洁、内容贴切、文情并茂、神形兼备,而且兼顾音韵和谐之美,充分体现了楹联的美学特质,即古典美、诗意美、音韵美、对称美、图画美、逻辑美和建筑美。经过文化回译后的楹联内容与高氏原文从文字和形式上相互补益,形成完美的互文效果,进而让中国读者体验到汉字的艺术化语用功能,充分传达源语文本中蕴含的美学信息和文化信息,在阅读体验惊心动魄的公案叙事的同时又能感悟汉字魅力和开阔文化视野。汉语读者在译本阅读体验中唤醒其自身对本族中楹联的文化记忆,将文本中的楹联信息与读者过去的记忆相互联系,如此累积,势必建构起汉语读者群对中国楹联文化这一共同文化符号的集体文化记忆。对此类传统文化符号的认同,"就是对中华民族历史记忆的认同,就是对中华民族的认同,从而实现了传统文化的记忆整合"。①

第四节　日常器物

高罗佩创作《大唐狄公案》的初衷在于,仿拟中国传统话本小说的叙事模式和诗学范式,以英语作为叙事文本的语言载体,将浓郁的中国古代公案小说及其文化母题推介至西方世界。因此,高罗佩在营设整个系列公案小说中除了将极富文人化的文化物事与勘案文眼紧密契合之外,还有意使具有中国传统民间艺术特色的器物在公案小说叙事中为勘破案件的重要证物,参与了小

① 龙柏林,刘伟兵.记忆整合:中国传统文化整合的时间路径[J].青海社会科学,2018(03):171.

说的文本建构和独特文学张力的生成。高罗佩异语创作的具有丰富中国古代韵味的话本小说是此类文化叙事文本的一次突破，而译者对此系列小说的文化回译则是此公案小说文化叙事的深度延续，促使译入语读者进行自我文化的鉴赏与反思。

在漫长的人类历史过程中，长时遗存的日常器物，因其自身对于人类的可用性而被赋予了实用属性和文化属性，其存在的意义在于应用于人类活动之中，并因其所关联的文化意义和文化思想，而具有深远且独具民族特色的价值。在中国传统话本小说叙事中，日常器物经常处于重要地位，成为推动叙事情节、营设叙事悬念和渗入情感元素的文化叙事元素。

日常器物在中国传统话本小说中的首要功能在于"纯粹线索功能"。话本小说中文化标志物的器物类型在故事中的一般功能是作为故事线索使用，其作用是贯穿故事情节，连接不同线索，推动故事进程"。[①] 例如在《喻世明言》之"蒋兴哥重会珍珠衫"中的珍珠衫就是绾连整个小说叙事情节进度的重要器物，它不仅将主人公的数段遭际串联在一起，还连同小说中多个人物的命运结局一并托出，从而珍珠衫在该小说中依然超越其日常器物的功能，而被作为凸显人生悲欢离合、具有叙事功能的器物。在中国古典小说中，大量的器物不仅仅是构建其小说人物日常生活的必需品系统，而且还经常被作者赋予某种特定的文化内涵，并将器物与叙事情节、人物性格及母体文化相互关联。因此，日常器物也同样具有中国传统话本小说中塑造人物形象和呈现文化叙事的道具功能。

在小说叙事创作过程中，高罗佩成功地从中国古代戏曲小说中设置文化物事的创作传统，灵活巧妙地将小说叙事的案眼与文化物事紧密结合，深度挖掘各类文化物事的日常功用和文化价值，既发挥了其所塑造小说的人物形象，又施展了其绾接故事脉络、营设悬疑气氛、构建立体层次的功用。从中外文化交流的层

---

① 王委艳. 话本小说文化标志物的形态与叙事功能 [J]. 文艺评论, 2012（12）: 62.

面来看,高罗佩的《大唐狄公案》英文系列小说成为向西方读者展示中国文化物事和播扬中国物质文化的重要文本载体,而作者本人则成为文化传播过程中的使者。

一、七巧板

七巧板是古老的中国传统益智类玩具之一,虽仅由七块形状不同的板块组成,却可拼出 1600 多种图形,是古代中国劳动人民的智慧发明,蕴含了奥妙有趣的数学原理。七巧板最早起源于唐代,在国外也号称"唐图",其发明最早是受到唐朝家具"燕几"的启发。燕几是古时用于宴请宾客的案几,可据宾客的数量任意拆分组合。北宋时,官任秘书郎的黄伯思对"燕几"加以改进,设计成了六件一套的长方形案几。到了明清时期,又有人在其中引入三角形,增加了七块板子的组合类型。之后又经过不断演化,终于形成了今天的七巧板。

《铁钉案》处处充盈着中国古代社会的文化生活元素,而经过精心设置的日常器物对于营设浓郁的中国风情起到关键作用。在该小说中最能展现中国古人智慧的日常器物当属七巧板。

《铁钉案》第十章,在侦破角抵大师蓝大魁被杀一案中,狄公探知死者在临死前在桌面上以七巧板拼接图形暗指凶手真实身份,但因该图形在混乱中被打乱,因而又推演出对于七巧板图形的其他解读方式,案情的彻底大反转推翻了前文铺陈的推理结论,引出后文开棺验尸查找物证的情节,反令案情疑点重重。

例 1.

英语原文:

Tao Gan nodded slowly. He had been looking intently at the pieces of cardboard on the table. Now he said:

"Look, Your Honor, Master Lan was playing with the Seven Board when the murderer entered!"

All looked at the pieces of paper. They seemed arranged at

random. "I see only six pieces," Judge Dee remarked, "Have a look for the seventh. It must be the second small triangle."

While his lieutenants searched the floor, Judge Dee stood still, looking down at the corpse. Suddenly he said:

"Master Lan's right fist is closed. See whether there is something inside."

Sergeant Hoong carefully opened the dead hand. A small triangular piece of paper was sticking to the palm. He handed it to the judge.

"This proves," Judge Dee exclaimed, "that Master Lan worked on the figure after he had taken the poison! Could it be that he tried to leave a clue to his murderer?"[1]

陈译本：

陶甘将那块碎片用油纸包了纳入袖中，一对眼睛不由自主地端详起茶壶边上的几块七巧板。

"老爷，你瞧，蓝大魁临死前还玩过七巧板，你看那图形！"

狄公惊道："七巧板少了一块！"他用眼睛迅速地四下一扫，"蓝大魁的右手紧握着拳头，莫非少了的那块三角形在他手中！"

洪参军小心地掰开蓝大魁的右手，果见一块小小的三角形粘在他的汗湿的手心上。

狄公道："显然这图形是蓝大魁发现自己中毒后仓促拼成的。——他会不会用七巧板拼出凶手的线索？"[2]

译者在文化回译中，基本选用归化的翻译手法，将高氏原文有关七巧板与案件侦破的信息转译为中文，而对于译入语读者而言，七巧板也是耳熟能详的器物，体验其灵活多变的拼法与诡谲多变的悬念关系，再辅以译本对七巧板拼法的插图，产生情节跌

---

[1] Robert Van Gulik. The Chinese Nail Murders[M].New York: Happer & Row, Publisher, 1961: 56.

[2] 罗伯特·梵·古利克.狄公断狱大观 第三卷 [M].陈来元，胡明，译.太原：北岳文艺出版社，1986：373-374.

宕的阅读效果,令读者极易为译本中的情节叙事所吸引,并置身于扑朔迷离的案情侦破之中。

同样在《铁钉案》中,为凸显七巧板变幻莫测的图形魅力,高罗佩又独具匠心地将七巧板的图形变幻引入狄公勘案推理的过程之中,用以营造出诡谲离奇的叙事气氛。

据清代陆以湉《冷庐杂识》卷一《七巧图》中的相关记载:"近又有七巧图,其式五,其数七,其变化之式多至千余。体物肖形,随手变幻,盖游戏之具,足以排闷破寂,故世俗皆喜为之。"① 可知由这七种形状不一的板块可以拼接成各式各样、生动活泼的图形,其变化种类多达 2000 种以上,如自然风光、古诗情景、英文字母、房屋建筑、几何图形等,都可用七巧板精巧地拼出。

原文与译文互为补充地将七巧板变化莫测的特质与叙事情节紧密结合,使得叙事情节更为精妙、故事情节更加曲折、人物形象也更为鲜活,令世界读者叹服于高罗佩高超的叙事手段的同时,也见识了七巧板的精巧幻化之魅力,产生亦真亦幻、真假难辨的叙事效果。正如英国剧作家贝克所言,"缺乏经验的作者把想到的场面的高潮尽可能迅速地写了出来,又急急忙忙地去写下一个紧张的高潮。结果是,他感到枯竭,缺乏具有转折性的重大戏剧事件(dramatic moment),于是为场面而寻求场面。及至找到了几个这样的场面,他便不得不把原有的场面中的人物放到新的场面中去……为了'掌握紧张场面',从这一场里的人物所能提供的东西中,求得充分的、戏剧性的一切可能。"②

通过对七巧板这一益智类玩具的引入,高罗佩为小说叙事营造出更为实体、更为客观的文化物事描写,是高罗佩对于中国传统文化认知映射于小说叙事的最好例证,并使得小说的叙事描写更为细腻和准确。这种对自身熟悉的器物的阅读体验是对母体文化的自觉回溯和反省,能够唤醒中国读者对七巧板这一古代益

---

① 陆以湉.冷庐杂识[M].北京: 中华书局,1984: 60.
② 贝克.戏剧技巧[M].余上沅,节译.上海:上海戏剧学院戏剧研究室编印,1961: 19-20.

智类娱乐项目的文化记忆和促进其对这一益智游戏的重新认知。

二、算盘

算盘是我国民俗文化宝库中由古代劳动人民创造、浓缩中国计数文化的瑰宝。2013 年 12 月，中国珠算项目被联合国教科文组织保护非物质文化遗产政府间委员会列入人类非物质文化遗产目录，甚至被称作"中国的第五大发明"。算盘在中国古代数学文化发展史上是重要的物质文化载体，是在我国开展程式化运算的前沿工具，体现出华夏先贤主动把握数学规律并借以认识世界的主动实践。

作为中国古代重要的计数工具，算盘在中外文学作品中也逐渐成为深蕴中国古代文化的象征性器物。

《玉珠串》第二十章，高罗佩将算盘这一中国特有的计数工具，融入小说叙事情节之中，并将其设定为判定稀世珍宝玉珠串踪迹的重要密钥，而且算盘自身所被赋予的异质文化特色的中国元素更为小说伏设情节悬念和捕获西方读者心理提供便利，增强了小说情节叙事的可读性和可接受性。

例 1.

英语原文：

"As his two guests gave the counting-frame an incredulous look, Judge Dee snapped the wooden frame of the abacus and let the dark brown beads glide from their parallel wire rods into the porcelain bowl. Then he began to shake the bowl, making the beads roll about in the lukewarm lye. While doing so he went on:

'Prior to replacing the original wooden beads by the pearls, he had covered each pearl with a layer of brown gum, the sort cashiers use to stick bills together. The gum hardened, and even a night in the river did not dissolve it. This warm lye, however, should prove more effective.'

The judge picked two beads out of the bowl. He rubbed them dry carefully on the piece of silk, then showed them to the others in the palm of his open hand: two perfectly rounded pearls, shimmering with a pure white gleam. He resumed gravely:

'Here in this bowl repose the pearls of the Imperial necklace, gentlemen :resently I shall verify in your presence whether all the eighty-four are there. Captain, fetch a silk thread and a needle!'" ①

陈译本：

"狄公命一军丁端过那盛了热碱水的瓷缸，自己用力将算盘框一掰，'咔嚓'一声，框架散裂，算盘珠滑碌碌全滚进了瓷缸，只听得嘶嘶有声，瓷缸里冒升起一缕缕水汽。

戴宁将八十四颗珠子串成了这个算盘！——他用朱砂汁精合金墨涂在每颗珠子上，再蘸以水胶，然后穿缀在原算盘的十二根细铜杆上，而将木珠子全数扔弃，合固了木框，随身携带，真是天衣无缝。他身为账房，须臾不离者账册和算盘，谁会疑心他那把算盘原来是由八十四颗价值连城的玉珠子串缀而成。"②

高罗佩在将算盘引入叙事情节的过程中，并未展现其数学运算功能，而是将民间算盘算珠与珍宝玉珠串的玉珠交织起来。为掩人耳目，窃贼将从宫廷中盗取的八十四颗玉珠外层涂色后串缀于算盘的铜杆之间，并明目张胆地置于店铺柜台之上，故此，算盘成为隐匿国宝的作案器具。后经由狄公多方查找与推理，并在盗窃案叙事情节发展至高潮处，将读者的注意力全部集中于有异于西方读者认知的算盘时，方亮出底牌，说明真相，令小说受众在叹服小说家天马行空的叙事手法的同时，也从案件侦破和小说叙事中加深西方读者对中国算盘的初步认识。而译者补饰的"朱砂汁

---

① Robert Van Gulik. Necklace and Calabash[M]. New York: Charles Scribner's Sons, 1967: 73.
② 罗伯特·梵·古利克.狄公断狱大观 第一卷 [M].陈来元，胡明，译.太原：北岳文艺出版社, 1986: 287-288.

精合金墨涂在每颗珠子上"以及"十二根细铜杆"的细节化补写，是译者行使文化回译话语权的表现，引发汉语读者对中国算盘构造和外形的文化回忆。

在侦破以算盘为障眼法的文化回译过程中，译者除了对玉珠表层涂抹的胶水"a layer of brown gum"加以补饰之外，基本忠实于原文信息，但汉语读者读至译文中关于算盘上面的"算珠""铜杆""木框"之时，势必对算盘这一锚定于中国古代算数文化而现今鲜为人所用的器具进行集体文化记忆，将译文的阅读体验与读者各自熟悉的外在世界的人生经验相连结，从而完成立足于现在而对这一器具的过去的一次重构过程。

高罗佩充分利用算盘的构造，并将其设置成藏匿皇宫珍宝的道具，从而成为侦破玉珠串失窃案件的关键案眼，这恰为高氏才思精巧地以生动直观的方式向西方世界播扬中国算盘文化的独特方式；而在该文化母题的回译中，译者高效地完成了对这一小说情节的语篇重构，不仅遵循高氏原文小说的情节脉络，而且还选取符合汉语读者阅读诉求和文化认知的回译手法，进而激发汉语读者对算盘文化固化认知的回溯过程。而高氏原文设置算盘为案眼的叙事安排和算盘文化的集体回忆在译本中使汉语读者心中形成了具有高度渗透性的文化认知，并成为今后汉语读者进行自我文化反思的前提条件。

三、香炉

中国古代文人将焚香、烹茶、插花和挂画视为四艺，而其中香炉则成为雅士把玩的重要文化器皿，是中国古代社会历史悠久、流传广泛且造型独特的文化器物。焚香是中国古代官场活动的基本礼仪之一，用于庙堂内拜神祭祖和居室内去除异味等，并伴随文人审美情趣更迭，逐渐成为雅士案头必备器物。

由于在中国历史上香炉品类的形貌十分丰富，因此它被称为世界上最具文化特色的古代器物之一。无论是香炉的形质设计还是纹路设计,均属于中国传统器物设计的经典范例,并充分展示了中国特色的设计风致。"简而言之,如果把文房四宝之笔、墨、纸、砚视为中国古人不可或缺的书写工具,那么香炉则是炎黄子孙不可或缺的精神文化用品。"①

在设置《大唐狄公案》叙事空间过程中,高罗佩将这一华人主要用于民俗和祭祀的器物应用其中,助阵营设中国风十足的悬疑气氛。

例1.

《御珠案》第一章开篇首句,高罗佩打破传统平铺直叙的线性叙事格局,而是以倒叙方式将故事情节发展至精彩的部分呈现给读者,并选取对于西方读者而言异质且极具中国古代民俗文化的器物铜制香炉(bronze burner)和河神娘娘庙祭坛(altar)营设诡谲的故事场景,让读者猜测和遐想故事全貌原委,以此达到较好的阅读效应。

英语原文:

"A tall man was lighting a stick of incense on the altar of the River Goddess. After he had stuck it in the bronze burner, he looked up at the serene face of the life-size statue, lit by the uncertain light of the only oil-lamp that hung from the smoke-blackened rafters of the small shrine."②

陈译本:

"一个大汉将点着的一香插在河神娘娘庙供坛前的夔纹香炉里,抬头细细睃着那神像安详的颜面。"③

在对此段中"香炉"的文化回译中,译者充分考虑到其用于祭祀的文化功能,并在源语信息基础上添饰商周时代青铜器动物纹饰——"夔纹"。根据《山海经·大荒东经》记载:"东海中有

---

① 高阿申.再探中国瓷质香炉的文化意义[J].收藏家,2010(11):53.
② Robert Van Gulik. The Emperor's Pearl[M].New York: Charles Scribner's Sons, 1963: 1.
③ 罗伯特·梵·古利克.狄公断狱大观 第三卷[M].陈来元,胡明,译.太原:北岳文艺出版社,1986:374.

流波山,入海七千里。其上有兽,状如牛,苍身而无角,一足,出入水则必风雨。其光如日月,其声如雷,其名曰夔。黄帝得之,以其皮为鼓,橛以雷兽之骨,声闻五百里,以威天下。"[①]"夔纹"被古时匠人设计并用作殷周青铜器的装饰,或作为辅助纹样与兽面纹(饕餮纹)一同出现,或单独装饰在器物的口颈、圈足部位。译者对于香炉的纹样特征添饰上古灵兽形象,更为译文营造出古朴的叙事空间和悬疑的叙事气氛,是对高氏原本小说中叙事细节的有益补充。

中国香炉艺术与小说悬疑元素和叙事空间的有效结合是高罗佩向西方读者推介中国香炉文化的文心独具的创意之举;而在文化回译中,译者则在源语信息基础上添饰香炉细节描写,令汉语读者在沉浸于跌宕起伏的小说情节的同时,又能体味到镶嵌于译文字里行间的传统文化魅力,以文字信息向汉语读者呈现中国独有的文化记忆,从而引发其对中国香炉文化的历史重塑和历史回顾,同时也印证了"以香炉文化为代表的中国传统造物文化,不仅是中华民族传统文化中的瑰宝,值得后人不断学习,而且对于中国现代文化的发展创新以及与传统文化衔接具有重要意义"。[②]

四、葫芦

葫芦被列为世界上最古老的作物之一。1973 年在我国浙江余姚河姆渡遗址发现了葫芦及种子,这一考古发现证明我国种植葫芦已有近 7000 多年的历史,这也是目前世界上与葫芦相关的最早考古发现。

葫芦与中国传统文化存在着历史悠久和意义深厚的渊源关系。早在神话时代,葫芦就已然与中国古人的生活起居息息相关,在此后数千年间的历史生活中其影响持续深入,并被融入中国神

---

① 袁珂. 中国神话传说词典 [M]. 上海:上海辞书出版社,1985:571.
② 魏洁. 唐宋香炉设计研究 [D]. 江南大学博士学位论文,2017:12.

115

话叙事中成为拯救人类免遭天灾浩劫的神物。而在道家文化中葫芦也充分体现出自身的实用价值，并由此而演化出一些处世哲学。"无论神话中的葫芦，还是先哲书中'玄牝'，对于天地人类，都是一种包孕着无穷生命和发展潜力的混沌之物。"[①]

在古人看来，葫芦形状可大可小，其伸缩自如的空间赋予其自身丰富的文化延伸意象：其形状变大时，可容纳整个天地，难触及其边缘；其形状变小时，则可置于股掌之间，其内又可容纳万物，进而蕴含在道家的宇宙观念之中。"道家观念并不认为宇宙和世界只有一个，而是认为存在着许多可以互相交通来往的宇宙和世界，葫芦的颈与口就是各个宇宙和世界之间交往的通道。总之，宇宙和世界都是多层的，各自时空都自成体系而又可以相互来往。这就是中国古人宇宙意识的一些主要方面，而这些意识的形成，都与葫芦文化有着深刻的因缘关系，而且影响非常深远。"[②]

早在远古时期，古人就以葫芦制作各类器皿，充分发挥其承物功能。自远古时期母体崇拜的神圣意象到褪去神秘色彩进入古人日常生活，葫芦都寄寓着人们对于美好生活的追求与向往，并在中华文化中超越其自然瓜果的自然属性，成为蕴含丰富文化内涵的人文瓜果。因此，中国的葫芦文化历史久远、内蕴非常，已被纳入中华民俗文化中的重要组成部分，同时也折射了中国民间风俗、神话故事、民间传说的文化内涵。

例1.

《四漆屏》第十五章，狄公勘察犯案现场，发现有贼人隔窗投毒陷害无辜，巧妙地将葫芦的器物形象融入凶犯作案推理分析之中，利用葫芦的承药功能与恶人作案凶器结合起来，在细节处也不忘向西方读者介绍这一中国器物的创作构思。

---

① 程蕾. 葫芦文化和中国人的宇宙意识[A]；葫芦与象征——中国民俗文化国际学术研讨会论文集[C]. 1996：120.
② 程蕾. 葫芦文化和中国人的宇宙意识[A]；葫芦与象征——中国民俗文化国际学术研讨会论文集[C]. 1996：121.

英语原文：

"Judge Dee... stooped and picked up a bamboo blowpipe about two feet long, which had a small gourd attachted to its end. He hurriedly examined it, then he barked at Kun-shan:

'What poison did you blow into our room?'"①

陈译本：

"狄公弯下腰从地上捡起一根竹管。那竹管约两尺长，顶端雕镂着一个小葫芦。他马上明白是怎么一回事了。

'你在我们房间里喷吹了什么毒药？'狄公大声问道。"②

高罗佩在小说创作中，充分利用葫芦的多项日常器物功能，有效地将其与小说情节捏合一处，从而加深读者对这一中国文化器物的印象。首先，葫芦由于取材方便，质量轻盈，密封性好，而为古人所青睐。葫芦的承药功能在于葫芦可用于装药及作火器和兵器，而且在中医中，医者悬一壶作为医帜，故而有"悬壶济世"一说，并演化为中医的文化标志。译者遵从于高氏原文对于葫芦意象及其承药功能的信息，激发汉语读者对于葫芦作为古时日常容器的回忆和联想。

另外，随着中国道教文化的发展，葫芦的文化内涵逐步趋于神秘化，成为隐逸高士和道家仙长的象征器物。葫芦自古以来就与中国隐逸的仙境有着天然的联系。其外形优美协调，给人以圆润祥瑞之感，因此时常被人奉为神物和法器，并且在唐传奇小说中，葫芦还被赋予壶天仙境的文化意象，成为象征仙人仙界的文化器物，蕴含着灵妙的文化气氛，代表了超凡的思想境界和长生的思想内涵。

凭借葫芦的文化意象，高罗佩还在《大唐狄公案》系列小说中成功塑造了一位隐逸山林的江湖高人——葫芦先生。

---

① Robert Van Gulik. The Lacquer Screen[M].Chicago: The University of Chicago Press, 1962: 77.

② 罗伯特·梵·古利克. 狄公断狱大观 第一卷 [M].陈来元，胡明，译.太原：北岳文艺出版社，1986: 187.

例 2.

《玉珠串》第一章开篇,微服出行的狄公与一位骑驴长者萍水相逢,在比较二人各自佩带的葫芦时,这位长者以葫芦为题引出富含人生哲理、有关虚实辩证的论断,并在话尾向狄公自报家门,亮明身份。

英语原文:

"'Emptiness, sir. Just emptiness. More valuable than any potion you might carry in yours, Doctor! No offence meant, of course. Emptiness is more important than fullness. You may choose the finest clay for making a beautiful jar, but without its emptiness that jar would be of no use. And however ornate you make a door or window, without their emptiness they could not be used.' He drove his donkey on with a click of his tongue, then added, as an afterthought, 'They call me Master Gourd.'" [①]

陈译本:

老丈呵呵大笑:"老朽只是个云游四海的道人。"说着拍了拍驴背上的葫芦,"这葫芦是空的,怎比你那葫芦埋藏了许多灵药呵。老朽只是喜欢这葫芦,故常佩带在身边,这里的人都唤老朽作葫芦先生。呵呵,正是'柱杖两头悬日月,葫芦一个藏山川'。" [②]

在英语原文中,这位骑驴长者就葫芦一题阐发自身对于虚(emptiness)和实(fullness)的哲学论断,而在文化回译中,为塑造这位超凡脱俗的隐士形象,译者将此节论断删去未译,而是超越高氏原文信息,将葫芦先生有关虚实的言辞嵌入至"柱杖两头悬日月,葫芦一个藏山川"的对仗式偶句之中,将玄妙的哲思与简洁的言辞拼接一处,阐发了对葫芦这一日常器物所代表的传统宇宙观的哲思,增强了汉语译文的奇幻色彩,言语间也映衬出一位

---

① Robert Van Gulik. Necklace and Calabash[M]. New York: Charles Scribner's Sons, 1967: 2.

② 罗伯特·梵·古利克. 狄公断狱大观 第一卷 [M].陈来元, 胡明, 译.太原: 北岳文艺出版社, 1986: 220.

来去无踪、悄然归隐的世外高人形象，并为后文搭救狄公、协助探案的小说情节伏脉。

译者在文化回译中还特别重视葫芦的容酒功能，如在《莲池蛙声》（ *The Murder on the Lotus Pond* ）中的一处。

例3.

英语原文：

"When Ma Joong came back to Judge Dee's private office herding four ragged beggars he saw on the side table large platters with cakes and sweetmeats, and a few jugs of wine."[①]

陈译本：

"马荣引着四个衣衫褴褛的乞丐来到内衙向狄公交差，却见内衙桌上放着几盘鲜果、糕点，还有一葫芦上好的'一品红'香酒。"[②]

译者在文化回译过程中，将高氏原文中jug（酒坛）的盛酒器皿改为"葫芦"并对酒名进行文化补饰，充分凸显译者主体性在文化回译中的关键作用，将葫芦所具有容纳和收藏的功能也表现出来。因为在中国古代社会，葫芦还可以用作酒器，并且不论固体、液体均可随身携带。译者的添饰与改写反而更符合小说叙事情理与语境需求，在叛逆式的忠实中向汉语读者传递葫芦的日常器皿功能。

在《玉珠串》作者后记中，高罗佩如此写道，"葫芦先生在古代中国文学作品中代表心存高远的道家隐士的典型形象……自远古时期，葫芦就已然在中国哲学和艺术方面扮演着重要作用。经过烘干的葫芦具有经久耐用的特点，可用以盛药，故此葫芦成为传统药商店铺的标志。人们素来相信道家圣贤将灵丹妙药放置于葫芦之中，故而葫芦又成为象征神仙的传统符号。除此之外，

---

① Robert Van Gulik. Judge Dee at Work[M]. Chicago: The University of Chicago Press, 1967: 90.

② 罗伯特·梵·古利克, 大唐狄仁杰断案传奇 下卷 [M].陈来元, 胡明, 译.兰州: 甘肃人民出版社, 1986: 653.

葫芦还象征了世间万物的相对性,曾有人指出'壶中之天,实足以弥纶六合而恢廓九有矣'。甚至今天,中国或日本男性均有闲暇时以手掌盘玩葫芦的习惯,据说这样有益于静思冥。"①

葫芦,因其易于种植、便于携带和存储性能绝佳,成为中国古人用于储存食物的重要器物,而且因其特有的自然属性和文化内涵而频繁地被古代文人写入诗词、传奇和小说之中,逐步演化成为文人墨客笔下常见的描写对象。其中有的文学作品对于葫芦的描写则超越了其物理实用性,特别是在神魔小说中成为诸多神仙盛放灵药和降妖除魔的重要法器。

在《大唐狄公案》中,原本属日常植物的葫芦已然超脱其作为生活器皿的概念范畴,而被作者提升为一种中国传统文化的象征物,是用以烘托人物性格、塑造人物形象和铺设叙事情节的重要器物,而在文化回译过程中,译者更是精准把握葫芦的符号象征属性和特殊的文化内涵,创造式地在译文叙事中凸显葫芦的文化属性和精神内涵。

小结

在中国传统文学创作中,文化主题物"往往会呈现多样而复杂的情形:既有统摄全书思想主旨的,也有只蕴含作者某一寓意的;既有绾结作品总体结构的,也有只关乎小说局部情节的;它们如大珠小珠,散落于小说各处,前后掩映,互为照应,构成了一个作者自我阐释的完备系统,在作品的主题表达和情节结构中有着重要的不可替代的作用"。②

高罗佩在创作该系列小说中,吸取中国公案小说的文化精粹和叙事范式,将极富有中国古代文化特色的日常器物有机嵌入案件推理和侦破过程,在一器一物间呈现中国古代社会人们的生活

① 英语原文见章节后注。
② 张灵.《红楼梦》主题物的多样呈现及其意义蕴涵[J]. 红楼梦学刊, 2015(05): 200—201.

范式与个人品位,成为绾连叙事悬念、寄寓人物命运、播扬中国文化的文化叙事因子。这些由高罗佩精心选取的文化叙事因子均代表了高罗佩汉学研究版图中的单体拼图,它们看似各自独立、互不相干,但将这些因子提炼出来就会发现,这些散见于小说叙事中的拼图是经由高罗佩艺术加工之后有机镶嵌于各个叙事关节之中,营设出独具网络式中国古代文化特色的日常器物系统,建构出中国古时人们日常生活的真实场景。作者十分注重对古人生活素材的艺术剪裁,使用原本日常琐碎的陪衬器物为小说叙事营设极具现场感的叙事空间,并主动地将中国古代日常器物与巧妙奇诡的推理叙事完美捏合一处,使之成为叙事情节推波助澜的案眼,其英文本是西方读者窥探古老中国的一扇窗户,为西方读者呈现出斑斓的中国古代社会生活画卷,并成为小说推进叙事情节和塑造人物形象的醒目标记系统。

表 4　《大唐狄公案》系列小说主题物分类表[1]

序号 \ 种类	家居用品	御用物品	寺庙祭品	建筑物或景观	文娱用品	武器	动物
1	四漆屏	御珠	铜钟	迷宫	古琴	宝剑	黑狐狸
2	柳园图瓷器	玉珠串		朝云观	毛笔	红丝黑箭	蟋蟀
3	黄金	太子棺柩		红阁子	七巧板		
4	铁钉			紫光寺	棋谱		
5	香炉			莲池	猫图		
6	算盘				画轴		
7	葫芦						
8	戒指						
9	花盆						
10	绢帕						

　　日常器物有序嵌入小说叙事情节和高罗佩在小说文末处的副文本——"作者后记"营设出向西方读者综合介绍中国古代

---

[1]　施晔.荷兰汉学家高罗佩研究[M].上海:上海古籍出版社,2017:212.

文化元素的文字载体,甚至成为西方读者"探知中国古代日常生活状况的最可靠来源之一(one of the best available means of recovering a bit of the everyday life of the past)"①。高罗佩系列小说是西方读者深入了解中国传统文化、中华民族传统价值观念、生活方式和物质世界的绝佳读本。

而在文化回译过程中,译者选用归化的翻译策略,顺应中国读者对于文中日常器物的文化联想,精准把控英语原文中的文化信息和对日常器物的细节描述,对源语中的文化元素精准解码后又充当信源主体的身份角色忠实地将解码信息投射至汉语读者受众,令其对小说中涉及的日常器物备感亲切。由于叙事文本具有为人类记忆提供讲述、提取、模仿的内在机制,不仅使汉语读者在阅读《大唐狄公案》的过程中感叹高罗佩奇思妙想的叙事创作,更多的是经过文化回译处理的叙事文本令国人共同分享中国古代文化记忆以及中国传统文化,从而使小说的阅读体验成为对自身中国传统文化记忆淘洗和沉淀的独特途径。译本中充盈着的中国文化器物图景促使汉语读者对古代中国社会和文化的回忆和向往,也使每个读者各自形成对中国古代社会面貌的文化联想。高罗佩熟练驾驭中国叙事文化的才能在令读者所折服的同时,也重拾自身对中国古代文化精华的信心,成功推进译入语读者对自我民族文化的重新认识和二次反思,促进中国读者对中国古代文化的自我参照、自我发现和自我质询,从而有助于构建汉语读者对中国传统文化的集体记忆和传承中国民族器物的历史记忆。

① Donald F. Lach: Introduction, in Robert van Gulik: The Chinese Gold Murder, Chicago and London: The University of Chicago Press, 1977: 1.

第五章　文化回译在《大唐狄公案》诗词文赋的镜像分析

第一节　诗词歌赋

在中国传统话本小说的创作传统中,诗词歌赋历来是小说叙事文本中不可或缺的重要部分。经过作者的艺术创造,诗词歌赋与叙事主体相互融合,呈现出烘托叙事场景气氛、抒发人物情志意趣、建构小说叙事框架、发挥多元叙事功能和为叙事情节推波助澜等多重文学效果。

将诗词歌赋融于话本小说的叙事序列,能使小说呈现出文白相间、散韵结合的文体特征。在中国古典文献中最早对此类现象阐发观点的是在南宋时期文人赵彦卫所写的《云麓漫钞》卷八中,"……如幽怪录、传奇等皆是也。盖此等文备众体,可以见史才、诗笔、议论。"[①]唐传奇的诸多篇目以散体为主,用以叙事和评述,而以韵体的诗词来抒情和描绘,逐渐形成了唐传奇的叙述婉转、文辞华艳的叙事范式,是"唐传奇作家们以诗歌的笔法融入小说,用于表现人物的情感、心理以及情境、场景等,就是唐传奇叙事所必要的艺术选择"。[②]

鲁迅在《中国小说史略》中对于宋元话本小说中融入诗词的现象评述道,"……今尚有《大唐三藏法师取经记》及《大宋宣和

---

① 赵彦卫. 云麓漫钞[M]. 北京: 中华书局, 1996: 135.
② 祖国颂. 唐传奇"史才""诗笔"的叙事功能及文体意义探究[J]. 闽南师范大学学报, 2018(01): 56.

遗事》二书流传,皆首尾与诗相始终,中间以诗词为点缀……"①说明了诗词歌赋融入宋元话本小说的叙事体制和使用传统。

高罗佩在以现代英文创作《大唐狄公案》时,效仿了话本体公案小说的叙事范式,同样也将具有多元文体功能的诗词曲赋融入小说叙事过程之中,而且也十分注重诗词曲赋与叙事情节的契合关系,绝非字面点缀,而是将案情侦破的关节与诗词曲赋有效黏合,用以烘托人物命运、渲染场景气氛、点明叙事主题、推进情节发展、劝诫教化人心等。因此,高罗佩将诗词曲赋、楹联偈语、谣谚谶语纳入小说的叙事序列之中,使之呈现出典型诗化小说的特质,这是高罗佩通过模仿中国韵诗的方式自觉地继承宣扬中国古诗词文化和促进中西方互动交流的举措。

古代诗词曲赋具备极具特质的格律节奏,可用以畅叙情怀、怀古咏物、明志讽谏;而广为民间流传的俗语谶言则言简意赅、哲思丰富。"但是由于中国古诗词和俗语带有浓厚的民族和文化特色,其翻译一直是译者的难题,既怕文化因素的亏损,又怕文化过度迁移,违背译文语言规范。"②

译者在文化回译过程中动态地忠实于高氏原文中诗词曲赋的文化信息,特别是在回译此类含蓄优美的诗词过程中填饰大量文化元素。正如汪榕培先生在谈及诗词翻译时所说,"诗歌翻译中的情感,首先要打动译者,然后才可能打动读者。文本类型之中有叙事文本、抒情文本等,诗歌属于抒情文本,且诗歌抒情要有其特殊的诗体形式。押韵、音节数、美感、长短音都是译者需要考量的形式因素。和应用文的信息传递不同,诗歌翻译要传递感情,包括其中的美感。诗歌的情感传达是计算机翻译难以做到的。诗歌描写的内容和所要表达的感情之间有着复杂的关系,仅凭文字的对应是难以把握这种复杂关系的。"③在对《大唐狄公案》小

---

① 鲁迅. 中国小说史略[M]. 上海:上海古籍出版社,1998:79.

② 吕玉勇,李民. 论英文电影字幕翻译的娱乐化改写:以《黑衣人3》和《马达加斯加3》的字幕翻译为例[J]. 中国翻译,2013(03):107.

③ 班柏. 典籍英译与中国文化"走出去"——汪榕培教授访谈录[J]. 山东外语教学,2018(06):5.

说中所嵌入到叙事序列之中的诗词的回译过程,实际上就是译者斡旋于回译与创作、汉诗与英诗之间,并通过补饰中国诗词审美元素信息,从而增强译诗的审美意境的过程。

一、蕴藏人物命运

高氏原作中,作者通过文化信息极高的诗歌形式,预设小说人物的命运或事件的发展,在叙事过程中营造出神秘诡谲的天命观和宿命感,使读者积极提前窥见小说的叙事全局内容与结构。

例1.

《四漆屏》第十一章,为勘探县太爷太太——滕夫人被杀一案证据,狄公按图索骥随妓女艳香来至滕夫人生前去过的行院,并在一室墙体内壁发现曾在此幽会的青年男女写下的情诗。经艳香判断,狄公推断该诗为滕夫人与其情人所写,内容如下。

英语原文:

"He slowly read out aloud the first couplet:

'How fast the days and nights flow past, a river swift and unremitting,

Carrying too few and too frail fallen blossoms in its hasty stream.'

And then the second couplet, which ran:

'Let them flow by, don't stay them, their petals' ll wither in your hand,

However tender. You'll spoil them for another loving couple's dream.'" ①

陈译本:

"后两句却是一丝不苟的工楷,极是娟秀,一眼就可看出是受

---

① Robert Van Gulik. The Lacquer Screen[M].Chicago: The University of Chicago Press, 1962: 58.

过教育的名媛淑女们的惯常笔迹。诗道：

　　百年纷纷走大川，逝水落红两渺渺

　　莫向三春留华章，一夜风雨记多少？"①

　　译者在对这首诗歌进行回译时，将前两句"逝水"和"落红"与英语原文的"a river"和"frail fallen blossoms"相对应，以描绘时日匆匆、人生短促；而在后两句中则以改译的手法，将原文中"莫留落花残瓣，且花瓣终将残败"的诗意更改为"莫向三春留华章，一夜风雨记多少？"虽然译者将"花瓣"改为"华章"，但译文中的反问句又能体现出源语诗歌中及时行乐的蕴意。

　　例 2.

　　《铁钉案》第十二章，狄公在勘案过程中结识女典狱郭夫人，并在交谈中聆听到郭夫人所吟诵的一首充满闺怨气息的短诗。诗中刻画了一位在冬夜里居于深宫之内的女子，借孤鸟（lonely birds）、哀思（dark memories）和飘雪（falling snow）等带有孤寂韵味的意象抒发内心的忧闷之情。诗中充盈着的哀怨之气预示了郭夫人本人悲惨的生活处境，促进小说叙事情节的推进，同时也为西方读者预示了小说的叙事走向。

　　英文原文：

"It had been written by a poet of about two centuries before, and bore the title 'Winter Eve in the Seraglio.' It ran:

The lonely birds cry in the lonely winter sky,

But lonelier still the heart—that may not cry.

Dark memories come and haunt her from the past,

Joy passes, it's remorse and sorrow that last.

Oh that but once new love could still old pain;

The winter prune on new year's eve in bloom again,

Opening the window she sees the shivering tree below

---

① 罗伯特·梵·古利克. 狄公断狱大观 第一卷 [M].陈来元，胡明，译.太原：北岳文艺出版社, 1986: 159—160.

And hears the blossoms falling in the crystal snow." [①]

陈译本：

"狄公坐在书案前拿出一卷公文正待阅读,他的头脑却如天马行空,纵横驰骋。忽然他记起了郭夫人说的那首吟咏梅花的古诗,诗的题目是《玉人咏梅》,出自二百年前南朝一个著名诗人之手。他不禁兴奋地一句一句地背诵了起来:

人境雪纷纷,

一枝弄清妍。

孤艳带野日,

远香绕天边。

玉色宁媚俗,

真骨独自寒。

飘落疑有声,

蛾眉古难全。"

而在这段对小说人物吟诵前朝诗人创制的闺怨诗歌回译时,精准把握诗歌主旨,选用"雪纷纷""孤艳""远香""独自寒"等辞藻映衬英语原诗中的诗化主旨,将英语原诗中的闺怨情绪寄托于此类辞藻之中,用以营造出独具中国诗的审美意境。尤其是后两句"飘落疑有声,蛾眉古难全",蕴含深厚、沉痛的感情,不仅与英语原文中女子开窗凝视屋下树枝抖动和聆听花瓣坠落雪中的诗歌意境相吻合,更能与后文中因郭夫人察觉狄公勘破郭夫人以铁钉杀夫一案而坠崖的情节相互链接、遥相呼应,有效地将雪花"飘落"与郭夫人"坠崖"的凄美命运契合,构成诗词内容与叙事布局的密切联系。译者创造式地为译文填饰中国闺怨诗词中的文化意象,动态忠实地超越源语信息,是对高氏英语原诗主旨的有益补充和意境超越,令其坠崖更富有诗意和凄美之感,为读者塑造了一位命运多舛的郭夫人形象。

---

① Robert Van Gulik. The Chinese Nail Murders[M].New York: Happer & Row, Publisher, 1961: 67.

二、诗歌叙事功能

在中国古代诗词创作中，中国诗人在诗歌中不仅多擅于抒情言志，而且也极擅诗歌的记人叙事，两者彼此依赖。"中国传统诗歌叙事往往依托于'通变之谓事'观念，其所叙之'事'既可以指形而下的今事（当下事、眼前事），以及不堪回首的往事、带有展望性的后事，也兼指形而上的'通变'之事。即使叙述今事、往事、后事，也大多会以某种通晓变化或通而变的观念贯穿之。"① 在中国的诗词创作中，诗人的抒情与叙事往往杂糅于诗歌之中，将情感、叙事、景色互相融合。"中国古代诗歌，很多表面看似与叙事无关，但诗人的情感并非凭空而起，而多'缘事而发'。"② 高罗佩将诗歌在小说中的叙事功能发挥得淋漓尽致，诗歌言简而意深，其文化隐射功能令小说情节更为诡谲，更利于小说悬念的设置。

《朝云观》第五章，朝云观内设宴，众客中儒生宗黎当场吟诵短诗。只因他深知观内隐情，但又不便直接道出，故而借席间吟诗之机以暗讽诗句暗示了朝云观内不为人知的内幕。

例1.

英语原文：

He made a bow, then began in a sonorous, well-modulated voice：

"All you good men and women! Noble Excellencies!

Monks and lay-brothers, and all you novices!

To all of you who kindly watched our humble play

Of the stirring story of that poor erring soul

Losing her struggle with Doubt and Ignorance, I say：

Never despair of reaching in the end your goal!

---

① 李桂奎. 传统诗歌叙事的时空机制及其审美特质[J]. 福建论坛（人文社会科学版），2018（06）：106.
② 周兴泰. 中西诗歌叙事传统比较论纲——兼以中国文学抒情叙事两大传统共生景象的探讨[J]. 中国比较文学，2018（02）：55.

However long the forces of Darkness scheme,

The Truth of Tao shall all of you redeem.

Hear now the Sublime Truth, expressed in clumsy verse:

All wicked evil, Truth and Reason shall disperse,

Defeat for ever the deadly shades of night,

Dissolve the morning clouds in the Eternal Light!" ①

陈译本:

宗黎潇洒地步上戏台,开始吟咏他的诗,诗云:

四座莫喧哗,奏雅宜曲终。

发言寄天理,岂必文辞工。

幽明凭谁识,仙鬼何朦胧。

长风散朝云,一轮净碧空。"②

秀才宗黎在朝云观当众赋诗,其诗暗藏玄机,最末一句的"dissolving the morning clouds"则暗伏解散对正处喜庆仪典的朝云观的诅咒之意。译者在此翻译后两句时,为了使得译文保持中文诗歌对仗的手法,又在其后增添一句"净碧空",不仅保证译文诗行的信息对称结构,而且在语义上增强语力,增进叙事张力,激化人物之间矛盾,为后续朝云观内凶案情节的勘破设置悬念和埋设伏笔。

例2.

《朝云观》第五章,书生宗黎以暗讽的打油诗当众透露出朝云道观内玉镜真人的真正死因。

"One abbot up in the hall,

One abbot under the floor.

In all two abbots—

One preaches to the monks,

---

① Robert Van Gulik. The Haunted Monastery [M]. http://www.doc88.com/p-9993581204744.html: 27-28.

② 罗伯特·梵·古利克. 狄公断狱大观 第二卷 [M]. 陈来元,胡明,译. 太原:北岳文艺出版社,1986:149-150.

The other to the maggots." ①

陈译本：

"老仙翁请听晚生吟一阕吉利的口号吧：

真人飘飘升法坛，步罡踏斗宣妙道。

玉郎悒悒饮黄泉，悔食金丹丧寿考。" ②

狄公与宗黎再次相遇，问及其打油诗中所隐信息。高氏原文中的诗歌实为风趣十足的幽默短诗，以宗黎诙谐暗讽的口吻对两位道长（abbots）一生一死截然不同的命运遭际形成鲜明对照，且原诗内容信息简洁、通俗易懂；而译者则通过宗黎之口将诗歌译文中内隐信息得以诠释，并在维持对原诗中"真人"和"玉郎"两位道长的命运对比的基础上，添饰大量与道家修炼相关的文化信息，如"法坛""步罡踏斗""悔食金丹"等，以丰富译语文化元素，增加译诗内容的文化蕴涵，为后文狄公探知玉镜真人真正死因埋设伏笔。借诗人宗黎之口，以诗词文化内蕴对下文朝云观内的凶案展开预示，使之成为《朝云观》小说叙事中链接案情线索的关结所在，为后文侦破朝云观内一起凶案伏设悬念，使得诗歌译文自然融入小说叙事之中。

三、情诗

诗词也是中国话本小说中男女主人公相互传情、互诉衷肠的文字媒质，并能贯穿在小说叙事中有关男女情感的各个阶段，故而此类功能的诗词对于小说情节进展有着重要的功用。

高罗佩在小说创作中也将以诗传情的叙述模式穿插于讲述青年男女的爱情故事之中，甚至将诗词内容融入案件侦破的推理过程，使之成为小说的情节存在，充分彰显诗词曲赋在小说中的叙事传统。

---

① Robert Van Gulik. The Haunted Monastery [M]. http://www.doc88.com/p-9993581204744.html: 27-28.

② 罗伯特·梵·古利克. 狄公断狱大观 第二卷 [M].陈来元，胡明，译.太原：北岳文艺出版社，1986：150.

例 3：

《朝云观》第六章，朝云观内，才思敏捷的儒生宗黎与丁香小姐相遇，并为其当场作一首情诗。

英语原文：

"True love, false love,

Love of tomorrow, of yesterday—

Plus and minus

Keep us gay

Minus and minus

Heaven'll fine us!"①

陈译本：

"天道昭昭，惟阴惟阳。

人有男女，禽有鸳鸯。

凤飞千里，惟求其凰。

美人如玉，在我身旁。

魂飞魄散，目迷心狂。

载言载笑，瓠犀芬芳。

娇啼哭婴，求我诗章。

搔首踟蹰，意且仓皇。

胸墨无多，才尽江郎。"②

高氏英语原诗中，每个诗行简短精炼，且所选用的文化意象较为单一，概括原诗意蕴的手法简化了过于密集的文化信息可能给西方读者带来的理解负担。而在译文中，译者采取表达容量较为简练的四言诗歌体裁，以与高氏原文简短的诗行特征相吻合。译文的四言诗体是对中华先人崇双尚偶的文化心理和文化观念的回溯和还原。除此之外，"四言体的节奏是两个二拍子的组合，

---

① Robert Van Gulik. The Haunted Monastery [M]. http://www.doc88.com/p-9993581204744.html: 33.

② 罗伯特·梵·古利克. 狄公断狱大观 第二卷 [M]. 陈来元，胡明，译. 太原：北岳文艺出版社，1986：154-155.

其观念基础就是由仰视俯察而形成的崇双尚偶的天、人同构心理。"① 但在诗歌的文化意象上,译者采取"化简为繁"的回译手法,在译文微观层面将已被概括和泛化的文化信息创造式地二次挖掘,并增饰大量来自传说、典故或民俗风情,如鸳鸯、凤凰、江郎等的文化信息。此类文化专名的特质在于,其所形成的文化范围在中国古代文化中较为固定,其文化意义也比较具体,使得译文较之原文蕴含更为多元丰富的中国诗词所特有的文化内涵信息。译者通过创造式地借用客观文化物事的方式实现小说中诗者的情思意境与这些物象之间的相互契合。除此之外,译者也注意到高氏原诗中诗行的音韵规律,并借用各种汉语语音修辞,以确保译诗中的音韵之美和古韵之味。

情诗素来为诗者畅叙内心情感的诗歌载体形式,并成为才子佳人叙事情节中不可或缺的重要部分。在中国叙事美学理论中,"叙述所建筑的仅仅是文学世界的基本框架结构,抒情、议论、描写、说明才是构成整个文学世界必不可少的建筑和装潢材料……才真正使得建筑的整个文学世界具有鲜活的人物性格和曲折的故事情节,以致形成了别具一格的诗性意境。"② 在文化回译中,译者充分认识到情诗在小说叙事中的诗性特征,以唯美优雅的形式还原高氏原本中的情诗内容。

四、开场诗

中国古典白话小说具有在小说开篇处设置一首或一组诗词的叙事传统,呈现出较为典型的模式化创作倾向,主要用以总摄全篇叙事主旨、开宗明义地点明小说叙事的功用之处,并凭借玄妙深奥的语言信息暗指主人公命运结局、创设叙事情境、烘托作品主题的重要小说叙事因素,用以渲染小说主题情节和引起读者

① 韩高年.《诗经》四言体成因蠡测[J]. 河北师范大学学报(哲学社会科学版),2011(11):73.
② 郭昭第. 中国叙事美学论要[M]. 北京:人民出版社,2016:282.

受众的阅读兴趣。"自魏晋南北朝的志怪小说到唐传奇,自宋元话本到明清长篇章回小说,预叙的使用都极为普遍。"①另外,中国旧体诗词因词义复杂性而造成的隐喻性、模糊性和多义性,使得诗词内容信息具有暗指人物命运和叙事主题的预叙功能。

例 4.

《黄金案》在篇首就以英文设置一段总结公案小说勘狱断冤的叙事主题,强调一县之长的父母官应当持守秉公执法和刚正不阿的办案风格。

英语原文:

"Meeting and parting are constant in this constant world,

Where joy and sadness alternate like night and day;

Officials come and go, but justice and righteousness remain,

And unchangeable remains forever the imperial way." ②

陈译本:

"父母官,

天子臣。

朱笔直,

乌纱真。

冰心一片奉日月,

铁面千古惊鬼神。" ③

译者采用译写手法,脱离原作开篇风格,模仿话本小说口吻,选取较为自由的诗体形式,将开场诗作为叙事缘起的某种媒介,使其成为叙事者与读者交流的工具。译本中的开场诗以字句酌、音律明快的方式叙写并塑造了狄仁杰为官清正、断狱如神的清官形象,相去原作信息甚远,是译者在文化回译中张扬翻译主体性的表现之一。

---

① 吴建勤. 中国古典小说的预叙叙事 [J]. 江淮论坛, 2004 (06): 135.

② Robert Van Gulik. The Chinese Gold Murders [M]. New York: Harper & Brothers Publisher, 1959: 1.

③ 罗伯特·梵·古利克. 狄公断狱大观 第一卷 [M].陈来元, 胡明, 译. 太原: 北岳文艺出版社, 1986: 1.

例5.

《铁钉案》第一章,作者高罗佩紧紧把握小说主旨,展现出公案小说的潜在叙事魅力,通过预告下文叙事主旨,为读者受众提供对小说叙事预判的阅读体验,并融入小说叙事主题思想的相关信息,从而激发深度的阅读期待和参与到对叙事情节的构想和预判中。

英语原文:

"A judge must brave the foaming billows of hate, deceit, and doubt,

The only bridge across is straight and narrow as a rapier's edge.

He may not lose his foothold once, once pause to listen to his heart,

Heed Justice only, lodestar unfailing, though always remote and cold." [1]

陈译本:

"断狱寸心间,

千古费详猜。

生死决于我,

能不谨慎哉!" [2]

这开篇四句诗,乃是大唐盛世名臣狄仁杰居官断狱、问理刑名自诚之诗。

译者在此译例中,凭借狄公叙事口吻,将其断狱维艰、行事缜密的感悟之词呈现给汉语读者受众。该开场诗,语言简练意深,内容自然流畅,是从下文断狱勘案的叙事故事中提炼出的深刻思想,并将其内容加工升华,一针见血地指出事物本质所在,其主题

---

[1] Robert Van Gulik. The Chinese Nail Murders[M].New York: Happer & Row, Publisher, 1961: 1.

[2] 罗伯特·梵·古利克.狄公断狱大观 第三卷 [M].陈来元, 胡明, 译.太原: 北岳文艺出版社, 1986: 327.

思想与公案小说的叙事思想相吻合,不仅使汉语读者读来毫无突兀臃肿之感,而且也有助于读者深入理解正话叙事内容。

中国旧体诗中极具抗译性的元素在于其中所蕴含的丰富文化意象,而译者在文化回译中清晰地认识到,高氏异语写作完成的以中国文化为描述背景的诗词曲赋若拘泥于字面含义直译,则难以在译文中充分体现出中国旧体诗所独有且属于汉语读者文化记忆的文化意象,极易丢失其诗词意旨,令其平淡无奇,诗意全无。那么,译者在对高氏原文诗词曲赋的文化回译过程中,将汉语读者所熟知的文化意象融入译文的诗词意境,挖掘和感悟文字表象之下蕴藏着的丰富文化意象,并依照中国旧体诗的创作机制,补饰和嵌入多重对于汉语读者而言耳濡目染且蕴意丰富的文化意象,以高度还原中国旧体诗的含蓄内敛和意象丰富的诗词意境。

第二节 谶 语

谶语属于预叙的叙事手法,将叙事结局以民间市井气息十足的谶语形式安排在叙事开头,将朗朗上口又通俗易懂的谶语用以预先交代小说所涉人物的命运,而且以暗语形式展露给读者,进而引导读者积极参与到对故事背后叙事逻辑和叙事内涵的观照之中,产生出更为强烈的心理期待。并随着情节发展推进,对谶语预先设定的内容一一应验,增强了小说的悬念感和神秘感,注重描写人物的内心矛盾和心理冲突。正如吴建勤在《中国古典小说的预叙叙事》一文中所指出的,"把古典小说的预叙形式分为五类:一是利用算命、卜卦、偈语等形式来表现预叙;二是通过梦境的形式来表示预叙;三是利用篇首、篇中的诗词形式来表现预叙;四是用故事性的概括的形式来表现预叙;五是以判词、曲词、灯谜、酒令等形式来表现预叙。"① 高罗佩在小说创作中也灵活巧妙地承袭这一传统谶应式叙事模式,从而为小说叙事脉络中增设迷离隐晦的神秘元素,令西方读者急欲读完全文,并随着错综复杂的情节展开,谶语谜底洞然于前,进而读者可探知谶语的预叙内容是否应验。话本类公案小说的艺术特质是,"为了使故事听起来不散漫,说起来不混乱,于是有经验的说书人一般会在整个故事情节展开之前对全书做出导向性的暗示。这样无论是说还是听都不会乱了阵法,而导致结构的散逸不能抓住听众(读者)的注意力。这样听众(读者)才会有耐心跟着说书人的节奏进入情节,小说魅力才可能产生。"② 预告式的预叙内容,为读者受众提供了特殊的阅读体验,并将其带入小说叙事内容所特有的情感,激发读者深度的阅读期待和参与到对叙事情节的构想和预判中去,从而充分体会小说情节从初始扭结到文末结局的文学张力。

例1.

《柳园图》开篇就叙及一段坊间流传预设三个家族命运的谶语,并使其参与到小说的叙事环节,使之成为生发故事的线索,具体如下。

英语原文:

"One two three
Mei Hoo Yee
One lost his bed
The other his eye
The last his head." ③

陈译本:

"梅、叶、何
关中侯

---

① 吴建勤. 中国古典小说的预叙叙事[J]. 江淮论坛, 2004(06): 136-137.
② 吴建勤. 中国古典小说的预叙叙事[J]. 江淮论坛, 2004(06): 137-138.
③ Robert Van Gulik. The Willow Pattern[M].New York: Charles Scribner's Sons, 1965: 8.

失其床
失其目
失其头"①

《柳园图》案情事关梅、叶、何三个家族命运,高氏原文以坊间歌谣形式预设各自族长凄惨的死亡形式,但英语原诗仅对三人死亡原因,即"失其床、失其目、失其头"提供了预示信息;而译者在文化回译中则添补"白日悠悠不得寿"以预叙三人命运难测,仿如促成其生命终结的诅咒一般,以韵语形式宏观概括了三人的命运结局。其预叙内容的暗示性、模糊性和朦胧性,为整个小说的叙事营造出一种虚幻迷离、飘渺诡谲的悬疑气氛,并激发读者对叙事过程的阅读兴趣,进而强化小说叙事的艺术表现力和感染力。

例2.

关于《湖滨案》的开篇谶语。狄公与洪亮二人展开一段对新到县城市井民风的评论。在高氏原文中,呈明狄公对当地百姓的看法,说明去年共有四人落湖,至今未明去向,以这种独特的艺术功能使小说充满神秘感和命运感的叙事特质;而文化回译过程中,译者将此段信息转嫁于洪亮身上,并以坊间小儿童谣形式呈现在汉语读者面前,在预示下文情节进展的同时,为下文湖中凶案埋设伏笔和悬念。

英语原文:

"...But when I hear that in the past year four persons drowned there and their bodies were never found, I–"②

陈译本:

洪参军略略犹豫,乃道:"老爷岂忘了那湖中的种种传闻。——城中小儿都会唱:'南门湖,南门湖,但看人落水,不见有尸浮。'"

---

① 罗伯特·梵·古利克. 狄公断狱大观 第三卷[M]. 陈来元,胡明,译.太原:北岳文艺出版社, 1986: 444.
② Robert Van Gulik. The Chinese Lake Murders[M].New York: Harper & Brothers Publisher, 1960: 13.

云阳泽在南门外,俗呼作南门湖,人称深不见底。淹死在湖中的,从未见有尸首浮起过。[①]

译文中的"南门湖,南门湖,但看人落水,不见有尸浮"巧妙捕捉源语的关节,并将古老的童谣格式移植于译本叙事体系之中。这种叛逆式的修正手法,借用谶语为后文铺设悬念,与下文湖边陆续发现尸身的情节相呼应,从而形成叙事内容完整而叙事情节则百转千回的艺术整体,顺应汉语读者对于悬疑元素的阅读兴趣,从先知后解中获得特殊的阅读快感,使译文内容彰显出更强的亲和力和可读性。

此种译者预叙中的评论式话语与高罗佩原文叙事创作意图自然对接,充分利用中国古典诗歌所独有的语义模糊和隐喻特色,自然合理地嵌入译文叙事情节,丰富神异的预叙功能,不停地使译文的叙事话语语义处于紧张状态,从而增强作品的叙事张力,为后续叙事悬念设置铺垫。正如法国著名文学评论家罗兰·巴尔特(Roland Barthes)在《叙事结构分析导论》一文中指出的,"一方面,悬念以维持一个开放型序列的办法(以种种延宕和重新推出的手法)加强同读者(听众)的接触,具有交际的功能;另一方面,悬念使畸变受到未完成的序列的威胁,以及开放性的聚合的威胁(如果像我们认为的那样,凡是序列都有两极),也就是说,受到逻辑混乱的威胁。读者以焦虑而快乐(因为逻辑混乱最后总是得到了弥补)的心情享受的是这种逻辑的混乱。因此,悬念是一种要弄结构的手法,如果可以这么说,旨在使结构承担风险,同时也使结构增加光彩。"[②]同时,带有韵语特征的谶语也能反映出丰富多元的市井民众思想意识,译者在文化回译中匠心独具地将带有韵语特质的谶语与其他文辞雅丽的诗词在译文中构建起雅俗共赏的"诗笔"系统。

文人雅聚,最喜善诗者即席赋诗吟词,用以以酒助兴和烘托

---

① 罗伯特·梵·古利克.狄公断狱大观 第三卷 [M].陈来元,胡明,译.太原:北岳文艺出版社,1986:1.

② 王泰来.叙事美学 [M].重庆:重庆出版社,1987:94.

席间热闹场面。高罗佩在叙写文人墨客酒席场景时,也承袭这一雅士文化,这在一定程度上是对中国古代文人社群活动的一种文化映射。

例 3.

《黑狐狸》(*Poets and Murder*)第十章,狄公与访客在画厅内设宴赏月。其时,邵樊文起身邀请玉兰小姐即席赋诗以助雅兴。

英语原文:

The poetess took up her wine cup and turned it round in her hand for a few moments. Then she recited in her rich, ringing voice:

The amber wine is warm in the golden cups,

Roast and venison are fragrant

In the silver dishes

And the red candles bum high.

…

But the wine is the sweat and blood of the poor,

Roast and venison their flesh and bones,

And the red candles

Drip with their tears of despair.[①]

陈译本:

"玉兰转过脸来微蹙蛾眉,无限感触地深深瞥了一下邵樊文,略假思索,便口占一律:

赭衣高轩过,

明月还旧州。

画堂对故人,

衰鬓惊中秋。

宁怨脂粉薄,

空恨岁年偷。

① Robert Van Gulik: oets and Murder [M]. New York: Charles Scribner's Sons, 1968: 43-44.

妾心何所似,
清光飞玉瓯。"①

在以上译例中,经过对原文与译文在微观语义层面的对比,可以发现,译者充分发挥主体创造性,对英语原诗之中的文化意象进行信息添饰,增添"赭衣""衰鬓""玉瓯"等文化意象词汇,以更为凝练而精准的辞藻烘托出吟诗者哀怨缠绵的内心世界。

五、诗词曲赋文化回译小结

在中国传统话本小说中,作者将大量诗词曲赋糅合在小说叙事序列之中,与小说情节和谐并存、互为补充。诗词曲赋在中国话本小说中的功能形式主要可分为两类:"一是诗词是故事叙述线索的链接点,使叙事具有连贯性,服务于小说叙事流程;二是诗词是因果链条中的关键环节,承接上文的内容,引出下文的情节,启动叙事,推动整体叙事情节的发展。"②中国古代诗词语言独具特色的语言含蓄美,也使得中国诗歌语言含意丰赡,极具文学张力。

在创作《大唐狄公案》系列小说时,高罗佩十分注重诗笔的叙事功用,曾在多处以现代英文的语言载体创作诗歌,以此或作为小说开篇入话部分用以点明主旨,或作为青年男女间互诉浓情的媒介,或以韵语式的谶语为后文情节伏设悬念。在一定程度上讲,高罗佩模拟中国公案小说的旧体诗词功效,将诗词有机地融入小说叙事情节的重要部分,甚至一些诗词与案件侦破存在强烈的互文性,以体现诗词在情节的推进、人物形象的塑造、主题的表达中发挥的重要作用,丰富了西方读者的阅读体验和审美感受。

鉴于英汉之间语言和文化的巨大差异,以及诗词格律音韵的语言要求,诗词曲赋带有很强的抗译性;更值得注意的是,与传

---

① [荷兰]高罗佩.大唐狄公案·黑狐狸[M].陈来元,胡明,译.海口:海南出版社,2011:61.

② 侯亚肖."三言二拍"中诗词叙事研究[D].辽宁师范大学硕士学位论文,2016:8.

统意义上的英诗汉译和汉诗英译所不同的是,《大唐狄公案》系列小说中的诗词均是由高罗佩以古代诗词文化和以中国古代文化题材为背景的英文诗歌,这对于此类诗词再转换为汉语的文化回译而言,其难度可想而知。若按照高氏英语原诗内容进行字面直译,势必导致译文内容太过单一,再加上中国古诗词遣词造句的形式与英语表达的巨大差异性,难以还原出其古代中国诗歌的诗韵。另外,译者在文化回译过程中也尤为注重译诗语言的含蓄之美,清晰地认识到中国旧体诗词中托物寓意、寓情于景、咏物寄托、意象象征、用典周备等语言美学特色。

故此,具有强烈母语意识的译者在回译中充分发挥译语优势,在炼字炼句的基础上,运用了大量替代、省略、增词、填饰典故等归化的翻译手法,实现对译诗语言和文化习惯的有益补偿;并且为了摆脱原诗句式结构的单调感,译者还适度打乱原诗的句型结构,改变原诗诗行的结句方式,貌离神合地使译诗充分展现中国古诗词的音韵美、形体美和意境美。从文化词汇、诗歌体裁、音韵格律、文化因素等各个层面入手,译者采用灵活变通的翻译手法,并充分发挥文化回译过程中的主体性和话语权,创造式地实现原诗和译诗在语义功能上的对等,并创作出能够传递高氏原诗表达内容但在诗体上更为自由的诗词形式,创译出具有文辞华丽、意象丰韵、伏采潜发、义举文外的艺术效果。正如钱钟书先生在说明文学翻译的最高理想——"化境"时指出的,"十七世纪一个英国人赞美这种造诣高的翻译,比为原作的'转世投胎'(the transmigration of souls),躯体换了一个,而精魂依然故我。"①陈译本所采取的灵活变通的翻译手法,一定程度上维护了译诗与原诗的动态忠实性,也充分考虑到了译诗的可接受性,同时也印证了译者主体的翻译行为,尤其是文化回译行为,并非传统层面上双语语符的切换,其过程势必会受到意识形态、诗学范式、读者接受及译者身份等诸多外在客观因素的影响。而对于散落于《大唐狄

① 钱钟书.林纾的翻译[J].中国翻译,1985(12):2.

公案》系列小说中诗词曲赋的文化回译,可以激发汉语读者对汉语旧体诗的文化记忆,并促使其重新回味章回体小说中诗笔的叙事功能和审美效果。

总结

《大唐狄公案》系列小说的叙事内容涉及中国唐代文化的各个方面,囊括司法律例、官司行政、外邦交往、工商市井、诗歌文化、宗教礼法、民俗风情等诸多元素,密集交织在案情梳理和叙事脉络之间,成为播扬中国唐代文化的典型范本。"一方面,该小说全部场景由中国元素构成,全方位向世界读者放送,从而产生巨大的'辐射式'影响,在西方乃至全球传播中国文化,效果远超任何中国研究著作。另一方面,作者不仅把中国文化传播给西方读者,同时也把西方的人文理念尤其是法律文化潜移默化地带给中国读者。"① 高罗佩以异语创作形式叙写中国式公案系列小说的跨文化传播举措,将中国古典文学的精粹——诗词和古文有机化入小说叙事系统之中,从而跨越了中西文化隔绝的语言屏障,不再拘泥于中西文化的客观对比或时代影响,以"他者"文化视角打破中西文化地位差异的传统格局,将创作目光投向中国传统文化的精华和终极价值,充分展现其作为创作主体的"世界一体化"的文化态度,以独具特色的创作视角、宏阔博大的文化格局及天马行空的想象力将东方文化的精粹传播至西方世界,并证实了以英语为媒介将中国古代文化中精华的一面向国外推介的可行性和有效性,为寻求调和和融通中西文化的最佳路径提供重要参照。

针对高氏原文中作者以英文创作了以中国唐朝为时代背景的县志、遗嘱和圣旨等诸多文本篇章形式,译者全盘分析此类"译底"的历史背景和语域因素,以文言语体作为回译中的"译心"。在此类语篇的文化回译中,译者行为路径不仅涉及对英语原文信

---

① 罗海澜. 从法律视角看高罗佩《大唐狄公案》中西文化交流策略[J]. 社会科学研究,2012(01):182-186.

息的解读和转译环节,夹杂其中更多的是英语原文背后母体文化的解读和编码过程,从而实现对英语源语中映射的母体文化的精准还原,并以此为基础,添饰大量文言语体中的辞藻表达以及蕴含丰富历史积淀的传统文化表达,以实现译文较之英文原本在语言艺术和文化价值的超越。以整旧如旧为遣词造句的目标,从而还原文本内容所映射的时代背景,让汉语读者领略到小说叙事背景下的文本气息和风味。在处理此类古文文书资料时,"哪怕面对常用词语,都要十分谨慎,与紧贴时代题材的作品相反,它正是要避免通俗化和时尚化;它要求译者说'行话',揣摩新词所具有的'旧义'。"[1] 而在这一附加编码过程中,译者须在"文化自觉"态度驱动下能动地对译语语体的审美效果做出选择,以实现译语与源语在意义上的动态对等,并赋予译文独特的美学价值,实现了传递信息、文化交流、文化回溯等多重目的。

站在古代历史的视角下,译者充分分析高氏原文中语篇所处的语境,以类似于"古本复原"的手法,选取文言文语体对《大唐狄公案》小说中的诸多文类信息进行精准还原。与白话文语体相比,文言语体更加倾向于简洁凝重的表达形式,是对语言艺术的高度典型化,以其最为精准、最为凝练、最为精美的表达形式呈现出古汉语表达的艺术表现力。译者在细剖高氏英语原文的文体功用的基础上,选取既符合题旨情境又极富语言历史感的文言语体完成了对《大唐狄公案》系列小说中有关县志记载、官方文书、法律文书等文本的文化回译,将文言语体的表达效果、修辞手段和审美特质融入译文之中,赋予译文既紧凑凝练又独创性强的艺术表现方式,使得汉语读者从经由文化加工处理后的译文中获得全新的美学审视,实现了高度还原原文历史背景下语言的古朴雅致,令汉语受众在阅读中感受专属于文言语体的诗学特质。而译者将文言语体渗透到白话文本的翻译行为是翻译史上值得注意的文化现象,反映出译者在文化回译过程中还须清晰把控不同

---

[1] 张宁. 古籍回译的理念与方法[J]. 湖北大学学报(哲学社会科学版),2007(01):92.

语体的特殊美学功能，并且还能煞费苦心地对文句信息精心打磨，实现了译文信息的高度集约化，使具备特定功能的文言语体在译文中表现出其自身所特有的洗练古雅、旨趣弘远、内蕴丰富的语言美感，这是对这一语体仅仅作为语言工具的超越。"这一艺术形象在小说中跟人物、风景等其他要素一样成为表现的对象，直接表现作者的创作意图，具备独立的文学意义。"①

译者将诗词曲赋、县志文书等各种古代语体囊括在译本之中，并充分利用各种语体的各自功用和相互联系为译本营造出更为复杂的语言审美效果。译文中所选用的对仗工整的排比句式，以其字数相同、语言结构稳定一致的语言魅力，使文句间的意象联系更加紧密，同时构建起译文语词协调一致、平仄交错、协韵合辙的内在节奏，这对于表达人物繁复的思想感情和心理情志发挥了独特作用。读者在阅读译文信息时，均能按照大致相同的频率，换气或停顿间歇，节律相对稳定，感受译文语言以对称美、节奏美、情趣美和音韵美为特征的诗性语言特质，体味字里行间工稳而有气势的阅读体验。

虽囿于文言语体已褪去，不再成为现代小说创作的主体语言，但在对类似《大唐狄公案》等中国历史题材的英语文学作品进行文化回译的过程中，文言语体则大有用武之地，其回译过程是对纯正典雅汉语的回归。文言语体独特的语言形式、和谐的音韵节奏、稳固的语义内容和精练的句法结构，不仅可以强化回译译本的阅读审美效果，而且还可以唤醒汉语读者对于文言语体的文化回忆，使之在阅读体验中重新审视汉语语言的艺术魅力，一定程度上实现了汉语读者对汉语语言美学特质的集体追求和对自身民族语言的集体认同，也维护了汉语民族文化代码的鲜明文化特质，促使汉语语言朝着雅致、俊朗、博大的美学境界发展。

---

① 李鹏飞.古代小说文言语体研究刍议[J].北京大学学报（哲学社会科学版），2008（03）：118.

第六章　语域理论视角下《大唐狄公案》人物言语文化回译中的镜像分析

　　韩礼德(Halliday)在分析语言与语境之间的联系时指出,语言本身就是一整套说话者可选择的系统。"文化语境是这套可选择系统的生存环境,决定了说话者在该文化中所能说的话语,情景语境是这一系统所作的某一具体选择的环境,决定了说话者在某一具体情景中实际所说的话语。不同的情景会引起实际操作的语言变异,形成与特定情景的关联,在词语、句法、修辞、结构等方面呈现出独特特征的语言变体,即语域。"①

　　"文学即人学"。在典型的话语交际范围内,文学作品中所塑造的人物言语与说话者的社会身份、社会角色、文化素养、从事行业、时代背景、地域环境等关系密切,并在文学文本中展现出风格稳定、极具个性、身份契合的话语风格特征,印证了"是什么人,说什么话"的人物塑造主题。文学创作如此,文学翻译更是如此。译者在充分吃透人物言语交际信息基础上,必须全面系统掌控原文人物的言语风格,确保其译文能恰如其分地展现说话者的社会身份、教育背景、个性特征和心骨风貌。

　　在叙事文本中,人物间话语是塑造人物形象、揭露人物地位和推进叙事进程的重要信息载体,因此,对人物话语翻译过程中译者叙事身份的探究也是探寻文化回译过程中译者叙事主体性的必要环节。在小说原文创作中,人物话语均是作者依照人物性格、社会身份等外在客观因素而为人物量身定做的,从而达到读

---

① 钱纪芳. 从语域角度看《红楼梦》人物言语的翻译风格 [J]. 湖州师范学院学报, 2008 (03): 94.

者从人物话语中能闻其言而知其人,凸显鲜明的人物形象。

在文学创作中人物塑造需要注重"风格即人"的核心要点,而在文化回译过程中则更应重视将人物性格化入译文信息之中,顾及将作品从一国文字转换成他国文字过程中因语言表达习惯而导致的译文的生硬牵强,参悟源语文本中超出纯文本信息的内涵意蕴,更应使译文中的言语信息与所刻画人物的性格相吻合,展现其人物性格特征和社会身份。

"叙事作品在转达他人言语的类型有:直接引语、间接引语和准直接引语。"[1] 由于直接引语最能准确精妙地反映人物社会地位,也较为全面地保留了人物方言和行话等语言风格,在高氏探案英语原文叙事中,多以直接引语方式完成小说人物之间的交流过程。但在文化回译过程中,译者须厘清高氏源语的现代英语表达方式与中国唐代时期的言语表达的巨大差异,洞悉人物言语表达中的超语言因素,并在精准把控人物言语信息和话语意图之外,还需揣摩言语译文与该人物的社会身份的对应关系,旨在还原何样人物性格就选用何样言语风格的创作思想,用来准确传达他人言语的用词特征与句法特点,保留言语者的言语修辞特色与话语风格,从而产生与言语主体社会身份和人物性格相互吻合的意义转换。

高罗佩创作的《大唐狄公案》成功构建了一个性格鲜明、身份不一、型色各异的人物形象图谱,其中涵盖了刚正不阿的县令官吏、清雅隐逸的山林高士、放荡不羁的落魄书生、蛮横无理的市井小人、烟花柳巷的风尘女子、寺庙道观的僧人道士等,而在高罗佩笔下每个人物角色均被赋予截然不同、个性极强的说话风格。针对三教九流的人物群体,译者在文化回译过程中须精准传达和还原源语文本中的个性化交际言语,使译文中人物言语达到得意忘言、出神入化的语域对应关系,令汉语读者在阅读译文过程中感受人物的性格神韵。

---

[1] 郑敏宇. 叙事类型视角下的小说翻译研究 [M]. 上海:上海外语教育出版社,2007:67.

第一节 狄公言语

在高氏《大唐狄公案》系列小说中,高罗佩假托唐代名臣狄仁杰,承袭中国传统长篇话本体公案小说的叙事体制,既延续了智慧与美德并举的官员形象,又创造式地打破了中国传统僵化的清官人物形象,进而塑造了一位集古代理想文人性格特质于一身的"狄法官"。

狄公身上集中体现中国古代文人特质,并且小说凭借勘案细节和言语表达等多种方式体现传统文官形象。

例1.

《铜钟案》第三章,狄公调任濮阳县县令,上任初始升堂断案。

英语原文:

"Judge Dee waited to see whether anyone in the audience wished to present a complaint. When none was forthcoming he raised his gavel and closed the session." [1]

陈译本:

"狄公一拍惊堂木又道:'本堂新来莅治,今日只是与众百姓照个颜面,相识相识。日后凡本州军民但有冤枉不平之事,只顾上衙门申诉,有状投状,无状口述。从今日起本堂早、午、晚三衙理事,庶几不致荒怠政事,贻误州民。'" [2]

英文原文在叙述办理衙内衙员私用县衙库银之后,见堂上无人申诉,则草草退堂,仅是平铺直叙,未见新官上任的狄公与公堂上民众的语言交流。此段公堂叙事未免过于简化,未能体现"新官上任三把火"的气势,故此在文化回译过程中,译者充分发挥主

---

[1] Robert Van Gulik. The Chinese Bell Murders[M]. Chicago: The University of Chicago Press, 1958: 15.

[2] 罗伯特·梵·古利克. 狄公断狱大观 第二卷 [M]. 陈来元, 胡明, 译. 太原: 北岳文艺出版社, 1986: 271.

体能动性,补译一段狄公与公堂民众的新近到任言辞,用词文雅古朴,语气铿锵有力,灵活借用英语原文叙事语境,交代狄公审案诸多事宜,有意补充原文叙事缺漏,又能不露痕迹地补饰狄公清正廉洁的清官姿态。

例 2.

《朝云观》中,狄公携家属前往京城就任,路遇暴雨而借朝云观暂避休息,恐惊扰道观清雅而向观中道士致歉。

英语原文:

"I hope our sudden visit doesn't inconvenience you," Judge Dee said politely. [①]

陈译本:

狄公欠身回礼道:"不揣凡庸,冒叩仙观,谨乞避过眼前雷雨,权宿一宵,十分扰极。" [②]

在高氏原文中,狄公的言语信息主要传递自己因遇雨夤夜投观,唯恐给道观带来诸多不便的交际信息,内容简洁,且极富现代英语致歉语气。对于汉语读者而言缺乏古朴雅致之风,若将字面信息直接译出,难以与狄公儒士身份相匹配,故此,在文化回译过程中,译者充分考虑原文的话语基调这一言语交际中的变量因素,分析此段言语交际中说话者狄公与受话者道士的社会身份和社会距离,选取古意盎然并且符合当时古代背景的文言文口吻,以体现说话人狄公的社会地位、社会角色和文化修养。

例 3.

《御珠案》第十六章,狄公审问卞嘉过程中,为探知并证实对方的犯罪事实,狄公在审问时刻意营造恐怖气氛,杜撰了一位曾经拷问疑犯的梦境,用以攻克对方心理防线,迫使其主动承认自身的罪行。

---

① Robert Van Gulik. The Haunted Monastery [M]. http://www.doc88.com/p-9993581204744.html: 9.
② 罗伯特·梵·古利克.狄公断狱大观 第二卷 [M].陈来元,胡明,译.太原:北岳文艺出版社,1986:136.

英语原文：

"When I interrogated that murderer he maintained that every night the severed hand of the woman he had killed and mutilated came crawling over his breast, trying to strangle him. He—" [1]

陈译本：

"我亲自审讯过那杀人犯。他说他每一入睡便觉有人勒住他的脖颈，剁他的四肢，剔他的五脏，碾压他成齑粉，推他入油锅，忽儿又二百四十刀，一刀一刀剐。醒来往往大汗淋漓，惊恐万状。"[2]

从以上的高氏原文中，对于这段梦魇细节描述包括罪犯谋害女子潜行而入并试图勒紧其颈部，译者在还原此段噩梦细节时，又添加剁其四肢、剔其五脏、碾成齑粉、用刀剐肉等酷刑信息，与其对应的英语原文信息相比，译文中阴森可怖的梦魇细节足以令人毛骨悚然。译文也充分考虑到断案审问过程中，狄公极善攻心审案技巧，译文所补饰的梦魇言语信息更符合狄公审案攻心策略，展现出狄公经验丰富的法官形象，而且对于汉语读者而言更具艺术感染力。

高罗佩笔下塑造的狄公形象有异于正襟危坐的清官形象，其性格更富有亲和力，"幽默开朗，时有睿语，智慧机敏却不矫饰；恪守儒家信条，对人性的弱点却深具怜悯之心；清廉刚正却不拘泥古板；喜欢女人却并不失度；而且文武双全，紧要时还能挺剑格斗几个回合。"依照高罗佩塑造狄公人物形象的初衷，狄公属于介乎中国传统公案小说中超人般的法官和内心个性很强之间的人物形象之间。在勘狱断案过程中，狄公呈现出的是铁面无私、才思敏捷、断案如神，而脱去官衣则又展露出内心温暖、容忍宽容的一面，进而突出了主人公狄仁杰的人性特点，将一位情感丰富而思想健全的人物摆在国际读者面前。[3]

① Robert Van Gulik. The Emperor's Pearl[M].New York: Charles Scribner's Sons, 1963: 84.

② 罗伯特·梵·古利克.狄公断狱大观 第二卷[M].陈来元，胡明，译.太原：北岳文艺出版社，1986：484.

③ 赵毅衡.高罗佩的一个世纪 狄仁杰的一个甲子[J].南方人物周刊，2010（35）：43.

第二节　文人高士

中国古代文人高士是当时的社会精英群体。他们是古代官员选拔制度形成的前提和保证,其文化素养决定了他们继承和创造了中国传统文化,所以他们是中华民族独有的社会群体。高罗佩在设置各类刑事案件中取材广泛,叙事视角广阔,并非仅限于市井口水官司,还有更多儒士富贾之间的尔虞我诈和勾心斗角。而文人富贾均深受儒学思想影响,个个读书能文,言谈举止间讲究风雅,古韵十足。因此,在文化回译过程中,译者仍需考虑古代文人高士的语域特征,注重翻译小说各式人物的言语风格切换,强调社会精英在言语交际中在措辞、句法、修辞等方面的特殊性,并结合小说情节涉及的社会场合强调其言语的正式体特征,进而凸显和刻画其各自的性格特征,并与汉语读者心目中形成的古代文人高士形象吻合。

例 1.

《湖滨案》第一章开篇,时值狄公新任汉源县令,当地首户韩咏南于其老宅开设夜宴,邀请狄公与当地富贾名流欢聚一堂,并将赴宴者向狄公一一介绍。韩咏南在介绍商人刘飞波时,其原文如下:

"Liu comes from an old family in the capital, and was educated to become an official. But he failed to pass the second literary examination, and that embittered him to such a degree that he gave up all his studies and became a merchant. In that he was so successful that now he is one of the richest men in this province and his commercial enterprises are spread over the entire realm." [1]

---

① Robert Van Gulik. The Chinese Lake Murders[M].New York: Harper & Brothers Publisher, 1960: 15.

为利于西方读者尽快熟悉叙事人物身份,高罗佩直截了当地对刘飞波的出身门第、屡试不中、从商经历等信息以白描式朴素简练的文字描摹形象,并未重辞藻修饰与渲染烘托,以精炼的笔触为西方读者介绍刘飞波的生平情况。

陈译本:

"刘先生也是时运未济之人,三次赴试均不第。'点额不成龙,归来伴凡鱼',枉屈了满腹经纶。他一怒之下,弃文经商。谁知文曲星不投合,赵公明却着意眷宠于他。他的生意兴隆发达,愈做愈大,行迹几遍秦、晋、鲁、齐、荆、襄、湖、广、吴越、八闽。故见识极是广富,又仗义疏财,交游遍天下。"①

而在文化回译中,译者充分顾及韩咏南当地首户的社会身份,仅凭英语源语提供的人物介绍的信息难以与其名门子弟的身份匹配。故此,译者在汉译中填饰多重中国文化元素词汇,如选用分别代表中国文化中智慧与财富的形象的"文曲星"和"赵公明"的人物典故,用以增强词句的含蕴和典雅,令其表达更为丰富、更为深刻,也更为生动。除此之外,这也是合理地嵌入刘飞波从商之前时运未济经历的叙事过程。这样不仅在言语信息中还原"刘先生"屡考不第的叙事信息,而且还恰如其分地点缀了古典文化信息。用典或用以抒情或用以状物,均与中国文人浓厚的崇古意识有着密切关系,符合本族读者文化品位和文化心理。

高罗佩笔下还塑造了许多退隐山林之间的隐者高士,这一群体常居山野,生性孤傲,多能修身养性、参悟人生,善于借用平常之物道尽非常之言。高罗佩多借用隐士之言而道出中国古代哲学思想壶奥,阐述自身体悟的老庄哲学,为读者呈现丰富多元的人生哲思。身为外交官的高罗佩多为俗事缠身,多向往清静无为和返璞归真的老庄哲学:"他们提倡返璞归真,重归福寿康宁、无恶无善的黄金时代。因为人人都生活在与自然的完美和谐之中,所以人人都是不为不善,他们宣扬消极胜于积极,无为胜于有

① 罗伯特·梵·古利克.狄公断狱大观　第二卷[M].陈来元,胡明,译.太原:北岳文艺出版社,1986:4.

为。"① 此类退隐山林的隐士山人频频出现在高罗佩的小说中，或能辅助狄公解开疑窦，或能启迪狄公感悟人生，抑或能解救狄公于危难之中，并凭借萍水相逢场景，双方阐述各自人生感悟，有效地将高罗佩的汉学研究与小说叙事艺术相结合。主人公狄公与众隐士人生观和价值观的思想碰撞与对峙成为高罗佩释解儒道思想的路径，渐进式地向西方读者播扬博大精深的哲学思想。

例 2.

英语原文：

The old man resumed：

"A gourd becomes useful only after it has been emptied. For then its dry rind may serve as a container. The same goes for us, magistrate. It's only after we have been emptied of all our vain hopes, all our petty desires and cherished illusions, that we can be useful to others :erhaps you'll realize this later, magistrate, when you are older."②

《玉珠串》第二十二章中，葫芦先生在案情结束时与狄公路遇，以"葫芦"为题为狄公妙解其中玄奥，将"葫芦"的实用价值与"空"紧密联系起来，说明人之所以能达到超然灵逸的思想境界在于放空欲望，并奉劝狄公放空自我，未必当下即可参悟，或许待其阅历足够丰富时方能顿悟。在高氏原文的表述中，表达言简意赅，内容浅显易懂，好似一位长者对青年的谆谆教诲。

陈译本：

葫芦先生解下自己的葫芦，递给狄公道："你的葫芦送了人，许多不便。足下既称老朽为葫芦先生，如不嫌憎，留下也好做个留念。这葫芦之妙，便在'空'。足下莫以为这'空'便是无，不足用。《南华真经》载言，'车有辐毂，乃有车之用；室有户牖，乃有

---

① ［荷兰］高罗佩. 中国古代房内考［M］. 李零，郭晓惠，译. 上海：上海古籍出版社，1990：59.
② Robert Van Gulik. Necklace and Calabash［M］. New York：Charles Scribner's Sons，1967：80-81. 小说后记中高罗佩对于葫芦先生人物创作和葫芦文化元素的解析（见后注）.

室之用。'其之所以有'用'便在'空'之一义。"

"为人之道也如此,将那荣华富贵看作浮云一般,也是仗了这一个'空'字。目空心大,方可荣辱两忘。世人熙熙,只争着一个'利';世人营营,只奔着一个'名'。老朽看得多,那争得利的,终为利殒身;那奔成名的,犹如抱虎而眠,袖蛇而走,更是危险十分。名为公器。岂可以独占久得?只恐是险厄到来,却如那私盐包一样,恨不赶早一时挣脱哩。到那步田地,再悟得一个'空'字,怕是迟了。——老朽今日送你这葫芦也是送你这一字真经,切记,切记。"①

而译者对此段对话大段讲解,通过引经据典较为全面地诠释"葫芦"与"空"的哲学要义,"车有幅毂,乃有车之用;室有户牖,乃有室之用"一句中阐释了"有"使万物产生效果,而"无"使"有"发挥作用,其意象选择和思想内涵十分贴近《道德经》中的"三十幅共一毂,当其无,有车之用。埏埴以为器,当其无,有器之用。"②均能借日常器物而参透人生哲理。继而,译者又另添饰一段关于为人之道与富贵名利的论述,语言古朴、思想深邃、直指人心,强调顺其自然、淡泊名利的生命理念,是承接上述物空方为人用的思想,是对道家"身重于物"的深度诠释,也是译者以含蓄生动的笔触对高罗佩原文信息的有益补充。在叙事结尾处引出高士解释人生壶奥,不仅生动刻画了小说中高士远离尘嚣、逍遥自在的人物性格,也是对叙事环节的收尾。对于汉语读者而言,在叹服作者创设的诡谲叙事情节的同时,也是对母体文化哲学思考的文化回溯,唤醒其对于中国传统哲学思想和人生理念的文化记忆。

例3.

《迷宫案》第十九章,狄公寻访鹤衣先生,因其为死者倪守谦挚友,试图问询倪守谦生前主要经历。下段为鹤衣先生对死者的生平简介,信息主要涵盖了二人志向不同,分道扬镳后,倪守谦仕

---

① 罗伯特·梵·古利克.狄公断狱大观 第一卷[M].陈来元,胡明,译.太原:北岳文艺出版社,1986:294-295.
② 老子道德经(汉英对照)[M].许渊冲,译.北京:高等教育出版社,2013:23.

途升职、为官作风、忠于朝廷,其一心为朝廷革新除弊,而未能使得其子弃恶从善。

英文原文:

"Yoo set out his official career and I went away to roam over the Empire. He became a prefect, then a governor. His name rang through the marble halls of the Imperial palace. E persecuted the wicked, protected and encouraged the good, and went a long, long way towards reforming the Empire. Then, one day, when he had nearly realized all his ambitions, he found that he had failed to reform his own son." [①]

陈译本:

"后来,我们劳燕分飞,倪公出仕为官,而我则浪迹江湖,遍游全国名山大川。倪公于沉浮宦海之中从七品县令升迁至州府刺史,后又官拜黜陟。他为官一生,恫瘝在抱,疾恶如仇,一心除暴安良,惩恶扬善为国家振兴,社稷大治,可谓呕心沥血,鞠躬尽瘁。他一意大施经纶,大展宏图,却将对其不肖之子倪琦的家教丢弃一边,既无谏诤之言,微辞之语,更缺痛下针砭,当头棒喝。群轻折轴,积羽沉舟,倪琦终于堕落成性,不可救药。" [②]

充分考虑到说话者的社会身份和教育背景以及把握其言语特色和个性特征,译者对鹤衣先生的这段话语信息进行了文化信息重组,补饰大量构词均匀、朗朗上口的四字成语。"汉语的四字格表达形式工整,节奏感强,达到了形式美和音韵美的境界。译文中使用典雅工整的四字格,容易激起汉语读者的共鸣,达到良好的移情效果。" [③] 译者添饰的一系列称颂逝者为官清廉和不谋私利的为官之道以及因疏于管教而导致逆子不肖的信息顺势而出,一气呵成,一喜一悲间的评述信息形成鲜明对比,结构工整匀称,

---

① Robert Van Gulik. 1997. The Chinese Maze Murders[M]. Chicago: The University of Chicago Press: 216.

② 罗伯特·梵·古利克.狄公断狱大观 第三卷 [M].陈来元,胡明,译.太原:北岳文艺出版社,1986:160.

③ 浦春红.英译汉中四字格词语的美学价值 [J].牡丹江大学学报,2008(07):65.

以很强的概括力形象还原身为隐士的人物形象,生动陈述逝者的悲剧人生,达到凝练贴切、言简意赅的美学效果。

第三节　市井平民

　　小说原文虽为现代英语写就,译者还是考虑到人物语言特征受到作者为其设置的社会环境的约束。只有在结合其场景语境和言语信息内容的基础上,对言语信息进行平民化加工处理,从而精准把控平民人物的市井口吻,为汉语读者重现了古代市民心态和市井气息。故此,在对此类人物言语进行文化回译过程中,译者还承担以人物语言塑造朴实而生动的平民角色的任务。在忠实还原源语信息的同时,也凸显译者描写市井细民的写实精神。

　　例1.

　　英文原文:

The waiter grunted. "Those baldheads may be pious," he replied, "but there is many an honest householder in this district who would gladly cut their throat!"[①]

　　《铜钟案》第五章,陶甘来至酒肆中,向酒保打探有关左近普慈寺消息。原文酒保语言粗俗,虽与此寺庙为邻,但言语中几欲宰杀此类秃头和尚,恨不得以匕刺喉,话语带出过多血腥信息。

　　陈译本:

　　那酒保鼻孔里嗤了一声道:"寺里的酒肉比我们铺子里还多哩,都是些不正经的风月和尚!"[②]

　　而译者在对这一言语信息进行回译时,揣摩酒保这一社会角

---

①　Robert Van Gulik. The Chinese Bell Murders [M]. Chicago: The University of Chicago Press, 1958: 40.

②　罗伯特·梵·古利克.狄公断狱大观　第二卷 [M].陈来元,胡明,译.太原:北岳文艺出版社, 1986: 281—282.

色,因其在酒肆内承担待人接物的任务,言语特征多以风趣幽默见长,并特意将原文中"cut their throat"此类过分暴力血腥的字眼删去未译。但在译文中又为不失其酒保身份,将"哩""不正经"等平民化口语词汇补饰其中,以确保译文与酒保身份相互吻合。

在《断指案》中,陶甘奉命来到碧云旅店暗访一妓女和其兄长沈金。该地为下层百姓聚居之所,而在这市井瓦肆之地,其人员庞杂、出身卑微,环境恶浊,故此其居住者言语自然粗鄙低俗。

例2.

英文原文:

After he had rapped his knuckles vigorously on the door indicated, a raucous voice called out from inside:

"Tomorrow you'll get your money, you son of a dog!"

...

"...Seng Kiu promised his sister. And to his friend: Grab the bastard, Chang!"①

原文写至陶甘敲门之时,却遭到泼皮沈金的一顿毒骂,未见其人先闻其声。随后,二人一言不合,沈金示意其随从张旺捉拿陶甘。此处沈金虽言语不多,但仍可窥见其秽语不断的言语特征。

陈译本:

陶甘上了楼来,寻着了沈金的门户便敲了三下。"狗杂种!人都睡了,敲你娘的丧钟,明天就还你房钱!"房里一个粗嗓子骂道。

……

沈金斜眼看了陶甘一下,说:"张旺,抓住这个狗杂种!真是吃了大虫心豹子胆了!"②

译者在回译过程中,不仅保留原有"you son of a dog"(狗杂

---

① Robert Van Gulik. The Monkey and The Tiger[M]. New York: Charles Scribner's Sons, 1965: 16.

② 罗伯特·梵·古利克. 狄公断狱大观 第二卷[M]. 陈来元, 胡明, 译. 太原: 北岳文艺出版社, 1986: 235.

种）的话语信息,还添补一句"敲你娘的丧钟"。译者通过言语信息的补译,凸显沈金盛气凌人的言语风格,同时也为陶甘与此人在下文的言语交流埋下伏笔。

沈金与陶甘一言不合,号令身旁打手张旺出手教训陶甘。译者在此也补译"真是吃了大虫心豹子胆了",再次为读者刻画了这么一位专横跋扈的地痞人物形象。在此,译者在翻译中添加粗俗暴力的言语是对用人物语言塑造人物形象的有益补充,在只言片语间塑造出个性鲜明的人物角色,生动传神地为读者描写了一位满口污言秽语的泼皮形象,符合汉语读者对此类处于社会底层人物的普遍印象,令读者在阅读过程中能闻其声。

例3.

《玉珠串》第十章,狄公以行医大夫身份与恶霸郎琥展开交谈,探听受害人戴宁被杀一案细节。在小说原文中郎琥交代道,戴宁与郎琥合作潜入清水宫盗取国宝玉珠串,但当夜戴宁信口雌黄,言其盗宝失败,郎琥手下严加拷问,出手过重而致其身亡。

英文原文:

"He said he was afraid we'd think he was deceiving us and had hidden the necklace somewhere. Well, by an odd coincidence, that was exactly what my men thought he had done. They tried hard to make him tell the truth—so hard that he died on their hands."[1]

陈译本:

"听了戴宁的谎言,我无名火三丈高,哪里肯信? 喝令捆翻了盘问。谁知戴宁那厮死不肯招实,左右一时性起,动了棍子,不意戴宁却是个纸糊的一般,没打几下,竟气绝了。我们只得匆匆将戴宁的死尸缚了一块大石,推下大清川沉了。——谁知仓促间石头亦未缚紧,浪头一冲击,便松脱了,死尸又浮了起来,闹动了清

---

① Robert Van Gulik. Necklace and Calabash[M]. New York: Charles Scribner's Sons, 1967: 40.

川镇,报信到军寨。"①

从词汇方面来看,汉语词汇与英语词汇类似,从遣词中亦可反映语域特征,同时也可用以判定语域正式体程度。在译文中,译者琢磨郎琇的霸绅社会身份,采用许多反映非正式语域特征的汉语词汇,如以古时常用以非正式场合的人称代词"那厮"替代英语原文中的"he"。另外,译者还在郎琇的这段话语中添饰了口语化较强的俗语,如"无名火三丈高"和"却是个纸糊的一般",用此配合该人物言语的非正式语域特征。从句型选取上,译者选取简短松散的小短句,这恰恰也是在非正式语域文本中的句法特征。除此之外,译者还选取郎琇之口,不仅全盘解释杀害戴宁的整个过程,而且还补叙戴宁尸首漂浮江上的前文情节,与狄公初到清川镇目睹的凶杀现场相互照应,以保持小说叙事结构的完整性,利于读者熟悉案情,并以人物话语信息将小说前后情节绾连一处,这是译者对高氏原文叙事框架的有益补充。

例 7.

在短篇小说《雨师秘踪》(*He Came with the Rain*)中,经狄公一番审问,林嗣昌掌柜心理防线彻底崩溃,并供认其杀害合伙人钟慕期的动机。

英语原文:

Lin stared ahead with a vacant look. All at once his pale face became distorted by a spasm of rage. "The despicable old lecher!" he spat. "Made me sweat and slave all those years... and now he was going to throw all that good money away on a cheap, half-witted slut! The money I made for him..." He looked steadily at the judge as he added in a firm voice, "Yes, I killed him. He deserved it."②

---

① 罗伯特·梵·古利克. 狄公断狱大观 第二卷 [M]. 陈来元,胡明,译. 太原: 北岳文艺出版社, 1986: 259-260.
② Robert Van Gulik. Judge Dee at Work[M]. Chicago: The University of Chicago Press, 1967: 70.

陈译本：

林嗣昌的双眼闪露出绝望的神色，灰白的脸上渗出豆大的汗珠。突然他大声叫道："这条不避腥臭的虫精野狗合当吃我一刀！这些年来，我为铺子事务，心劳日拙，惨淡经营，至今连个婆娘都没讨着。他酒足饭饱，却日日寻花问柳，思餍淫欲。竟扮作'雨师'去荼毒那哑姑娘，天理不容。宰了这条野狗，亦出我胸中一口恶气。"①

译者在翻译此段愤慨陈述时，超越原文的叙事信息，添加"这条不避腥臭的虫精野狗""至今连个婆娘都没讨着""思餍淫欲""竟扮作'雨师'去荼毒那哑姑娘，天理不容"等恶毒言语，市井气息十足，与言语者怒火上撞而行凶杀人的叙事情节紧密贴合，同时也符合非正式语域的话语特征，凸显了轮廓鲜明的人物形象，为凶犯狠心杀害受害人铺垫叙事信息，也有利于激化叙事冲突，有利于推进小说叙事进程。

第四节　辅翼人物言语

高氏探案小说还塑造了乔泰、马荣、陶甘和洪亮等探案护卫助手形象，其人员构架脱胎于中国古典武侠小说《三侠五义》，各自职责也绝似展昭、公孙策、王朝和马汉。此四名得力助手身份除随侍之外，均主动参与探案推演、刑事侦破和临危救主等多元职责，而且此四人性格迥异，行事风格又各有不同，译者在翻译过程中又多次在其各自言语行为中增饰话语信息，以凸显人物个性，使之性格丰满。

洪亮原为狄府家仆，负责安排狄公衣食起居，处理府衙各类文案，同时还参与案件推理及凶案侦破，性格稳重，言辞谨慎古雅，与狄公最为忠诚，最为默契。洪亮之于狄公，如同华生之于福

---

① 罗伯特·梵·古利克.大唐狄仁杰断案传奇 下卷[M].陈来元，胡明，译.兰州：甘肃人民出版社，1986：608-609.

尔摩斯一般。他是狄公断案勘狱的主要见证人,其身份主要是辅佐狄公处理各类文案,完成对案件线索的梳理和整合工作,并时常在狄公案件推理过程中发问和倾听。因此,他的很多言语信息与读者所感紧密契合,而且在倾听狄公案件推理中频频发问也是经作者精心设计,以洪亮之口代为发问,继以狄公缜密的推理解释,进而在主仆二人一问一答间,作者完成对中国文化元素的诠释,进而实现读者与作者之间的交互关系。

例1.

《铜钟案》第六章中,狄公与洪亮商讨普慈寺淫僧案,因狄公谈到时值寺中势力位高权重可能对此案侦破带来很大阻力。闻听此言,狄公身旁的洪亮对此发表己见。

英语原文:

"'Does this mean, Your Honour,' Sergeant Hoong said indignantly, 'that we are completely powerless?'"[1]

在英文原句中,作者仅以一句"这是否意味着我们惩办淫僧束手无策呢?"作为洪亮的言语反应,这对于汉语读者而言不足以满足清官文化的审美期待,缺乏恶徒行凶却逍遥法外的愤懑情绪的表达。

陈译本:

"洪参军愤愤道:'如此说来,我们只能看着那帮秃驴为非作歹而不闻不问,任其逍遥了?常此姑息养奸,敢怒不敢言,一旦酿成巨祸,又为之奈何?'"[2]

但在译文中,译者将源语信息转换为两个反问句,问句的声调一改原文中平铺直叙的言语情绪,彰显了言语者的愤懑心绪,显示出洪亮刚正不阿的性格特征和严于执法的职业信条。除此之外,译文也充分显示出洪亮完成提问和倾听的人物职责,以言

---

① Robert Van Gulik. The Chinese Bell Murders[M]. Chicago: The University of Chicago Press, 1958: 49.
② 罗伯特·梵·古利克.狄公断狱大观 第二卷 [M].陈来元,胡明,译.太原:北岳文艺出版社,1986: 288.

语建构读者与叙事人物之间的交流桥梁。这两个反问句不仅是洪亮这一人物对案情勘破的质疑之声，更是读者阅至此处不禁发问的信息，译者巧妙将二者结合，使得人物言语信息和读者思想之间产生共鸣。

乔泰、马荣和陶甘跟随狄公之前，均落草山林，行侠仗义，结识狄公后为其宽宏仁慈而感动，随后紧随狄公左右，经历由江湖绿林列入官衙的蜕变过程。三人物已脱出单纯为官员"猫狗"的窠臼，在高罗佩笔下又具备生动复杂的性格，"他们与狄公、洪参军分头行动，多线并进，以更高效率推动着案情的侦破，他们能顺利深入市井街巷、娼楼妓馆与贼匪老巢，他们接触的那些生活在底层的人中，他们的双眼所捕捉到的城乡中阴暗、困顿、混乱的角落，也向我们展示了中国古代社会除去富裕和平、公正有序之外的另一面。"①

陶甘为最晚加入狄公探案团队的随从官员，却因身怀绝技、洞察明晰的角色个性成为整个探案推衍叙事中的关键人物，频为狄公献计献策，根据已掌握的线索并结合自身社会经验，展开合理推理分析。又因少时行走江湖，陶甘极善察言观色、潜行跟踪，他八面玲珑、语出诙谐。

例2.

英文原文：

"Without boasting," Tao Gan continued earnestly, "I can say that my knowledge of the tricks and ruses of the underworld is equaled by few in the Empire. I am thoroughly familiar with forging documents and seals, drawing up ambiguous contracts and false declarations, picking all kinds of ordinary and secret locks on doors, windows and strongboxes, while I am also an expert on hidden passages, secret trap doors and such-like contrivances. Moreover, I know what people are saying at a distance by

① 邓楚. 高罗佩《狄公案》系列小说研究 [D]. 苏州：苏州大学，2015：23.

watching their lips, I–" ①

在《湖滨案》第十二章中，因与人掷骰子赌博出老千，陶甘遭众人痛打，而与狄公萍水相逢，后又主动在狄公面前自荐才能，愿跟随狄公左右，言语中道出自身技能优势，且语带幽默。

陈译本：

陶甘见狄公等面有敬色，又吹嘘起来："在下尚有几般活计，非常人所能有：伪造官牍文笺，私刻印玺图书。包揽颠倒讼词，草拟模糊契约。作假证，李代桃僵，脱真赃，瞒天过海。其余煽风点火，偷渡陈仓，借尸还魂，金蝉脱壳，浑水摸鱼，树上开花，无一不能。我还是窥探隔墙密室，窨窖暗道的行家，手握一管'百事和合'的钥匙，但凡是锁都能打开。又通晓四方言语，禽兽喜怒。我老远见人眼睛闪眨，便能揣测他的意图行为，嘴唇动翕，便能揣测他讲出的话来……" ②

译者经深入揣摩陶甘个性特征，在此段自荐言语中又将"三十六计"中的多个计策掺杂其中，巧舌如簧、诙谐幽默，更令这一人物个性跃然纸上，摆脱过于"扁平化"的人物塑造窠臼，以言语表达叙写其性格特征，与其幽默诙谐举止相互吻合。

小结

高罗佩在《大唐狄公案》的创作中为读者呈现了中国古代社会丰富多彩的生活画卷和当时社会各个阶层人物的生活场景，而且其笔下塑造的人物也性格各异、形象突出，上至达官贵人、名门后裔，下至寒门学子、烟花倡优。

在对文学人物言语的文化回译过程中，译者的第一要务是对文学人物言语基本信息的系统把控，并缜密结合纯文本信息之外的人物性格命运、社会阶层、教育背景、时代环境等因素完成对其

① Robert Van Gulik. The Chinese Lake Murders[M].New York: Harper & Brothers Publisher, 1960: 87.
② 罗伯特·梵·古利克.狄公断狱大观 第二卷 [M].陈来元，胡明，译.太原：北岳文艺出版社，1986: 5.

交际言语信息的转译任务,避免字面直译源语文本中过于简短直白的言语信息。

其次,译者还应依照人物人际距离和经验距离定位并选择恰当的语域,以此体现文学人物的性格动态化特征,规避人物形象过于呆板化和程式化倾向,进而塑造应势而变、有血有肉的人物形象,充分展现多维度、复杂化的人性本质。

译者在文化回译中采用认知性补偿策略,"这意味着译者要通过对源语叙事的认知解读识别原作者搭建的叙事脉络和叙事含义,获得与源语读者相同或相近的认知叙事体验,之后再以译入语重构连贯的叙事,并帮助译入语读者完成对源语社会文化语境的认知结构,丰富或拓展其认知体验。"[1] 在高罗佩以异语创作形式撰写《大唐狄公案》系列小说过程中,充分考虑到小说中充斥着的大量异质文化元素对于西方读者而言是陌生的,而且由于西方受众客观存在的认知空缺往往会导致其对叙事文本解读的巨大障碍。鉴于此,高氏文本叙事过程中的大量中国文化元素,特别是人物言语信息,都用简单易懂的现代英语表达出来;但此类包含中国文化元素的源语信息对于浸淫于中国母体文化的汉语读者而言则过于简化,这也就赋予译者较为自由的发挥主观能动性的空间,对人物言语对话信息进行补饰和重建。而且,语域视角为在文化回译中对人物言语和性格塑造的过程提供重要理论依据,有助于译者在文化回译中全面考虑原作人物言语特征,清晰体察原作创作意图,以添饰增益信息传递原作人物言语的正确性和得当性。源语文本中人物言语信息的隐性连贯要求译者清晰定位源语隐含的文化信息和言语信息,进而结合言语者身份和话语场景等言外信息,对人物言语进行信息重组和补饰,以此保证译入语言语信息的连贯流畅和艺术品质。

---

[1] 杨志亭. 文学翻译中认知空缺的建构性补偿与再叙事评估 [J]. 西南政法大学学报,2015(05):98.

第五节　女性人物言语

在中国绵延数千年的男权社会中,女性的社会地位素来是附属和卑微的。而且在中国历代公案小说创作中,作者深受男尊女卑的封建思想的影响,造成了许多女性形象的塑造均是作为男性人物陪衬或铺垫安插于小说叙事之中,因此,历来女性形象本身缺乏女性本该具备的个性魅力。但高罗佩在《大唐狄公案》系列小说的叙写系统中十分重视对女性人物的塑造,因为女性角色恰恰为读者窥见叙事作品的社会文化背景提供了独特的叙事视角,其丰富的情感内心、优美的身姿、凄楚的命运往往更能激发读者受众的同情和怜悯,令小说情节更具有艺术感染力,使得文学作品起到很好的移情作用。高罗佩笔下塑造了大量能给读者留下深刻印象且性格各异的女性形象,并通过情节设置和人物塑造等艺术手法改变了中国传统小说中女性形象只能作为叙事的陪衬和附属的现状,使之成为西方读者了解并熟悉中国古代社会文化的重要视角。

鉴于《大唐狄公案》中数量较多、性格各异的女性人物群,译者在文化回译中也十分重视对这一小说人物群体的塑造,从人物形象描写、言语描写、动作描写等细节处都能忠实于原作,并在一定程度上通过含蓄优美的补饰信息使得译文超越原作内容,为汉语读者呈现出形象各异、人格各异的女性人物角色。

其中,在对女性人物言语的回译过程中,译者紧密契合女性人物的社会身份、叙事场景、文化修养等语域变量,使得言语部分的译文内容在符合原作本意的同时,也符合人物身份的言语特征,以辅助汉语读者把握原作中的女性人物形象。

例1.

《铜钟案》第六章中,出身富贵却家道中落的梁夫人在公堂上试图为陈年旧案伸冤,案情涉及其满门遭恶人毒手。

英文原文：

"'Ruthless crimes,' the old lady answered in a soft voice, 'are not erased by the passage of time.'"①

在英语原文中，作者以无情凶案，岁月难抹作为梁夫人对凶案的言辞描述。

陈译本：

"梁夫人瞪大了眼睛声音微弱地说：'岁月愈久远，仇痛愈益深切。二十年如一瞬，这一切正仿佛在眼前。'"②

而译者考虑到如此简洁的言语表达，难以充分表述老妪二十载为家人复仇伸冤的苦难历程，故而紧密结合小说叙事情节和言语者弱势卑微的社会地位，添饰"岁月愈久远，仇痛愈益深切"表明梁夫人急欲为家人伸冤昭雪的迫切心情，同时也展现其本人对凶案首犯的愤懑心情。除了用话语补译人物性格和情绪之外，译者还选取古雅言辞，形象地显示出梁夫人出身高贵门第的社会身份，令汉译本中的小说叙事和人物言语具备一定的可靠性。

例2.

短篇小说《跛足乞丐》(The Two Beggars)中，妓女梁文文向狄公陈述其与死者王文轩生前的社会来往情况。

英文原文：

"She screamed, 'Do you think I allowed that disgusting cripple ever to touch me here? It was bad enough to have to submit to his odious embraces before, when we were still in the capital?'"③

原文言语信息中仅说明梁文文因王文轩的身体缺陷不忍与之相拥，拒绝其爱慕之情，选用"disgusting"和"odious"形容言

---

① Robert Van Gulik. The Chinese Bell Murders[M]. Chicago: The University of Chicago Press, 1958: 49.
② 罗伯特·梵·古利克. 狄公断狱大观 第二卷 [M]. 陈来元，胡明，译. 太原：北岳文艺出版社, 1986: 289.
③ Robert Van Gulik. Judge Dee at Work[M]. Chicago: The University of Chicago Press, 1967: 109.

语者对死者的厌恶之情。

陈译本：

"梁文文尖声叫道：'这跛子丑八怪竟是我的情人？当年我在京师便唾骂过他，癞蛤蟆想吃天鹅肉，还是个瘸腿，呸！异想天开，白日做梦！'"①

而在译文中，此段言语不仅否认与死者的情人暧昧关系，而且在忠实于原文言语信息的基础上，译者又添饰了"癞蛤蟆想吃天鹅肉""异想天开，白日做梦"等符合其身处社会下层的妓女身份所特有的恶言秽语，进一步诠释梁文文对王文轩狠下毒手的作案动机，也通过言语间对话为本语族读者刻画这一尖酸刻薄、霸道蛮横的妇人形象。

例 3.

《御珠案》第十一章中，狄公乔装打扮成一位任姓长拳武师，探寻武师紫兰，趁切磋武艺之际狄公试图探问有关失盗御珠的去向。

英语原文：

"Me? I am afraid of nobody! Not even of the authorities...You didn't think you could fool a woman who has been rubbing shoulders with high officials for years. Did you now? I know one when I see him! Else I wouldn't have been blabbing to you as I did, would I? Mark my words, Magistrate, Tong we no good and Sia is no good. "②

陈译本：

紫兰不以为然："坏了法度老娘也不怕。我离开京师时，三太子赠我一纸免罪券书，即便我真的犯法，也只由后宫娘娘监管裁处，不受官府律法约束……任相公究竟官气太重，老娘本不想道

---

① 罗伯特·梵·古利克. 大唐狄仁杰断案传奇 下卷 [M]. 陈来元，胡明，译. 兰州：甘肃人民出版社，1986：622.

② Robert Van Gulik. The Emperor's Pearl[M].New York: Charles Scribner's Sons, 1963: 51.

破其中机关。你来打问董梅、夏光，何必隐瞒你刺史的身份？还一味拿花言巧语来愚弄老娘，套老娘言语。老娘装傻。姑且认了，也不想点破你。如今老爷也毋需再明查暗访，董梅、夏光两人都不是正经人物。"①

　　译者在转译此段言语对话时，分析紫兰身为角力大师，其性格爽朗直率，语言虽粗鄙，却善恶分明、嫉恶如仇，选取非正式性极强的代词"老娘"作为紫兰的自称，并添饰"还一味拿花言巧语来愚弄老娘，套老娘言语。老娘装傻"的语句，以塑造一位性情豪爽却内心缜密的女性形象，与后文狄公对紫兰的总评——"一不美貌，二不优雅，初望之令人三分生畏。但人虽粗鲁，却晓明大义，嫉恶如仇，不欺懦弱，专打抱不平，端的是个女中豪杰"②遥相呼应。在高罗佩笔下，女武师紫兰这一女性形象一反常态地颠覆其塑造的各类女性形象，其样貌与行止均彻底摆脱传统女性柔美的共性，而且紫兰作为蒙古族公主的真实身份也决定了这一人物不受汉族礼法的约束，译者对其言语信息的增饰更为充分地为读者塑造了言语干脆、敢作敢当的女侠豪杰形象。

小结

　　对《大唐狄公案》的文化回译，特别是在对系列小说所涉及的人物言语信息的回译过程中，翻译成为译者主体参与的动态过程，而且"翻译最终产品的译文文本就是译者在两种文化之间、原文作品和译入语读者之间反复'商洽'的结果"。③因此，在对此类异语创作中国主题的文学作品的回译过程中，译者须兼顾文本在语言内部、语言之间和语言外部的斡旋与权衡，从而实现翻译产品的合理性和可读性的最大化。尤其是在对小说中人物的

① 罗伯特·梵·古利克. 狄公断狱大观 第二卷 [M]. 陈来元，胡明，译. 太原：北岳文艺出版社，1986：439.
② 罗伯特·梵·古利克. 狄公断狱大观 第二卷 [M]. 陈来元，胡明，译. 太原：北岳文艺出版社，1986：449.
③ 苏章海. 语域理论视角下译者的"语言内"斡旋与抉择 [J]. 双语教育研究，2016（06）：38.

言语信息的回译过程中，译者首先需结合叙事情节脉络，并根据交际语境精准完成对源语信息内容的理解、权衡和取舍，在源语与译入语的斡旋中初步构建对信息的转换策略。而后，译者还需充分考虑言语者性格、言语语境、叙事情节等语言外部因素，进而完成对译文信息的修改、润色和添饰。通过结合语域理论，重点分析该系列小说中重点人物的语言回译信息，以辅助汉语读者精准把握叙事作品中人物的言语特色，并从言语间展现说话人的社会身份、教育背景和个性特征，较为形象地还原了人物形象及风貌，栩栩如生地刻画和再现了小说中的人物形象。

第七章 《大唐狄公案》文化回译过程中译者叙事身份分析

第一节 叙事学理论依据

当代文论家罗兰·巴特（Roland Barthes 1915—1980）在《叙事文的结构主义分析导论》（*Introduction 10 the Structural Analysis of Narrative*）一文中曾经这样说，"叙述是在人类开蒙、发明语言之后，才出现的一种超越历史、超越文化的古老现象。叙述的媒介并不局限于语言，可以是电影、绘画、雕塑、幻灯、哑剧等，也可以是上述各种媒介的混合。叙述的体式更是十分多样，或神话、或寓言、或史诗、或小说，甚至可以是教堂窗户玻璃上的彩绘，报章杂志里的新闻，乃至朋友之间的闲读。任何时代，任何地方，任何社会，都少不了叙述。它从远古时代就开始存在。古往今来，哪里有人，哪里就有叙述。"①

叙事学理论是一门包罗万象的学科，其研究对象涉及人类社会的诸多方面，是诸多学科和流派共同建构的学术产物。许多来自不同国家和不同研究领域（如文艺理论、语言研究、符号学、人类学、民俗学、心理学等学科）的学术精英均为叙事学的多元发展做出了贡献。叙事学理论是用来分析探究叙事文本内部结构和内在机制的科学，主要用于分析和"研究叙事文的三大方面：叙

---

① Barthes "Introduction to the Structural Analysis of Narrative"（《叙事文的结构主义分析导论》），见巴氏新 Image-Music Text《意象·音乐·文本》），Fontana, 1979: 79.

述方式（叙事文表达的形式）、叙事结构（叙事文内容的形式）、叙事学的阅读（叙事文形式与意义的关系）"。① 其研究目的在于为科学清晰地认识叙事文本内在规律提供理论参照。

在叙事学理论体系中，研究叙事文本表达形式就在于厘清叙事文本中的叙事方式和叙事技巧，分析叙事者采取何种叙事视角讲述故事，叙事者视角的定位决定了其对叙事信息的选择，阐释叙事方式的精妙组合与叙事文本艺术感染力的内在联系，探究叙事文本中叙事与人物语言的联系。

翻译行为关涉到来自两种不同认知背景的文化系统，而两种文化系统之间映射的社会文化原型难以完全实现对应，甚至出现难以填补的认知空缺。Herman 认为，"认知叙事学旨在为叙事结构及叙事阐述等相关理论建构一个认知基础，以弄清叙事生成与理解中起作用的语言符号和认知资源之间的关系。"② 叙事过程不仅关涉叙事文本中人物、物品、场景、对话之间的系统性联系，而且涉及读者受众如何有效地将以上叙事所涉及的内容联系起来，从而更好地理解文本中的叙事目的和叙事意义。"从本质上看，读者对文本的叙事解读依赖于认知心理过程而非文本本身，文本世界所呈现的叙事指涉物只是为读者的认知识解提供了脚本。只有将叙事指涉物纳入符合已知社会行为范式的特定配置，其才能被理解为叙事。"③ 因此，读者对叙事文本的认知绝非表面文字，而是文字背后所指涉的母题社会文化系统。读者对于文学作品的解读有赖于其自身积累的心智体系和社会经历，而且读者的认知框架决定了其对文学作品的理解程度和接受程度。

认知叙事学属于叙事学与认知科学的交叉学科，其研究重心在于认知在叙事中的功用，即叙事文本中用来指引读者受众叙事理解的认知提示，并令读者在大脑中完成对叙事故事的重构，从

---

① 胡亚敏 . 叙事学 [M]. 武汉：华中师范大学出版社，2004：14.
② David Herman. Narrative Theory and the Cognitive Sciences [M]. Stanford: CSLI Publications, 2003.
③ 杨志亭 . 文学翻译中认知空缺的建构性补偿与再叙事评估 [J]. 西南政法大学学报，2015（05）：98.

而推进读者采取特定的认知策略,关注读者如何通过文本提示来推断和理解这些心理活动,用以"探究人类构建叙事、理解叙事的共有认知模式,从而揭示读者对文本进行叙事的认知心理机制"。

"无论是从微观还是从宏观的角度审视,翻译都可以看作'再叙事'。译者作为叙事人,将源语文本的'故事'用另一种语言复述给译入语读者,从而完成再叙事。叙事的重构不仅体现在语言层面上,更表现为对原叙事的认知模式进行复制,这意味着译者要通过对源语叙事的认知解读识别原作者搭建的叙事脉络和叙事含义,获得与源语读者相同或相近的认知叙事体验,之后再以译入语重构连贯的叙事,并帮助译入语读者完成对源语社会文化语境的认知解构,丰富或拓展其认知体验。"

在对叙事作品的翻译过程中,翻译行为具备对源语文本"再叙事"和"再认知"的双重功用。而由于文化背景和认知视角的差异性,势必导致译入语受众对源语文本中异质文化的认知偏差或认知空缺,从而对其构建译本的叙事解读带来认知屏障。然而,文学叙事作品是映射其自身民族社会文化的最佳读本,故此,为确保译入语读者对源语文本的连贯式认知和解读,斡旋其中的译者则在此类文学翻译活动中所发挥的"再叙事"和"再认知"身份功能得以凸显。随着翻译活动与社会交际关系日渐紧密,翻译行为已然超越了传统的信息文化传播交流的功能,而逐步参与到社会现实的构建环节,故此,译者身份也随之而变,其主体性日渐明显,可以从文字换码中挣脱出来参与对叙事内容的二次叙事和再加工,进而参与到社会活动之中。从该层面来看,译者在通过语言符码转换完成信息交流的同时,也参与了译文文本的创作过程,其中也蕴含了译者倾向的主体思想。

但在文化回译过程中,译者存在于叙事作品原文和译文之间,由于作品原文的文化背景源自译语作品文化,两种文本相似的文化基因需要译者的"回译",但其难度在于,译者对叙事作品原文的"回译"过程往往由于原典难觅或经由原文作者的创作而难以保证"回译"译文的精准度。翻译实质在于源语读者和译入语读者均是各自对应叙事文本的认知主体,而且均参与到各自文本的认知识解之中,但更需注意的是,"异语写作+文化回译"类型的文学叙事作品的特殊性在于源语读者对于文本中异质于其自身文化的文化元素的认知与译入语读者对于文本中的母体文化元素的认知存在巨大而难以自我添补的认知空缺。此类认知差异的存在使得译者不但肩负源语文本基本信息的转译任务,而且要兼顾添补认知空缺的再叙事任务。在添补认知补偿过程中,译者斡旋于源语文本既有的认知框架与译语文本即时认知框架之间,充分考虑文本中母体文化的各个语义关系之间的连贯性和完整性,行使对源语文本叙事的语言解码和译入语文本的重新编码及认知补偿,其间关涉到的不仅仅是译者语言符号转换的知识框架,更为复杂的是激发译者自身对叙事文本中映射的母体文化的文化思考和文化反省。因此,在翻译东西方叙事作品过程中,译者应首先注意到的是东西文化各自相对独立的文化形态。中国古代文学叙事传统与西方古代地中海叙事传统存在较大差异。西方叙事文学最初源起于荷马史诗(epic),紧随其后的是"罗曼史"(romance),而后至18和19世纪才出现"长篇小说"(novel)。在许多西方的文学理论家看来,novel被视为一种新时代的特殊文化媒介(medium),用以表现启蒙时代以后的现代叙事智慧,而与古典的史诗遥相呼应。"而在中国古代叙事传统中,其主流乃是'三百篇—骚—赋—乐府—律诗—调曲—小说'的传统。前者重点在于叙事,而后者重点则在于抒情。可见中西文学的传统,在源头、流向和重心等方面都各异其趣。"①

　　中西叙事作品起源迥异,译者在面对类似《大唐狄公案》的叙事作品时,应当充分认识到,该小说叙事创作属于将汉族文化以英语形式展开的异语创作过程,作者将大量特定的社会文化信息嵌入文本叙事之中;而其汉译过程则是将异语创作的本族叙

① 浦安迪.中国叙事学[M].北京:北京大学出版社,1996:10.

事作品还原的"文化回译"过程。译者的"文化回译"所关切的是源语文本叙事中特有的隐含或省略的母体文化信息，而且精准预判译入语读者对叙事文本所牵涉的母体文化信息的认知程度，对隐含或删略的母体文化信息进行添饰和充盈，彰显母体文化的博大精深，这就已然超出英语原文理解转译范畴，而是在异语文本语境下对中国话本语言、文化背景和叙事手法等诸多元素的还原回溯。

异语创作的中国主题文学作品的独特性还在于异语写作的信息和母体文化主体的混杂性，且原作对于母体文化的不确定性、不统一性和不全面性增加了译者在文化回译过程中需要考量的变量，仅凭传统"忠实"、逐字转换的翻译理念已然难以充分满足汉语读者对于译文信息的阅读诉求和阅读期待。"十九世纪下半叶兴起的西方侦探小说的典型特征是一个疑案的被破解，而且故事经常以罪犯被逮捕而结束。中国古代公案小说自 16 世纪开始兴盛，如果不是更早，其典型特征是一个大冤案的昭雪。西方侦探小说是一个'凶手是谁(who-do-it)'的模式；罪犯的身份以及他犯罪的动机只在结尾处才被揭示出来。然而，中国的公案小说通常一开始就完整而详细地描述令人发指的暴行。通常一开始读者就知道罪犯的身份，只是该罪犯通过威胁或者贿赂相关的人而暂时逃脱了惩罚。罪犯可能是黑社会的头目，或者高管的亲戚，抑或兼具这两种身份。和尚和道士也经常扮演反面角色。这些恶人能够不断继续着他们的恶行或不受惩罚，直至出现了正直的审判者。这个廉洁的审判者通常是个新上任的地方官，或者巡访的监察官，他可能会是个非常聪明的人，但通常不一定要这样。如果罪犯的姓名还并不为人所熟知，那么光天化日之下出现在黑旋风中的鬼魂，或者梦中得解的谜团将会告知他罪犯的身份。有时候，拒绝腐烂的尸体也会呼喊正义。"①

该书选取风靡东西方世界的由荷兰汉学家高罗佩所著的《大

---

① ［荷兰］.伊维德.高罗佩与狄公案小说[J].长江学术，2014（04）：5-12.

唐狄公案》系列小说作为研究对象,系列小说以半写实、半虚构的叙事方式构建中国曾经的"大唐帝国",被视为西方读者熟悉古代中国的重要文本载体,也是国内读者重拾本国传统文化的全新媒介。20世纪70年代,赵毅衡先生在社科院档案中读到高氏狄仁杰故事,并由陈来元、胡明等翻译为具有宋元话本特色的《大唐狄公案》。该系列小说出版时,西方世界正处于对中国文化消极负面评价时期,而《大唐狄公案》在西方读者群的流传不仅完成了让普通读者了解中国古代文化的使命,而且还引领其重新对待传统中国,改变其多重误解和误读,一定程度上扭转了西方人眼中落后野蛮的国家负面形象。

因而,在文化回译的叙事过程中,译者与译文的关系是紧密不可分的,译者对于中国历史、中国社会、文化习俗、文化物事等信息的转译过程充分显现出译者的主体性身份。这种主体性身份决定了译者的翻译策略和叙事理念等因素势必涉及"回译"译文信息加以添饰、删节和再创造的二次叙事过程。在叙事文的表达形式方面,叙事者在对叙事材料信息的取舍、叙事建构过程及叙事言语语气的应用上都不同程度地作用于叙事情节的面貌和叙事色彩,这就是译者将原作中涉及的中国文化各类元素融入其主体性极强的叙事方式,并将上述文化元素进行创造重组和语篇重组。

在文化回译过程中,译者临界于源语和译语两套语言系统之间对源语叙事进行认知识解和信息加工,并辅助译入语读者受众完成对译入语文化解码的语类规约和认知经验的精确预判,以再叙事方式添补源语文本的认知空缺以及实现译语的连贯性和完整性,从而重建匹配基于译者与译入语读者对母体文化的共有文化资源和认知模式的译本叙事作品,这就是文化回译中译者再叙事的内在机理。译者将译作定位为通俗读物,因此,译者在翻译过程中采取较为自由的翻译手法,虽多以意译为主,但删略、改译甚至补译的译例也屡见不鲜。此种类似林纾时代的"豪杰译"的翻译处理手法,在当代翻译学术中虽有过失,却深受中国读者青睐。在源语叙事文本中隐含或省略的文化信息所造成的认知空缺映射在译入语读者大脑中可能是缺漏或浅显的母体文化信息，这势必会对译入语读者对源语文本的接受度和可读性造成影响。如果译者对此类母体文化信息不予以补偿和添饰，产生译入语读者对叙事理解的障碍和隔阂，就会使其难以实现有效的阅读体验和文化认知。

《大唐狄公案》从中国古代多元文化元素出发，译者必须参考中国古典公案小说的叙事体制和小说语言，还原曾经的"大唐盛世"，是对古代中国文化想象的延伸，可以较为客观地呈现中国社会历史文化原貌。

第二节　叙事空间补译

"叙事作品中，事件的进展和情节的铺设势必依附于一定的客观时间和空间叙事元素，而空间叙事元素为小说情节的发展提供了重要的叙事场景和客观载体，即叙事作品的情节脉络发展有赖于空间环境的创设。"[1]

叙事小说结构中的"叙事空间形式"是叙事作品中由叙事者营建的抽象空间和知觉空间，是读者在对叙事时间逻辑的把握之后而建立的叙事秩序。在叙事作品中，情节推进和情节铺设依赖于作者为之所设定的客观时间和空间叙事元素，而空间叙事元素为小说情节发展提供了重要的叙事场景和客观载体，即叙事作品的情节脉络发展和对事件发生场景的烘托则有赖于叙事空间环境的创设。空间叙事环节是深深植根于中国传统文学和传统文化土壤之中的，也是传递中国文化信息的重要文化载体。"每一部小说总会对特定的空间予以选择和布局，将某种文化内涵和美学意蕴，贯穿在独特的叙事机制中，将不同文化生成的五光十色

---

① 宇文刚. 浅谈《追风筝的人》中的空间叙事元素 [J]. 淮海工学院学报（人文社会科学版），2018（01）：46.

的空间经验,呈现在我们面前。"①

译者在文化回译过程中,通过大量补饰英语原文信息中所缺漏的空间叙事信息,是译者为译文读者营设身临其境空间效果而对高氏源本信息的创造性叛逆,勾勒出小说人物具体的行走路线和活动空间,旨在将译本放置于与源语文本有所差异的时空语境之中,使之在小说叙事空间背景设定、情节推进发展、人物形象塑造、主题意蕴烘托等方面均发挥着重要作用,从而实现读者与译文之间的认知和谐,引导汉语读者将译文时空信息与其心理想象的时空相互联系,即"译文读者在认知处理作者的信息意图和交际意图的过程中,译文话语在译文读者心理上产生的认知的一致性"。②

例1.

《铜钟案》第五章中,陶甘奉命打探普慈寺虚实,而译者则充分展开对佛寺道观叙事空间的想象,对原文信息中未有涉及的建筑空间信息进行补饰。

英语原文:

"Tao Gan passed two more courtyards, then saw the main hall of the temple directly in front of him."③

陈译本:

"山门内即天王殿。四大天王威风凛凛分列两庑,正龛内供弥勒佛,横匾曰"皆大欢喜"。出天王殿便见一个大院落,甬道两边石碑高耸,巨木垂荫,华果蕃滋,香风氤氲。甬道尽头便是观音大殿了。"④

英语原文仅以陶甘跨过两道院落而见庙宇正殿为对叙事空

---

① 赵嘉鸿. 论中西古典小说的空间叙事——以特定小说类型为视角[J]. 文艺争鸣（03）: 153.

② 李占喜. 以译文读者为中心的认知和谐原则[J]. 外语教学, 2012（01）: 102.

③ Robert Van Gulik. The Chinese Bell Murders[M]. Chicago: The University of Chicago Press, 1958: 41.

④ 罗伯特·梵·古利克. 狄公断狱大观 第二卷[M]. 陈来元, 胡明, 译. 太原: 北岳文艺出版社, 1986: 282-283.

间的造设,描述语言浅易、信息量少,其用意在于减轻对此类中国文化物事知之甚少的西方读者的阅读压力和理解障碍,以防过于密集的文化信息影响其阅读兴致。故此,仅是寥寥数句,点到为止;而对此类物事具备天然认知能力的汉语读者而言,这段空间描写的源语信息未免太过欠缺,不足以满足本族读者的阅读需求,故而在译文中补译寺庙中所设多重空间建构信息,译者对叙事空间的补译手法是在原文已有的中国特色空间场景基础上,补饰丰富的寺庙空间叙事元素,以此为汉语读者营造身临其境的叙事空间,极大地丰富了原作中的叙事气氛,符合本族读者的文化审视感受,同时也是中国古典小说的叙事习惯。

例 2.

《朝云观》(*The Haunted Monastery*)第二章中,狄公携家属夤夜来至朝云观庭院之内。

英语原文:

"They entered a large, walled-in front courtyard."[①]

陈译本:

"这时山雨渐小,狄公抬头见岗峦头上露出金碧闪烁的琉璃瓦屋脊。一曲红墙隐在苍松老桧之间。白玉石砌就的台座基上血红的观门已大开,黑压压许多道众,幢幡宝盖,点着灯笼火把,恭候在山门口。隐隐可听得金钟玉磬之声,山门上方匾额敕书"朝云观"三个斗大金字。"[②]

高氏原文仅平铺直叙介绍狄公进入朝云观的内部空间,而对于观内的空间描写却只字未提。译者在此处回译时,则充分发挥其主观能动性,补饰多处道观建筑群的常见特征,进而以细腻的笔触并借用狄公的观察视角勾勒出道观独有的空间描写,为汉语读者造设道观内独特的建筑形象和人文景观,足令译本读者身临

---

① Robert Van Gulik. The Haunted Monastery [M]. http://www.doc88.com/p-9993581204744.html: 9.

② 罗伯特·梵·古利克.狄公断狱大观 第二卷[M].陈来元,胡明,译.太原:北岳文艺出版社,1986: 135. .

其境,并充分展现出道观建筑的文化内涵,同时也为后文狄公勘验朝云观内凶杀案做了铺设。

例3.

《朝云观》第九章,孙天师引领狄公来至道观内的西厅。

英语原文:

"Master Sun walked with the judge through the side-corridor, and took him to the west hall of the temple." [1]

陈译本:

"孙天师引狄公进入三清大殿,四名青衣道童擎灯侍从。大殿内正中神厨里供着玉清元始天尊、上清灵宝天尊,太清太上老君的巨大塑像。三清神厨背后建一黑虎玄坛,供着赵公元帅。案坛上烛火高烧,奇香扑鼻。大殿西侧分坐二十八宿星君。三十三天帝子,其余四位功曹、灵官神将、六丁六甲、天罡地煞,不必细述。

他们由大殿东侧门进了四圣堂。四圣堂内供着真武帝君、太乙真君、南极老人、紫微大帝的神像,中央案坛上点着许多支法灯。" [2]

该译例中,译者补译大量叙事空间的信息,借机插叙译介了中国道家文化和道观神明的基本信息,清晰地预判出道教寺庙所供奉的各位神明称谓是异语创作中原作者难以突破的文化壁垒,而译者则充分利用其谙熟中国道教文化建筑文化底蕴的优势,最大程度地创造式地补充叙事空间,将道教寺庙空间文化自然嵌入译文叙事过程,细腻地描绘出道观寺庙内地理空间元素,并在译文空间叙事中重组和创造出远超高氏原文的空间图式,以精细笔触渲染其间的神秘色彩,凸显出其中独有的文化内涵,并营设出常人平生难以触及的幽谧空间,辅助译文读者不断激活和更新对自身母体文化的记忆。

---

[1] Robert Van Gulik. The Haunted Monastery [M]. http://www.doc88.com/p-9993581204744.html: 50.

[2] 罗伯特·梵·古利克. 狄公断狱大观 第二卷 [M]. 陈来元,胡明,译. 太原:北岳文艺出版社,1986:167.

在以上译例中,译者对中国古代宗教建筑空间进行空间信息补偿,营设出与俗世隔绝且相对封闭的空间场景,使其不仅成为主人公勘破凶案的叙事场所,更描绘出象征性极强的建筑符号,并与小说人物的探案体验相互交融,成为蕴含悬疑色彩又独具文化内涵的审美空间。

除以上宗教类建筑,中国庭院式的空间叙事手法融入了大量的花鸟鱼虫、亭台阁榭、楹联匾额等造园要素,展现出中华民族所特有的空间叙事机制和审美追求,并巧妙地将宇宙精神、人生感悟及宗法观念等人文信息寄寓其中,形成了中国古典小说审美风貌和叙事体制的重要元素。

例 4.

《黑狐狸》中,罗应元县令为狄公介绍其住所曾经的背景,也是盛情邀请狄公参与其组织的诗会。

英文原文:

"Now, as you know, the tribunal here, including my official residence, is a former princely summer palace; it used to belong to the notorious Ninth Prince, who planned to usurp the throne, twenty years ago. There are many separate courtyards, and nice gardens too." [1]

陈译本:

"狄年兄有所不知,我这金华街院当年曾是先皇九太子的王府,里面楼台亭馆、花园假山、水殿风榭、回廊曲沼甚是壮观,且多有明花奇葩、嘉羽瑞木环绕装饰,这是最能引动诗人雅兴的一个大好去处……" [2]

在高氏原文中,仅以 "nice gardens" 修饰宅邸的园林,而在译文中,译者则在译文中补饰园林中的楼台、回廊、假山、树木等建筑空间,为译文读者提供对中国式庭院空间图式的认知机会,

---

[1]　Robert Van Gulik. The Monkey and The Tiger[M]. New York: Charles Scribner's Sons, 1965: 4.
[2]　罗伯特·梵·古利克. 狄公断狱大观 第一卷 [M]. 陈来元, 胡明, 译. 太原: 北岳文艺出版社, 1986: 299.

激发其对该庭院建筑特色的文化记忆和认知增量，以丰富的庭院空间元素展现出庭院空间独有的美学效果，为后文的叙事情节发展创设诗意浓郁、古朴清雅的建筑空间。

除此之外，高氏创作的小说原本多处出现狄公办案、审案、居住的府衙空间介绍。由于"衙门是权力和等级制度的象征。府衙及其文化在中国历史中占据着重要的地位。这是因为，以府衙为代表的衙署是中国古代官吏办理公务的处所，象征着威权。它是与西方市政厅不同而独有的建筑类型，浓缩了中国古代帝制时代的文化特征，充分体现了传统礼制下中国封建社会的精神"。[①]

"空间是人类生存的基本形式，但它不仅指向生存的地理空间，而且因为本身具有的生命美学体验的特征而被生命主体感知。"[②]而在文学作品中对于空间信息的解读有赖于读者受众已有的对文本中的空间认知，鉴于作者与读者之间存在对作品中空间信息认知的差异性，因此，二者之间对于作品中的社会文化原型的认知存在偏差和空缺。特别是在以中国题材的英文小说为特征的《大唐狄公案》中，为了降低西方读者对小说中异质文化元素的认知难度，高罗佩在英语原文创作中将极具中国特色的建筑文化空间平铺直叙地呈现出来，而这一部分信息对于汉语读者而言则会导致相关建筑空间信息的缺失，无法满足读者对译语文本的审美需求。由此可见，译者在文化回译过程中则努力对此类建筑空间的信息进行自行修复和弥补，并赢得充分认知补偿的自由度和话语权，对译文中的空间描绘超越高氏原文信息并填充信息缺漏和隐性连贯，以补偿对佛寺道观、庭院府衙等建筑空间细节的勾勒描绘，为汉译本创造式地营设出小说中奇异诡谲的空间氛围，从而实现汉语读者将译本叙事中的建筑空间与其自身对相关空间的已知认知信息的高度匹配，确保译文信息与读者认知的和谐一致性关系，让读者在阅读译本的过程中产生身临其境之感，

---

① 康冀楠. 名扬天下的府衙文化 [N]. 开封日报，2016-5-5. 第 004 版：1.
② 周瑶. 简·奥斯汀小说中庄园的空间描写及其内涵 [J]. 广东开放大学学报，2017（04）：77.

并保证译本叙事信息的前后连贯和审美特质。

译者有效地借助高罗佩公案小说,视其译文信息为中国建筑空间文化的承载点,在营设译本空间氛围的同时,又将与中国本土文化息息相关的中国式建筑空间回溯至汉语读者面前。汉语读者受众通过对《大唐狄公案》汉译本的阅读体验获取多重层次的文化审美之旅,深刻感受小说叙事过程中破解疑案缉拿真凶的审美快感,以及对包含中国特色建筑空间营设在内的中国古代文化书写的审美体验。并且,由于中国古代建筑文化均凝聚着中国古代传统文化的精髓,因此,汉语读者能从小说汉译本中体会到丰厚的中国文化底蕴,在阅读中完成对自身母体文化的文化回溯和文化反思。

第三节　叙事情节改写

认知叙事学探究的核心在于分析读者受众理解叙事文本的认知过程,探索叙事作品中叙事结构和叙事技巧对读者理解文本产生影响的具体路径。而翻译过程,特别是文化回译,已然不是传统而言的语言转译的简单过程,其间还融入了读者接受、意识形态、诗学形态、赞助人、受众市场等多元因素,因此翻译过程成为一个复杂的认知过程。

《大唐狄公案》汉译本在中国内销并广受读者欢迎,与其叙事作品顺应当时中国社会的意识形态、诗学模式、审美期待是分不开的。这也是译者在该系列小说文化回译过程中进行改写情节的主要目标之一,而绝非出自译者自身臆想任意对其改写,是出于对译入语的全盘考虑,即将翻译过程置于一个宏观的历史文化语境之中,充分发挥译者主体性并充分考虑汉语读者接受程度和审美需求,以确保译文向中国文化母题靠拢的主体方向不变。从这一角度看,"翻译不是在真空中进行的语言转换行为,而是译者对原作在文化层面上进行的改写,翻译的改写是为特定的意识形态和诗学服务的。"① 为了顺应译语社会文化环境、主流意识形态和诗学模式，译者在译本字里行间留下加工和调整原作信息的诸多创造式叛逆的痕迹，这也是译者对原作信息动态忠实的行为表现，在斡旋于翻译交际行为中寻求平衡和和谐。

一、改写对话

文学作品中的人物间对话，是作者刻画人物形象的重要媒介。通过人物言语交流和关键词句的传递，可令读者瞬间捕捉人物心理活动和个性特征。同时，人物间的言语对话也可交代叙事情节内容，甚至推进小说情节进程。因此，在文学作品中人物对话的翻译过程中，译者应依照小说人物的社会身份、性格特征、心理状态等灵活处理，以还原其人物性格在源语文本的"声音"特点，并在译本中体现出人物性格各殊，而人物言语各异。另外，"作为跨文化交际重要手段的翻译，是一个涉及原文作者—译者—译语读者的三方互动过程，原文作者与译者构成第一轮交际双方，译者与译语读者构成第二轮交际双方，原文作者的认知环境和译者的认知环境之间必然存在着质的差异，因此译者与原作者之间不能达到完全的默契。而译者与译语读者尽管同享一个文化图式，其认知心理状态、认知能力也同样不可能完全相同。这样，任何一个交际双方对话语的阐释结果也必然不尽相同。"②

例 1.

在《玉珠串》中，狄公随同翊卫中郎将康文秀和宫掖总管文东一同审理魏成妻子失踪案。

英语原文：

"Judge Dee interrupted. He addressed Wei harshly : 'You are a miser, Wei. In itself that is not a crime. But it may lead

---

① 吕玉勇，李民. 论英文电影字幕翻译的娱乐化改写：以《黑衣人 3》和《马达加斯加 3》的字幕翻译为例 [J]. 中国翻译，2013（03）：105.

② 蒙兴灿. 论英汉互译过程中的改写特质 [J]. 外语与外语教学，2007（03）：61-62.

to a crime. In your case, it led to a heinous murder. You can't bear to part with your money, Wei, nor could you bear to part with your wife. You didn't love her, but she was your property, and you were not going to let others take your property away from you. You thought that your cashier Tai Min was making eyes at her. He pointed at the lattice screen. Sitting there at your desk, Wei, you kept a close watch on your wife and your cashier, and you eavesdropped on their talks, here by the counter. When you discovered that Tai Min had marked a route on the map kept in the drawer there, you concluded that he was planning to elope with your wife. I think your conclusion was wrong, but I can't prove that, for the cashier is dead. And so is your wife. For two weeks ago you murdered her." [1]

陈译本：

"狄公不改声色：'魏成，本官再问你，你可知道黄氏随何人私奔？'

魏成略一踟蹰，答道：'小民头里疑心贱妻的奸夫即是店中的账房戴宁，他在一本地图上勾画有与这淫妇出逃的路线。想来是两个密约，贱妻先行一步，谁知都遇了强人，一个被掳，一个被杀，至今一无信息。'

狄公又问：'一个被掳的掳到了哪里？一个被杀的因何而杀？'

魏成答曰：'说是被掳，其实强人倒是与贱妻先认识，戴宁如今又死了，故而小民认定与贱卖奔逃的奸夫应是那强人。他两人先做了圈套，单害了戴宁的性命，自去快活了，小民哪里知道这贱妇人的去处。'" [2]

英文原文中是由狄公一人对案情进展和推理进行陈述，简要介绍魏成妻子失踪和魏成杀妻作案过程。此处更接近于侦探小

① Robert Van Gulik. Necklace and Calabash[M]. New York: Charles Scribner's Sons, 1967: 70.
② 罗伯特·梵·古利克. 狄公断狱大观 第一卷 [M]. 陈来元，胡明，译. 太原：北岳文艺出版社，1986: 283.

说中主人公对案件的推理独白,这也恰好符合西方读者的阅读期待。而此段言语信息若置于中国公案小说的叙事序列之中,则缺乏公堂之上断案法官与堂前凶犯的交流互动,导致与汉语读者的认知知识相背离。因此在文化回译过程中,译者采取中国公案小说叙事中的公堂审案的固有言语模式,将英语原文的信息分散至狄公发问和凶犯魏成招供之中,将原文的人物独白改为人物"轮言",在法官与凶犯的一问一答间将高氏原文中原本狄公独白的内容传递给汉语读者,增强了审案人物间的言语互动信息,并较为真实地还原了公堂审案的言语场景。这样不仅忠实原文叙事信息,完成对案情推理的叙事任务,而且还巧妙采用官民对话的审案语言,还原审案的叙事场景,也为后文揭露魏成作案细节提供了叙事铺垫。

例 2.

《雨师秘踪》中,狄公来至凶案证人黄莺儿的住处勘探案情,因对方既聋又哑,二人只能以手指蘸水写字进行交流。

英语原文:

"She again shook her head. With an expression of disgust she drew circles round the words 'old man' and added: 'Too much blood. Good rain spirit won't come any more. No silver for Wang's boat any more.' Tears came trickling down her grubby cheeks as she wrote with a shaking hand: 'Good rain spirit always sleep with me.' She pointed at the plank-bed."[1]

陈译本:

"她脸上闪过鄙夷的神色,用唾水将'彼老翁'三字画了个圈,写道:'满身是血,化变为人。'又写:'雨师赠我金银'……雨师禁不住泪如雨下,呜呜抽噎。"[2]

在高氏原文中,当狄公问道何人杀害受害人时,哑女黄莺儿

① Robert Van Gulik. Judge Dee at Work[M]. .Chicago: The University of Chicago Press, 1967: 58.
② 罗伯特·梵·古利克.大唐狄仁杰断案传奇 下卷 [M].陈来元,胡明,译.兰州:甘肃人民出版社,1986: 598.

写道"流血太多,好雨师再没来过……好雨师还时常和我睡觉。(Too much blood... Good rain spirit always sleep with me)"。但在译文中,译者将此段哑女书写的信息进行重新创作,将"好雨师还时常和我睡觉"修改为"雨师赠我金银"。结合译者翻译《大唐狄公案》的时代背景,20 世纪 90 年代,此类在西方文学较为常见的情色内容不仅是一种文化禁忌,也是一种政治禁忌。"情色描写极有可能被打上资产阶级腐朽思想的标记,进而成为被打击的对象,很难有机会得以出版与读者见面。"[①] 为避免本族读者对原文信息产生误解或曲解,译者淡化原文中过于直接的色情描写,改换成读者较易接受的叙事信息,并灵活变通地化高氏原本中的不雅为雅,从而保证汉语读者对译作的接受度。

为了迎合译者自身所处历史时期的主导思想意识和诗学模式,译者在文化回译过程中审慎处理各类原作中与自身文化思想、意识形态以及诗学范式相背离的情节信息,并在翻译过程中出于文化自觉而对原文本信息内容进行一定程度的改写和加工,其中"包括原文理解和译文产出,译者顺应原语和译入语语境的变化,不断进行选择与顺应。翻译过程是双语间转换中多层次的选择过程,它更为复杂,不仅具备单语交际选择的一切特点,而且还呈现出翻译活动自身的选择特性,具有跨学科性"。[②] 在这种回译过程中,译者将文本之外的控制因素内化于译本信息的选择决策之中,这种对于文本信息的选择权,也是译者主动参与翻译行为、顺应文本动态语境的重要表现之一,从而使译入语信息符合汉语读者的阅读期待和诗学范式,确保译文在读者受众中具备较好的可读性和亲和力。

---

① 黄海燕.《大唐狄公案》译本的情节改写研究 [J]. 哈尔滨学院学报,2016(07):97.
② 宋志平,徐珺. 选择顺应理论视角下的翻译错误非二元对立性分析[J]. 外语研究,2009(06):74.

二、改写情节

在对高罗佩以异语创作的中国题材英文文学作品文化回译过程中,译者能清晰把控小说母体文化,并依照译者自身的认知能力对原作的叙事信息进行合理化取舍与重组,进而原作者在某些叙事信息的创作权威得以弱化,而译者则拥有了对叙事细节信息的自由裁量权和话语权,这是对此类文学作品语言转换层面的一种超越和突破。通过发挥自身主观能动性,译者能够顾及译文受众的审美范式、意识形态、接受程度等诸多方面。"事实上,翻译改写过程中,主流诗学对译者的控制作用主要体现在译者对译入语的选择性使用上。由于译入语具有选择性、变异性和协商性,为译者提供了一系列可选择的语言资源,在主流诗学规范的影响下,译者形成了自己的诗学判断,并由此选择自己认为合理的表达方式,以顺应(或不顺应)主流诗学语境。"① 故此,译者可以精准洞察原作中已有叙事信息的瑕疵与不足,在保证与原作信息动态对等的前提下,完成对原作信息的信息微调和重组。

例 3.

《紫光寺》第十章,狄公来至案发现场,对死者沈三尸体背部所遗刺纹展开推理分析,并从刺纹细节处入手,进而探知与死者生前的关联信息。

英语原文:

Below the tiger mask he had a pair of mandarin ducks tattooed, the symbol of constancy in love. Under the one he put his own name, under the other... that's the profile of the deserted temple! Pity that the skin is torn by a brick. But I can still make out the four characters tattooed underneath: "much gold and much happiness."②

---

① 徐珺,肖海燕.《论语》英译的改写与顺应研究[J]. 外语学刊, 2018(04): 100.
② Robert Van Gulik. The Phantom of the Temple[M].New York: Charles Scribner's Sons, 1966: 47-48.

陈译本：

"狄公惊道：'这尾尻上原绣有一尊佛，绣佛的皮儿被撕烂，看不真切。但佛两边的字迹清楚可认，一边是'紫光高照'，一边是'黄金缠腰'。'"①

原文中刺纹图案中包括一对象征永恒爱情的鸳鸯图案，另一幅图案则是一座废弃寺庙，旁边一行文字为"多金多福"。但在译文中译者则将原文关于"鸳鸯"的文身图案创造式地演化为"一尊佛"，并添加"紫光高照"的信息，与小说名称及小说叙事中的佛寺意象相互呼应，有机地将凶案受害者与佛寺文身串联起来，烘托出较之原文更为悬疑诡秘的叙事气氛，以此呈现案情侦破思路和凶犯作案动机。

例4.

《湖滨案》第九章，韩咏南向狄公报案，并言明自身对绑匪绑架一案的看法和见解，并向狄公透露杀害杏花的黑恶势力——the White Lotus。

英语原文：

"'I am most grateful that Your Honor came! I was kidnaped tonight, Your Honor!' He cast an anxious look at the door and the window, then added in a low voice: 'By the White Lotus!'

The judge gave his host a hard and wary look. The White Lotus had been a nationwide conspiracy to overthrow the Imperial House. The movement had been led by some discontented high officials who claimed that Heaven had granted them supernatural powers, and had given them to understand by certain portents that the Mandate of the Imperial House was about to be withdrawn, and that they should found a new dynasty."②

---

① 罗伯特·梵·古利克. 狄公断狱大观 第三卷[M]. 陈来元，胡明，译. 太原：北岳文艺出版社，1986：274.
② Robert Van Gulik. The Chinese Lake Murders[M].New York: Harper & Brothers Publisher, 1960：69.

陈译本：

"'狄老爷,小民今日遭歹人劫持,那帮匪徒自称是黑龙会。'

'黑龙会?' 狄公诧异。——黑龙会孽党高祖皇帝时不是便 敉平了么,那黑龙会成员大多是刘黑闼余孽亲兵。武德癸未二月, 刘黑闼伏诛,便有个部下偏将出来,伪造推背图,自称黑龙出世, 欲为刘黑闼复仇,组织黑龙会,啸聚了几千人马,竟想替代大唐运 祚。"①

在高氏原文中,作者选用"白莲"(White Lotus)一词作为小 说叙事中秘密结社的教名,但译者结合中国历史秘密结社——白 莲教的历史背景之后,发觉该教名很容易令汉语读者产生误解, 使读者将此民间社群组织与活跃于元明清三朝的"白莲教"混为 一谈。由于在历史上,白莲教起源于宋朝时期,当时该教还是佛 教中的一支,并不算起眼。在宋代的时候,民间结社念佛的做法 十分普遍,并不稀奇。他们在教徒中,宣扬的也是"劝人为善"的 理念。而这一背景信息显然与高氏小说的创作时期——唐朝相 背离,故此,译者将社群教名创造式地改为"黑龙会",以保持译本 所选教名与源语文本信息一样营造出神秘难测的气氛效果。并 在文后补饰刘黑闼伏诛后,其部下偏将举事为其复仇的背景信 息,更加增强了译本信息的连贯性和可读性。

另外,无论中国古代公案小说还是西方侦探小说,"设置密 码—解读密码"均是两类小说营设诡谲叙事气氛的重要叙事元 素,而从"设谜"到"解谜",作者将叙事悬念隐藏于字里行间,以 小说中的有序性叙事引发包括译者在内的读者无序的认知解读, 其翻译重点已然超越常规"译语文本"——"译入语文本"的线 性叙事模式,而是文本与符码之间相互转换的非线性叙事模式。

自从人类社会出现翻译行为,人们就开始了对翻译标准的争 论,并素来将"忠实于原文"视为衡量翻译行为的金条律令和绝 对标准。然而,自 20 世纪 70 年代俄国形式主义理论传播以来,

---

① 罗伯特·梵·古利克.狄公断狱大观 第二卷[M].陈来元,胡明,译.太原:北 岳文艺出版社,1986:57-58.

翻译学界逐步打破传统研究中仅关注原语与译入语内部联系的窠臼，并开始将研究触角伸向翻译行为的外部环境，"即社会历史因素对翻译的影响，继而提出反对原文的主导地位，认为原文和译文地位平等，翻译应该是双向的。从此，翻译标准也发生了转向，原文的权威逐渐被倾覆，作者不再是绝对的主体，读者主体论开始出现，忠实原文变成了忠实读者反应。"①另外，"信息本身分为'指示性的'（denotative）与'意味性的'（connotative）两种。按照罗兰·巴特（Roland Barthes）的说法，指示性的信息，作为代码的语言和其转达的意思是直接联系的，故'没有必要去寻找''其他的含义'。然而，意味性的信息则相反，它包含了一个表象的层面和一个内容的层面……提到了解码的程序步骤。意味性的信息至少含有两层以上的意义。除了解码时需加注意，不可忽略，再构码时更要小心，以确保不遗漏，或尽量减少遗漏信息所具有的其他层面的意义。"②文本信息的复杂性也在一定程度上要求文化回译中译者临界于两种文化之间的行为主体身份，并从多层级含义的叙事信息中依照自身认知对其进行解读、解码和改写，进而完成对译本的调整与妥协。

《大唐狄公案》异语写作的独特创作形式和文化回译的特殊翻译行为导致了译者在对母体文化进行文化回溯和文化反哺过程中必须全盘考虑多元外在因素，如原文文化信息的准确度、译入语读者对译本的接受效果、译入语母体文化与源语文本文化的信息冲突等，随之译者开始在诸多因素形成的合力下完成文化回译行为，在相对忠实于原文叙事主体信息的同时，也是对源语文化信息的微调和矫正，以及对译语文化信息的补饰和播扬。

在《大唐狄公案》的文化回译中，译者所凸显出的对高氏原作叙事信息的合理化改写和增删，实际上是用以填补和矫正源语

---

① 薛海滨."忠"还是"不忠"：翻译与改写的家族相似性[J].上海理工大学学报（社会科学版），2012（02）：109.
② 谢天振.翻译的理论建构与文化透视[M].上海：上海外语教育出版社，2000：58.

文本与译语文本文化鸿沟与误解的独特回译手法,从而有效地在译文中填充原文中缺失的话语空间,使得译文读起来富含中国文化信息,让译本在汉语读者群中取得更好的接受效果。并从叙事信息的细微调整和重组中映射了原作作者与译者之间跨文化交流和文化信息交汇的过程,向汉语读者呈现出原汁原味的中国文化。译者文化身份的彰显,突出了译者在人物话语信息的叙事话语权,是译者发挥主体性对原文叙事内容的创造式解读和重构,并在不影响小说主旨情节的前提下实现了原文话语信息与译文话语信息的动态忠实,在一定程度上也促使汉语读者完成对本民族的文化回溯和文化反省。

"故事空间是小说人物生存、行动及各类事件发生并互相作用的人文化场所,是空间叙事的基础和元素,空间叙事则是在特定艺术目的和审美情趣的导向中,对故事空间进行的叙事化表现。"①

针对在英语原文中对空间叙事介绍的欠缺信息,译者抛弃将叙述空间视为无关紧要的物理背景的传统空间观念,意识到不同文化系统之间存在截然不同的空间叙事机制和叙事风貌,并充分认识到叙事空间在整个叙事环节中的重要地位,而将其视为某种动态的情节设置手段和烘托叙事题旨的重要文本手段,并通过添饰大量空间叙事信息使得译文中关涉空间的信息变得丰满而生动。这是建立在译者对译入语读者对原本信息认知框架的精确预判基础之上的有效信息添饰和认知补偿,从而确保译本读者对译文叙事内容连贯完整的阅读效果。充实丰裕的空间叙事信息使得空间信息与文本情节之间的关系变得更为紧密,改变了译文的空间叙事机制和审美风貌,也有效地提升了文本的艺术表现力。

在《大唐狄公案》的文化回译过程中,"译者叙事话语权一定程度上将译文信息有效融入汉语语言系统,并通过信息补饰、情节改写、添加叙事手法等多元叙事手法,营设符合汉语本土语言

---

① 赵嘉鸿. 论中西古典小说的空间叙事——以特定小说类型为视角 [J]. 文艺争鸣,(03):153.

文化的叙事效果,搭建与汉语读者对公案小说的叙事认知框架,并为汉语读者重新构建叙事原文的文学空间,从而令汉语读者对《大唐狄公案》汉译本备感亲切。"①

"译者话语权建构是一个综合而系统的过程,对其评价需要全面客观,既要审视译者的翻译目的与读者定位,又要考察其译介策略及其与诸翻译中介的互动过程,评价其译本的接受情况。"② 译者充分观照译入语读者的主体意识形态和诗学范式,参与到对原作叙事情节和具体情节的语篇重构过程之中,以便使得译文信息为读者受众和文化形态所接受。

译者在文化回译路径中,首先面临的是高氏以异语创作形式构建的中国文化镜像与译者对自身母体文化的认知镜像之间的冲突与交融;其次则是译者在斡旋于对中国文化两种镜像的冲撞与交融中,试图寻求用适当改写或增删的翻译手法求取二者之间的平衡;最终则是译者充分发挥自身译创主体性,实现对高氏原作信息的文化调试和对母体文化的文化自觉,而恰好也是在文化调试过程中彰显出译者的叙事身份,完成将译语文化自然而合理地糅合至译文之中,使得汉语读者阅读《大唐狄公案》汉译本如同鉴赏本土公案小说一样。

在译者翻译过程中,文化回译的翻译手法给予译者较大的活动空间。在叙事视角方面,译者对叙事角度的变化只是表面现象,其内在机理在于小说叙事意趣功能和阅读方式的变换,即由无所不知的全知叙事视角向有所不知的限知视角的转换,表明译者有意将叙事者与读者放置于平等的叙事序列中,使得叙事者洞见全局的无上权力演变为仅见小局的悬念设置,有意使读者积极参与叙事过程,丰富其阅读体验。

在文化回译的译场中,包含了译者主体因素的变量与文本背

---

① 宇文刚,张添羽.译者叙事话语权在无本回译中的镜像分析——以《湖滨案》汉译本为例 [J].景德镇学院学报,2019(02):31.
② 刘立胜.《墨子》复译与译者话语权建构策略比较研究 [J].浙江外国语学院学报,2017(01):80.

景变量。其中文本背景知识涵盖了源文本中所涉及的母题文化百科知识、母题文化的叙事体制、人物会话规则等诸多信息，而对此类背景信息的回译深度又取决于回译译者主体自身的文化修养与文学造诣，故此，不同的回译译者势必导致对源语文本的不同解读，以及对文化回译场挖掘深度的差异性。这就要求回译译者主体不但须具备纯熟的双语转换知识，更须掌握丰富广博的双语文化背景知识，进而充分发挥其自身主体性，顺利完成英汉文化的合理调适，生产出既能还原源本信息又能兼顾译语读者对译本母体文化回溯的特殊社会功能。正如孙艺风指出的，"根植于原文中固有的陌生表达方式，经过译者与原文持续角力，衍生为新的表达方式。也可以说，违反目标语语言规范，同样能够显著提升译文的语言吸引力。"[①]

---

① 孙艺风. 翻译研究与世界文学[J]. 中国翻译，2019（01）：17.

参考文献

1. Baker, M. & G.Saldanha. Routledge Encyclopidia of Translation Studies [M].London: Tayler & Francis,2009.

2. David Herman. Narrative Theory and the Cognitive Sciences[M].Stanford: CSLI Publications, 2003.

3. Henry Kissinger. On China[M].Penguin Press,2011.

4. Mark Shuttleworth Moha Cowie:《翻译研究词典》谭载喜主译.北京:外语教学与研究出版社,2005.

5. Robert Van Gulik. The Lacquer Screen[M].Chicago: The University of Chicago Press, 1962.

6. Robert Van Gulik. The Emperor's Pearl[M].New York: Charles Scribner's Sons, 1963.

7. Robert Van Gulik. The Chinese Nail Murders[M].New York: Happer & Row, Publisher, 1961.

8. Robert Van Gulik. The Willow Pattern[M].New York: Charles Scribner's Sons, 1965.

9. Robert Van Gulik. The Phantom of the Temple[M].New York: Charles Scribner's Sons, 1966.

10. Robert Van Gulik. The Chinese Lake Murders[M].New York: Harper & Brothers Publisher, 1960.

11. Robert Van Gulik. The Chinese Bell Murders[M]. Chicago: The University of Chicago Press, 1958.

12. Robert Van Gulik. The Chinese Maze Murders[M]. Chicago: The University of Chicago Press,1997.

13. Robert Van Gulik. The Monkey and The Tiger[M].New

York：Charles Scribner's Sons，1965.

14. Robert Van Gulik. Necklace and Calabash[M].New York：Charles Scribner's Sons，1967.

15. Robert Van Gulik. Judge Dee at Work[M].Chicago：The University of Chicago Press，1967.

16. Robert Van Gulik. Poets and Murder [M].New York：Charles Scribner's Sons，1968.

17. Robert Van Gulik. The Haunted Monastery [EB/OL]. http：//www.doc88.com/p-9993581204744.html.

18. Robert Van Gulik. The Chinese Gold Murders [M].New York：Harper & Brothers Publisher，1959.

19. Donald F. Lach：Introduction, in Robert van Gulik：The Chinese Gold Murder[M]. Chicago and London：The University of Chicago Press，1977.

20. 班柏 . 典籍英译与中国文化"走出去"——汪榕培教授访谈录 [J]. 山东外语教学，2018（06）：3–10.

21. 贝克 . 戏剧技巧 [M]. 余上沅，译 . 上海：上海戏剧学院戏剧研究室编印，1961.

22. 蔡中民，选注 . 围棋文化诗词选 [M]. 成都：蜀蓉棋艺出版社，1989.

23. 蔡邕《太尉汝南李公碑》https：//baike.so.com/doc/6962171-7184682.html.

24. 曹雪芹 . 红楼梦 第 1 卷 [M].[英] 大卫·霍克斯，译 . 上海：上海外语教育出版社，2014.

25. 辞海 艺术分册 [M] 上海：上海辞书出版社，1981.

26. [荷兰]C.D. 巴克曼 H. 德弗里斯 . 大汉学家高罗佩传 [M]. 施辉业，译 . 海口：海南出版社，2011.

27. 陈俊英、蒋见元，今译；汪榕培，英译 . 诗经 1. 汉英对照 [M]. 长沙：湖南人民出版社，2008.

28. 陈来元 . 高罗佩及其《大唐狄公案》[J]. 中外文化交流，

2006（03）：54.

29. 陈来元. 高罗佩和他的《狄仁杰断案传奇》[J]. 世界博览，1992（03）：36-37.

30. 陈来元. 我译《大唐狄公案》的酸甜苦辣 [J]. 中国翻译，2012（02）：82-85.

31. 陈来元.《狄公案》与荷兰奇人高罗佩 [J]. 世界知识，2004（18）：62-64.

32. 陈莉. 跨文化语境下的高罗佩《琴道》研究 [J]. 南京艺术学院学报（音乐与表演），2018（04）：35-39.

32. 陈墨. 金庸小说与中国文化 [M]. 南昌：百花洲文艺出版社，1999.

33. 陈书良. 楹联之美 [M]. 北京：作家出版社，2016.

34. 陈月红. 欧美主动译介对中国文化"走出去"的启示 [N]. 文汇读书周报，2017-9-11.

35. 陈志杰，潘华凌. 回译——文化全球化与本土化的交汇处 [M]. 上海翻译，2018（03）：55-59.

36. 程蔷. 葫芦文化和中国人的宇宙意识 [A]；葫芦与象征——中国民俗文化国际学术研讨会论文集 [C]，1996.

37. [德] 英戈·鲍姆加滕. 一个西方艺术家的视角看中国书法 [J]. 张海鹰，译. 中国书法，2018（06）：136-141.

38. 邓楚. 高罗佩《狄公案》系列小说研究 [D]. 苏州大学，2015.

39. 丁宇，岚高. 比中国文人更具有中国文人气息 [J]. 解放网——新闻晚报，http://news.hexun.com/2013-05-11/154013162.html.2013-05-11.

40. 段峰，马文顺. 纳博科夫与文学自译 [J]. 俄罗斯文艺，2016（03）：76-82.

41. 范晔. 高罗佩小说主题物的汉文化渊源 [J]. 文学评论，2011（06）：202-208.

42. 方媛. 高罗佩笔下的唐朝社会生活——从《大唐狄公案》

说起 [D]. 西安音乐学院,2018.

43. 冯智强 . "译可译,非常译" ——跨文化传播视阈下林语堂编译活动的当代价值研究 [J]. 外语教学理论与实践,2012（03）：30-35.

44. 高阿申 . 再探中国瓷质香炉的文化意义 [J]. 收藏家,2010（11）：53-59.

45. 郭梦颖 . 东方情调与西式奏法交织的瑰丽乐章——高罗佩的《大唐狄公案》对中国公案小说的创造性继承 [J]. 名作欣赏,2014（02）：88-91.

46. 郭昭第 . 中国叙事美学论要 [M]. 第一版 . 北京：人民出版社,2016.

47. 贺显斌 . 回译的类型、特点与运用方法 [J]. 中国科技翻译,2002（04）：45-47.

48. 黄海燕 .《大唐狄公案》译本的情节改写研究 [J]. 哈尔滨学院学报,2015（09）：95-100.

49. 贾洪涛 . 典籍回译研究之理性思考 [J]. 山西大同大学学报(社会科学版),2017（12）：9-13.

50. 贾文波 . "一带一路" 名下的汉语典籍外译：难以 "合拍" 的舞者 [J]. 上海翻译,2018（02）：58-63.

51. 江慧敏,王宏印 . 狄公案系列小说的汉英翻译、异语创作与无本回译——汉学家高罗佩个案研究 [J]. 中国翻译,2017（02）：35-42.

52. 孔书玉 . 重庆的高罗佩 . http：//cul.sohu.com/20180210/n530677252.html.2018-02-10.

53. 李鹏飞 . 古代小说文言语体研究刍议 [J]. 北京大学学报(哲学社会科学版),2008（03）：116-119.

54. 林煌天 . 中国翻译词典(第 2 版)[M]. 武汉：湖北教育出版社,2005.

55. 梁志芳 . "文化回译" 研究——以赛珍珠中国题材小说《大地》的中译为例 [J]. 民族翻译,2013（01）：10-17.

56. 刘世德,竺青 . 狄梁公四大奇案 狄仁杰奇案 [M]. 北京:群众出版社,2000.

57. 龙柏林,刘伟兵 . 记忆整合:中国传统文化整合的时间路径 [J]. 青海社会科学,2018（03）:170-177.

58. 鲁迅 . 中国小说史略 [M]. 上海:上海古籍出版社,1998.

59. 罗伯特·梵·古利克 . 狄公断狱大观 第一卷 [M]. 陈来元,胡明,译 . 太原:北岳文艺出版社,1986.

60. 罗伯特·梵·古利克 . 狄公断狱大观 第二卷 [M]. 陈来元,胡明,译 . 太原:北岳文艺出版社,1986.

61. 罗伯特·梵·古利克 . 狄公断狱大观 第三卷 [M]. 陈来元,胡明,译 . 太原:北岳文艺出版社,1986.

62. 罗伯特·梵·古利克 . 大唐狄仁杰断案传奇 下卷 [M]. 陈来元,胡明,译 . 兰州:甘肃人民出版社,1986.

63. 罗海澜 . 从法律视角看高罗佩《大唐狄公案》中西文化交流策略 [J]. 社会科学研究,2012（01）:182-186.

64. 孙丽华 . 从明清公案小说看小说模式的发展演变 [J]. 中国社会科学院研究生院学报,2005（04）:56-61.

65. 韩高年 .《诗经》四言体成因蠡测 [J]. 河北师范大学学报（哲学社会科学版）,2011（11）:72-75.

66. [荷兰] 伊维德 . 高罗佩研究 . 国际汉学 [M]. 郑州:大象出版社,2000.

67. [荷兰] 伊维德 . 高罗佩与狄公案小说 [J]. 谭静,译 . 长江学术,2014（04）:5-12.

68. [荷兰] 高罗佩 . 狄仁杰奇案 [M]. 台北:文海出版社有限公司,1983.

69. [荷兰] 高罗佩 . 中国古代房内考 [M]. 李零,郭晓惠,等译 . 上海:上海人民出版社,1990.

70. [荷兰] 高罗佩 . 大唐狄公案 [M]. 陈来元,胡明等译 . 海口:海南出版社;三环出版社,2006.

71. [荷兰] 高罗佩 . 陈来元,胡明,译 . 大唐狄公案·黑狐狸

[M].海口：海南出版社，2011.

72. [荷兰] 高罗佩.大唐狄公案8：广州案[M].陈来元，胡明，赵振宇，等译.海口：海南出版社，2011.

73. [荷兰] 高罗佩.砚史·书画说铃[M].黄义军，译.上海：上海世纪出版集团 中西书局，2016.

74. [荷兰]高罗佩.中国古代房内考[M].李零，郭晓惠，译.上海：上海古籍出版社，1990.

75. [荷兰] 高罗佩.迷宫奇案[M].姜汉森，姜汉椿，译.太原：北岳文艺出版社，2018.

76. [荷兰] 高罗佩.琴道[M].宋慧文，孔维峰，王建欣，译.上海：中西书局，2013 年.

77. [荷兰] 高罗佩.晨猴 暮虎 大唐狄公案全译[M].徐裴译.太原：北岳文艺出版社，2018.

78. 何历蓉.汉文典籍外译发展及其对民族典籍外译的经验启示[J].贵州民族研究，2017（01）：153-157.

79. 何敏.《狄公案》的中西流传与变译[J].山东外语教学，2013（02）：104-108.

80. 亨利.基辛格.论中国[M].胡利平，等译.北京：中信出版社，2015.

81. 侯亚肖."三言二拍"中诗词叙事研究[D].辽宁师范大学硕士学位论文，2016.

82. 胡翠娥.从"文化回译"看《天主实义》中几个重要术语的英译——兼论托马斯·阿奎那的上帝论和人性论[J].中国翻译，2018（3）：87-95.

83. 胡亚敏.叙事学[M].武汉：华中师范大学出版社，2004.

84. 黄海燕.《大唐狄公案》译本的情节改写研究[J].哈尔滨学院学报，2015（07）：95-100.

85. 黄寿祺，梅桐生.楚辞全译[M].贵阳：贵州人民出版社，1984.

86. 黄岩柏.中国公案小说史[M].沈阳：辽宁人民出版社，

1991.

87. 黄忠廉. 林语堂：中国文化译出的典范 [N]. 光明日报，2013-5-13.

88. 黄中习. 中华对联研究与英译初探 [M]. 长春：时代文艺出版社，2005.

89. 江慧敏，王宏印. 狄公案系列小说的汉英翻译、异语创作与无本回译——汉学家高罗佩个案研究 [J]. 中国翻译，2017（02）：35-42.

90. 康冀楠. 名扬天下的府衙文化 [N]. 开封日报，2016-5-5. 第 004 版：1-5.

91. 老子道德经 汉英对照 [M]. 许渊冲，译. 北京：高等教育出版社，2003.

92. 李桂奎. 传统诗歌叙事的时空机制及其审美特质 [J]. 福建论坛（人文社会科学版），2018（06）：106.

93. 李梦生. 左传译注 [M]. 上海：上海古籍出版社，1998.

94. 李清照. 李清照诗词选 [M]. 诸葛忆兵，译. 北京：中华书局，2005.

95. 李素艳. 构筑中国绘画的文学性 [J]. 艺术评论. 2013（07），117-119.

96. 李占喜. 译文读者为中心的认知和谐原则 [J]. 外语教学，2012（01）：101-104.

97. 林敏.《洗冤集录》之叙事行为在公案小说中的流变 [J]. 闽江学院学报，2009（06）：74-87.

98. 刘立胜.《墨子》复译与译者话语权建构策略比较研究. [J]. 浙江外国语学院学报，2017（01）：75-81.

99. 刘世德，竺青. 狄梁公四大奇案 狄仁杰奇案 [M]. 北京：群众出版社，2000.

100. 刘昫，等. 后唐书 [M]. 北京：中华书局，1975.

101. 刘勰. 文心雕龙：汉英对照 [M]. 杨国斌，英译；周振甫，今译. 北京：外语教学与研究出版社，2003.

102. 柳无忌 . 苏曼殊研究 [M]. 上海：上海人民出版社，1987.

103. 柳无忌 . 苏曼殊传 [M]. 王晶垚，译 . 北京：生活·读书·新知三联书店，1992.

104. 陆以湉 . 冷庐杂识 [M]. 北京：中华书局，1984.

105. 吕玉勇，李民 . 论英文电影字幕翻译的娱乐化改写：以《黑衣人3》和《马达加斯加3》的字幕翻译为例 [J]. 中国翻译，2013（03）：105–109.

106. 论语：汉英对照 [M]. 杨伯峻，今译；韦利，英译 . 长沙：湖南人民出版社，1999.

107. 罗海澜 . 高罗佩《大唐狄公案》女性主义色彩研究 [J]. 西南民族大学学报（人文社会科学版），2012（03）.

108. 罗海澜 . 从法律视角看高罗佩《大唐狄公案》中西文化交流策略 [J]. 社会科学研究，2012（01）：182–186.

109. 罗选民 . 文化记忆与翻译研究 [J]. 中国外语，2014（04）：41–44.

110. 马博 . 杨宪益先生的翻译贡献及翻译观 .[J]. 兰台世界，2017（09）：112–114.

111. 孟犁野 . 中国公案小说艺术发展史 [M]. 警官教育出版社，1996.

112. 蒙兴灿 . 论英汉互译过程中的改写特质 [J]. 外语与外语教学，2007（03）：60–62.

113. 苗怀明 . 中国古代公案小说史论 [M]. 南京：南京大学出版社，2005.

114. 宁宗一 . 中国小说学通论 [M]. 合肥：安徽教育出版社，1995.

115. 浦安迪 . 中国叙事学 [M]. 北京：北京大学出版社，1996.

116. 浦春红 . 英译汉中四字格词语的美学价值 [J]. 牡丹江大学学报，2008（07）：65–67.

117. 钱纪芳 . 从语域角度看《红楼梦》人物言语的翻译风格 [J]. 湖州师范学院学报，2008（03）：94–99.

118. 钱钟书 . 林纾的翻译 [J]. 中国翻译,1985.（12）: 2-10.

119. 荣霞 . 高罗佩的《大唐狄公案》里的中国形象 [D]. 四川外语学院,2012.

120. 任一鸣 . 文化翻译与文化传播: 蒋彝研究 [M]. 上海: 上海社会科学院出版社,2018.

121. 尚书　汉英对照 [M]. 理雅各,英译; 周秉钧,今译 . 长沙: 湖南人民出版社,2013.

122. 申丹,王丽亚 . 西方叙事学: 经典与后经典 [M]. 北京: 北京大学出版社,2010.

123. 沈括 . 梦溪笔谈　汉英对照 [M]. 胡道静,金良年,胡小静,今译; 王宏,赵峥,英译 . 成都: 四川人民出版社,2008.

124. 时贵仁,付筱娜 . 典籍英译与全球化语境中的文化传播 [J]. 辽宁师范大学学报(社会科学版),2015（03）: 398-402.

125. 施宣圆,王有为,丁凤麟,等 . 中国文化辞典 [M]. 上海: 上海社会科学院出版社,1987.

126. 施晔 . 高罗佩小说主题物的汉文化渊源 [J]. 文学评论,2011（06）: 202-208.

127. 施晔 . 荷兰汉学家高罗佩研究 [M]. 上海: 上海古籍出版社,2017.

128. 宋杨 . "中国文化走出去"背景下的中国文学典籍外译研究 [J]. 兰州教育学院学报,2017（12）: 158-160.

129. 宋志平,徐珺 . 选择顺应理论视角下的翻译错误非二元对立性分析 [J]. 外语研究,2009（06）: 74-78.

130. 苏章海 . 语域理论视角下译者的"语言内"斡旋与抉择 [J]. 双语教育研究,2016（06）: 37-43.

131. 孙艺凤 . 翻译研究与世界文学 [J]. 中国翻译,2019（01）: 5-18.

132. 谭载喜 . 文学翻译中的民族形象重构 [J]. 中国翻译,2018（1）: 17-25.

133. 唐雅明 .《喜福会》译本中的文化回译问题 [J]. 语文学

刊·外语教育教学,2015（3）:42.

134. 汪榕培,王宏.中国典籍英译 [M].上海:上海外语教育出版社,2009.

135. 王爱珍.从结构理论看《红楼梦》中对联在杨、霍译本中的翻译 [J].湖南人文科技学院学报,2010（03）:88-91.

136. 王东风.翻译与国家兴衰 [J].中国翻译,2019（01）:30-41.

137. 王京涛:西播《论语》回译——辜鸿铭英译《论语》详释 [M].上海:东方出版中心,2013.

138. 王彬.红楼梦叙事 [M].北京:人民出版社,2014.

139. 王凡.西方汉学家中国古典文化情结的艺术投射——论高罗佩《大唐狄公案》中的画家

140. 形象与涉画情节 [J].乐山师范学院学报,2018（06）:34-38.

141. 王宏印.朝向一种普遍翻译理论的"无本回译"再论 [J].上海翻译,2016（01）:1-9.

142. 王宏印.从"异语写作"到"无本回译"——关于创作与翻译的理论思考 [J].上海翻译,2015（3）:1-9.

143. 王梦恬.叶君健英文小说《山村》自译中的互文性策略 [J].外国语文研究,2016（05）:88-97.

144. 王秋生,杨永军.文化传播的载体:从结绳记事到抽象文化的物化 [J].新东方,2006（04）:56-59.

145. 王若子,郑石.《经典咏流传》对文化记忆与历史记忆的传播 [J].出版广角,2019（01）:58-60.

146. 王委艳.话本小说文化标志物的形态与叙事功能 [J].文艺评论,2012（12）:62-67.

147. 王泰来.叙事美学 [C].重庆:重庆出版社,1987.

148. 王贻梁,陈建敏.穆天子传汇校集释 [M].上海:华东师范大学出版社,1994.

149. 王正良.回译研究 [M].大连:大连海事出版社,2007.

150. 王正胜. 回译研究的创新之作——《回译研究》介评 [J]. 外语教育, 2009：167-170.

151. 魏洁. 唐宋香炉设计研究 [D]. 江南大学博士学位论文, 2017.

152. 魏艳. 论狄公案故事的中西互动 [J]. 中国比较文学, 2009（01）：80-92.

153. 魏源. 公案与侦探——从《狄公案》说起 [J]. 云南大学学报(社会科学版), 5（04）.

154. 石玉崑. 问竹主人《三侠五义》序. [M]. 广州：广东人民出版社, 1980.

155. 吴建勤. 中国古典小说的预叙叙事 [J]. 江淮论坛, 2004（06）：135-139.

156. 吴晓铃. "乃知盖代手, 才力老益神！"——记《狄公案》作者荷兰高罗佩 [J]. 聊城师范学院学报, 1988（01）：60-64.

157. 吴自选. 翻译与翻译之外：从《中国文学》杂志谈中国文学 "走出去" [J]. 解放军外国语学院学报, 2012（04）：86-128.

158. 习近平谈治国理政 第二卷 [M]. 北京：外文出版社有限责任公司, 2017.

159. 肖百容, 张凯惠. 论《京华烟云》的翻译性书写及其得失 [J]. 湖北工业大学学报, 2010（06）：49-52.

160. 谢天振. 译介学 [M]. 上海：上海外语教育出版社, 1999.

161. 谢天振. 翻译的理论建构与文化透视 [M]. 上海：上海外语教育出版社, 2000.

162. 许多, 许钧. 中华文化典籍的对外译介与传播——关于《大中华文库》的评价与思考 [J]. 外语教学理论与实践, 2015（03）：13-17.

163. 许钧, 改革开放以来中国翻译研究概率（1978—2018）[M]. 武汉：湖北教育出版社, 2018.

164. 徐珺, 肖海燕.《论语》英译的改写与顺应研究 [J]. 外语学刊,2018（04）：95-101.

165. 徐慎贵.《中国文学》对外传播的历史贡献 [J]. 对外传播,2007（08）：46-49.

166. 薛海滨. "忠"还是"不忠"：翻译与改写的家族相似性 [J]. 上海理工大学学报（社会科学版）,2012（02）：108-111.

167. 杨小敏,饶道庆. 明清章回体小说文体探源 [J]. 社会科学家,2009（12）：21-27.

168. 杨志亭. 文学翻译中认知空缺的建构性补偿与再叙事评估 [J]. 西南政法大学学报,2015（05）：98-103.

169. 颜莉莉. 试论中西《狄公案》的不同叙事视角 [J]. 泉州师范学院学报（社会科学）,2006（01）.

170. 严晓星. 高罗佩事辑 [M]. 北京：海豚出版社,2011.

171. 于鹏. 高罗佩《狄公案》中译本简说 [J].https：//new.qq.com/omn/20180810/20180810G1R0VJ.html,2018-8-10.

172. 宇文刚. 浅谈《追风筝的人》中的空间叙事元素 [J]. 淮海工学院学报（人文社会科学版）,2018（01）：46-48.

173. 宇文刚,张添羽. 译者叙事话语权在无本回译中的镜像分析——以《湖滨案》汉译本为例 [J]. 景德镇学院学报,2019（02）：27-32.

174. 袁珂. 中国神话传说词典 [M]. 上海：上海辞书出版社,1985.

175. 岳坛. 论中国文学作品外译选材的重要性——以高罗佩英译《武则天四大奇案》为例 [J]. 湖北第二师范学院学报,2016（04）：120-123.

176. 曾春莲. 文化典籍外译与文化自觉 [J]. 语言与翻译（汉文）,2010（04）：57-60.

177. 张宏岩,徐彬彬. 回译在英文技术写作教学中的应用研究 [J]. 中国 ESP 研究,2018（09）：88-97.

178. 张华,张萍. 论高罗佩创作的狄公形象对公案小说的继承与突破 [J]. 中国文化研究,2009.

179. 张灵.《红楼梦》主题物的多样呈现及其意义蕴涵 [J]. 红楼梦学刊,2015（05）：201-219.

180. 张宁.古籍回译的理念与方法 [J].湖北大学学报（哲学社会科学版）,2007（01）：91-94.

181. 张萍.高罗佩：沟通中西文化的使者 [M].北京：中华书局,2010.

182. 张裕禾,钱林森.关于文化身份的对话 [A].岳黛云.跨文化对话 [C].上海：上海文化出版社,2002.

183. 赵嘉鸿.论中西古典小说的空间叙事——以特定小说类型为视角 [J].文艺争鸣,（03）：153-157.

184. 赵彦卫.云麓漫钞 [M].北京：中华书局,1996.

185. 赵毅衡.高罗佩的一个世纪 狄仁杰的一个甲子 [J].南方人物周刊,2010（35）：42-44.

186. 郑朝然.以《京华烟云》为例看林语堂作品在海外的传播 [J].对外传播,2018（07）：56-58.

187. 郑敏宇.叙事类型视角下的小说翻译研究 [M].上海：上海外语教学出版社,2007.

188. 周流溪.让世界真切感知中国传统韵文的格调——仿诗式译法之探索 [J].北京师范大学学报（社会科学版）,2018（05）：92-103.

189. 周兴泰.中西诗歌叙事传统比较论纲——兼以中国文学抒情叙事两大传统共生景象的探讨 [J].中国比较文学,2018（02）：53-64.

190. 周晔.飞散、杂合与全息翻译——从《喜福会》看飞散文学写作特色及翻译理念 [J].解放军外国语学院学报,2008（07）.

191. 周瑶.简·奥斯丁小说中庄园的空间描写及其内涵 [J].广东开放大学学报,2017（04）：73-77.

192. 朱骏声.六十四卦经解 [M].北京：中华书局,1988.

193. 朱振武.汉学家的中国文学英译历程 [M].上海：华东理工大学出版社有限公司,2017.

194. 宗白华. 艺境 [M]. 北京：北京大学出版社, 1987.

195. 祖国颂. 唐传奇 "史才" "诗笔" 的叙事功能及文体意义探究 [J]. 闽南师范大学学报, 2018（01）：52-27.

后 记

　　伴随全球经济一体化进程的逐渐加速,信息传播渠道的多元化,各国各民族文化并存,文化快餐盛极一时,中国传统文化面临边缘化困境。"我国要想在世界文化竞争中占有一席之地,保证与发达国家平等地进行文化交流,促进全球文化健康交流,就必须保持自己固有的文化身份和自身的思想文化特色,发扬自身的文化魅力,并使之在世界更广的范围内得到认可和接纳。"[①]

　　高罗佩一生醉心中国传统文化,孜孜不倦地致力于汉学研究和小说创作以行使文化传播和文化融合的重要使命,并尝试创作完成《大唐狄公案》近数百万字的系列小说。其创作初衷在于令中国读者自身"看到他们自己的古代犯罪小说中蕴含着大量可供发展为侦探小说和神秘故事的原始素材"[②],并充分意识到"中土往时贤明县尹,虽未有指纹摄影以及其他新学之技,其访案之细,破案之神,却不亚于福尔摩斯也"。[③]高罗佩选准以中国题材的英文侦探小说作为将中国文化向西方推介的特殊方式,运用对中国世态的博学知识和天马行空的艺术想象,搜集和加工中国文化典籍中洗平冤情的断案故事,创作出以"他者"视角审视中国传统文化,同时兼具复合文化特质的小说文本,为国际读者塑造了一位才智超群、情感丰富的狄仁杰法官形象,开创了以西方现代侦探小说的叙事手法创作中国古代公案小说的叙事模式。高罗佩

---

① 时贵仁,付筱娜. 典籍英译与全球化语境中的文化传播[J]. 辽宁师范大学学报(社会科学版),2015(03):400.

② [荷兰]伊维德. 高罗佩研究[M]//任继愈. 国际汉学 第五辑. 郑州:大象出版社,2000:46.

③ 刘世德,竺青. 狄梁公四大奇案 狄仁杰奇案[M]. 北京:群众出版社,2000:339.

以异语写作的形式创作书写以中国题材为叙事背景的英文小说，其行为本身就属一种积极主动输出中国文化的实践活动。并且，在文化自觉的前提下，以及在自身强烈参与跨文化传播的驱动之下，高罗佩极力保持和传播中国文化的创作意识在一定程度上为中西文化的交互交流搭建平台，因此其小说创作为今后我国开展中国文学"走出去"战略和令中国文化在他乡的大放异彩提供重要文化参照，并由"高罗佩现象"引发了国际学界对于东西方文化的互动、传统元素现代化创新和文化回译媒介作用等重要文化议题。

除了诡谲难测的小说悬疑元素之外，西方读者从小说案件侦破关键处还能读到诸如中国文人的文房四宝、亭台建筑、书法绘画、香炉司鼎等中国文化元素，因此高氏《大唐狄公案》系列小说也是向西方读者介绍这些异质文化器物的文本载体。原本曲高和寡的中国传统艺术和器物，经高罗佩将其与小说中的诡谲悬念紧密捏合，生动而巧妙地被推介至西方读者，令读者以别样的认知方式熟悉了解中国文化古代器物的文化功用。这不仅有利于矫正西方受众对中国古代社会和中国文化的认识误区，而且更能激发西方读者对中国文化的浓厚兴趣。从凭借异语写作将中国文化元素融入侦探小说的创作手法可以看出，身为海外汉学家的高罗佩在创作过程中精准定位西方读者接受异质的中国文化信息能力及其文化心态，并为西方读者带来对小说叙事美的共通性理解。基于此，该系列小说深得广大西方读者青睐，而高罗佩的小说创作也无疑成为从"他者"视角将中国古代文化输出并传达给西方读者的渠道和途径。

高氏原文在小说创作中还大量参考中国文化典籍，如《棠阴比事》《龙图公案》《三言二拍》等，并将中国古代的勘案故事捏合到狄仁杰探案小说的叙事序列之中，其中所融入的丰富的中国传统文化元素令国际读者在叹服于原作者天马行空的创作手法的同时，还可以领略到中国文化典籍中的故事魅力，令其在"似曾相识"的阅读体验中参与到对自身传统文化的自我反省和自我回溯，巩固了对小说中自身文化认同的知识传递和文化传承，并且保证了在文化意义上取得重新认同后的文化再生产。如在 20 世纪 80 年代及 90 年代根据高罗佩同名小说改编的电视连续剧《狄仁杰断案传奇》、2004—2010 年由钱雁秋编剧执导的历史侦探悬疑剧《神探狄仁杰》、2010—2018 年徐克执导的《狄仁杰之通天帝国》《狄仁杰之神都龙王》和《狄仁杰之四大天王》三部以狄仁杰为主人公的系列电影等影视作品,"高罗佩与狄仁杰搭上现代信息技术的顺风车,拥有了更多青少年粉丝。因而,高氏的狄公案小说可谓是中国飞速发展的传媒时代的亲历者及见证者"。美籍华裔作家朱小棣承袭高罗佩的创作手法,以英文写就了《新狄公案》(Tales of Judge Dee)。该书含义本已于 2011 年由中国社会科学出版社出版发行。另外,法国作家弗雷德里克·勒诺芒(Frédéric Lenormand)从 2004 年起开始创作了法文狄公案系列小说——《狄公新案》(Les nouvelles enquêtes du juge Ti)。到目前为止,勒诺芒已经出版发行 20 余部狄公系列的中长篇小说。这不仅是让世界范围内观众了解和熟悉中国文化和现代化发展进程的重要窗口,而且更是中国传统文化走向国际和享有自我文化传播话语权的有力方式。

更值得注意的是,《狄公案》在国外也曾被拍摄成影视剧集和电影。1969 年,英国拍狄公案电视剧 6 部。1974 年,美国将《庙崇案》(即《朝云观》)拍成电影,片中选取高罗佩小说为脚本,该片获得观众如潮好评,还获得次年的埃德加·爱伦坡奖(该奖项是由美国侦探作家协会为纪念侦探小说鼻祖埃德加·爱伦坡而设立)。自此,Judge Dee 成为西方世界家喻户晓的传奇人物,被誉为"东方的福尔摩斯"。以国际化语言为媒介向西方世界推介中国故事的有益尝试,为后中国文化在世界范围内的传播打下群众基础。甚至由徐克执导的狄仁杰系列电影在海外放映时,虽电影情节与高氏系列小说毫无干系,但却受到西方观众的追捧,甚至其热度胜于国内,也证明了高罗佩向中国文学译介的选题精准和中国文化"走出去"迈出的坚实一步。因此,该系列小说的创作和播扬也衍生了美国影视界通过直观、平面和广覆的大众影视媒体推动与该剧相关的中国历史人文信息进入西方观众视野,促进中国古代文化在美国社会的传播和普及,并促成了中国文化传播的叠加效应。在高罗佩创作的《大唐狄公案》系列小说文化价值的感召下,众多具有世界影响力并糅合现代创作元素的影视及文学作品为世界了解中国文化开辟了新的途径,此类文化产品实现了中国文化的对内传承和对外输出的双重效用,有利于寻求跨文化传播的提升策略。

《大唐狄公案》在西方一举成功,也并非仅凭高罗佩身为文化传播者的单方意愿就能实现,而是独具匠心的异语创作形式与多元因素契合的叙事机制为该系列小说培养了大批有保证的读者市场。而且,高罗佩高超的叙事创作手法使得读者受众绝非被动式地接受小说中所蕴含的异质文化元素,而是从其中主动寻求他们所期待的阅读体验,这种文化传播者与读者受众的相互交流和互动,也促成了该小说的广泛流传。该系列小说是以西方汉学家视角来看待和译介中国传统文化,并选用传播极广的国际语言——英语完成叙事和译介过程,体现出不同民族语言文化在文本中的交流和变异,故而该系列小说英语文本被赋予不同民族语言文化杂合的文化因素。以异语创作撰写完成的《大唐狄公案》系列小说也就成为既跨越语言屏障又跨越文化屏障的独特文学文本形式,也是不同文化之间相互沟通、相互参照和相互对话的媒介,较为完美地实现了以一个民族的语言叙述另一民族文化历史的创作历程。因此,异语创作的文学文本通常称为两种或多种文化之间彼此审视和相互交汇的媒质,而原本中丰富的文化意象、文化物事和文化思想等因子为西方读者提供了一张多元文化交流且极富文化张力的叙事网络。

鉴于异语创作文学文本的特殊性,民族 A 的文化、社会、历史、风俗、话语等叙事元素被置于民族 B 的语言文化框架模式下加以叙述和表达,这也就天然地赋予小说原本具备文化回译的特性。而身为原文作者的高罗佩,在其异语创作过程中也具备跨越中西文化地理空间的文学创作身份,成为临界于中西双重或多重文化背景之间开展写作叙事行为的作家。兼有双重或多重文化身份的高罗佩在小说情节构思和文本创作过程中不可避免地将自身认知的中国传统文化和叙事机制融入小说创作之中，即"更直观地表现为以一种民族文化的语言来承载另一种民族的文化，或以一种民族的眼光来看待另一种民族的文化"，[①]进而实现了在异语创作过程中中西文化之间的相互参照和彼此审视。

而从译介角度出发，通过梳理《大唐狄公案》源语文本中琴棋书画、文化器物、楹联匾额等中国文化因子在陈译本的映射关系，可以看出此类文学典籍的回译工作绝非单纯的符号转译过程，也非查阅典籍原本的抄录过程，而是涉及回译译者对源语文本的批判式审读、文化信息的还原和补偿、叙事机制重构、改写译本情节等烦琐而复杂的工作，而且其最终目的在于多元文化的转化与交汇。因此，文化回译过程的复杂性对回译译者的双语表达能力、文史百科知识、批判式审读能力等其他综合素养提出了更高要求，同时也赋予这一特殊翻译活动文化以交流的特质。异语创作的中国主题文学作品的独特性还在于异语写作的信息和母体文化主体的混杂性，且原作对于母体文化的不确定性、不统一性和不全面性增加了译者在文化回译过程中需要考量的变量，仅凭传统"忠实"、逐字转换的翻译理念已然难以充分满足汉语读者对于译文信息的阅读诉求和阅读期待。因而，在文化回译的叙事过程中，译者与译文的关系是紧密不可分的，译者对于中国历史、中国社会、文化习俗、文化物事等信息的转译过程充分显现出译者的主体性身份。这种主体性身份决定了译者的翻译策略和叙事理念等因素势必涉及对"回译"译文信息加以添饰、删节和再创造的二次叙事过程。在叙事文的表达形式方面，叙事者对叙事材料信息的取舍、叙事建构过程及叙事言语语气的应用上都不同程度地作用于叙事情节的面貌和叙事色彩，这就是译者将原作中涉及的中国文化各类元素融入其主体性极强的叙事方式，并将上

---

① 任一鸣. 文化翻译与文化传播：蒋彝研究 [M]. 上海：上海社会科学院出版社，2018：130.

述文化元素进行创造重组和语篇重组。

《大唐狄公案》的文化回译过程为该系列小说提供了由外销转为内销的传播路径，成为汉语读者凭借"他者"视角反观自身民族传统文化的文本载体。经译者匠心独具加工转译后的文本以含蓄优美的文笔还原高氏以现代英语写成的源语文本，仿用明清话本小说文白相间的语言形式和丰富庞杂的中国文化元素为本族读者献上文化饕餮盛宴，是从多元文化交汇的出发点重新在汉语读者心中对其母体文化"家园"的重构过程，这恰恰也是文化回译在中西文化传播中区别于传统文字对应转换的翻译文本的优势所在。

另外，文化回译这一特殊传译现象为今后中国文学作品的外部宣传和内部重塑提供了重要参照。以"异语写作＋文化回译"为特征的中国题材英语文学一定程度上能推进中国文学"走出去"的进程，同时因此类文学作品的特殊性，在文化回译和国内内销的过程中又实现了在汉语读者中对中国文学的"再回归"，进而激发了本族读者对自身文化的文化记忆以及对民族形象和国家形象的重构，是将"他者"视角下的中国题材类英语文学作品中包孕着的母体文化与全球文化融合的复杂过程。"从文化心理上看，由于狄公案的故事发生在古代中国，高罗佩依据自己丰富的中国学知识描写了中国特有的节日风俗、饮食文化、中国古代的司法制度和城市生活等，还通过狄公和一些隐士与和尚的对话穿插了儒道佛等传统中国哲学思想，这些均引起了中国读者的一种'想象性的怀旧'（Imagined nostalgia）。狄公案的故事唤起了他们对于传统公案文学如包公案等的追忆，对于唐代辉煌历史的追思以及对于消逝了的名士文化的惆怅。"①

《大唐狄公案》经由译者文化回译成汉语后又引起汉语读者的追捧，成为中国题材类英语小说在中国的"逆文化现象"，以此证明"回译实际上是顺译的倒叙，是回忆的契机，是国俗的载体，

---

① 魏艳. 论狄公案故事的中西互动 [J]. 中国比较文学，2009（01）：91.

更是文化的升值。"①《大唐狄公案》系列小说文化回译中复杂的汉语语言信息和丰富的文化信息对译者的职业素养提出了更高要求。译者要具有完备的汉语文化的审美条件,其中包含译者的英汉文化素养、美学意识和审美经验等。特别是在对此类小说中融入的中国古典诗词曲赋、文化器物、文化典籍等文化因子的回译过程中,势必要求译者具备扎实的古典文学和古汉语基础的知识储备和语言美学的品鉴能力,从而精准把控英语原文的审美构成,并以不拘泥于高氏原文而再现译本艺术风采的回译手法实现对源语信息的高质量审美转换、审美加工和审美回溯,从而重现和还原原文的风格特质和审美构成,在文化回译中获取绝佳的"直觉迁移"。另外,高氏原作小说对文化物事的选取体现出作者对中国文化的迷恋和关注,此类文化物事主要用以绾连叙事前后情节、营造悬疑气氛和散布多元故事线,并在叙事过程中巧妙设置各类文化物事,在让读者沉浸在文化物事创设的同时,又似草蛇灰线般直奔悬念核心,以凸显小说叙事主题。而在文化回译过程中,译者充分发挥其自身叙事的主动权,多处补译添饰,激发本族读者的阅读欲和好奇心。

译文中文辞典雅的文言语体和诗词曲赋为汉语读者提供了鉴赏和审视本民族语言美学魅力的阅读体验,在充分彰显文言语体和诗词曲赋审美优势的同时,也有助于对中国古代语言和文化的承袭和增强读者对本民族语言的认同心理。在目前发展中国家自身独有文化特色深受西方文化侵蚀和同化的背景下,该系列小说的汉译本则有利于消解汉语读者对自身民族文化的排斥心理和助推汉语读者重新开启探索中国优秀文化的寻根之旅。

另外,高罗佩的小说创作中毕竟难逃以"他者"视野看中国文化的片面性。正如研究者所发现的,"就文化而言,高罗佩力求推翻中国在西方长久存在的东方主义式的刻板形象,而将一个充满活力和魅力的鲜活的古代中国社会和中国古代文化呈现在西

---

① 王正胜.回译研究的创新之作——《回译研究》介评[J].外语教育,2009:168.

方读者面前。但细究之下,也不难发现他对中国其实多少也有着一些与现实存在偏差的个人想象,这些想象有着可能来自东方主义和大男子主义思想对他潜移默化的影响,也有可能来自他对于中国非常主观和执着的热爱,这些都导致他的中国印象里其实也存在一些可能对读者造成误导的成分。"① 因此,在文化回译过程中,译者也十分敏锐地察觉到小说中此类情形的细节,并采取变通的方式将其化解,如删减小说中某些敏感话题或过于残忍和色情的细节字眼,以雅化处理的方式,努力实现译本在内容和形式上与汉语读者的话语环境、接受能力保持和谐状态,从而逐步扩大该译本的读者群。

以上译者行使其话语权和主体性的翻译现象的最终目的在于实现译本语言及其投射的母体文化与译本读者认知的和谐,设法消除译本读者对源本信息的阅读屏障和心理压力,从而使译本在译本读者群中更具艺术感染力和亲和力。因此,在文化回译过程中,"译者不得不根据原文话语的词汇信息、逻辑信息、百科信息做出语境假设,继续阐释与作者的交际意图相匹配的最佳关联。只有这样,译者的心理才会有认知上的和谐,这是他的语言选择满足译文读者认知和谐的前提条件。"②

《大唐狄公案》系列小说中所包孕的"异语写作 + 文化回译"这种极具特殊性的双重文化交流效应也证明,"自信的民族不能只等待外国人来'取经',还要主动向外'传经'。印度和欧洲的文化输出都有这种历史经验。因此,中国文化也要调动和倚赖一切力量(包括国内学者、海外的汉学家和华裔学者)大步走出国门。"③

从中国文化"走出去"战略目标出发,阐释回译译者在回译过程中势必将重新从译入语文化立场角度审读和诠释源语文化

---

① 张萍. 高罗佩: 沟通中西文化的使者 [M]. 北京: 中华书局, 2010: 340.

② 李占喜. 译文读者为中心的认知和谐原则 [J]. 外语教学, 2012(01): 103.

③ 周流溪. 让世界真切感知中国传统韵文的格调——仿诗式译法之探索 [J]. 北京师范大学学报(社会科学版), 2018(05): 93.

和源语文本信息,进而在回译过程中也发挥对译入语文化认识、挖掘和播扬的作用。

"文化回译"应充分考虑"源语文本"背后的文化语境意义,进而确保文化回译能追根溯源地对源文本文化完成精准"文化反哺";并一语中的地证实"文化回译"最主要的特质,即揭示源语文化与目标语文化间包括政治、历史、思想、意识形态等在内的文化惯习,通过"文化回译"手法让本国读者洞察自身文化映射到他者视角,以"文化回译"现象为鉴反观自我,从而重塑对自身母体文化的自信,感悟中国传统文化精髓,同时也映射出中华民族的审美追求和文化价值观念。

总之,在实现中国文学"走出去"宏伟目标的过程中,要树立扎实的文化自觉和文化自信,坚守在播扬中国传统文化中"中国立场与国际表达"的有机契合以争取国际话语权,并"从自己的视角和立场出发争取发出更大的声音,对翻译活动及以此为依托的跨文化交流活动的机制进行探索……引动文化交流向更理智、更健康的方向发展,努力减少误读和误解,化解冲突,共创平等对话的交流环境和双赢结果。在目前阶段,中国对外文化交流空前活跃,也空前迫切……应该在实现中华民族复兴的进程中,以实实在在的能力,做出完美应有的贡献"[1],进而实现我国文艺文学作品"以鲜明的中国特色、中国风格、中国气派屹立于世"。[2]

---

[1] 许钧.改革开放以来中国翻译研究概论(1978—2018)[M].武汉:湖北教育出版社,2018:453.

[2] 习近平谈治国理政 第二卷 [M].北京:外文出版社有限责任公司,2017:352.